MARTIN MUCHA
Funkenfeuer

FUNKENBRAUCH In einem beschaulichen Dorf in Vorarlberg verschwindet die Volksschullehrerin plötzlich spurlos. Wachtmeister Schmiedle beginnt zu ermitteln und stößt rasch auf ein Motiv. Die Lehrerin hatte den allseits beliebten Bürgermeister wegen sexueller Belästigung verklagt. Alle Machtstrukturen im Dorf beschützen den Dorfkaiser, der in vierter, ununterbrochener Generation regiert. Doch es gibt auch kritische Stimmen im Dorf, und Hubert Schmiedle findet manch unerwarteten Verbündeten – jedoch keine Spur von der verschwundenen Lehrerin. Überraschende Geheimnisse kommen ans Licht, die niemand hinter der sauberen Fassade alemannischer Ordnungsliebe vermutet hätte. Mehrfach ist des Rätsels Lösung für den Wachtmeister zum Greifen nah, ehe sich alles wieder in Rauch auflöst. Schlussendlich muss er sich die Frage stellen, was ihm wichtiger ist: die eigene Reputation oder die Dorfgemeinschaft ...

Martin Michael Mucha, 1976 in Graz geboren, studierte in Wien Philosophie, Geschichte sowie Theologie und promovierte anschließend in Philosophie. Seit fast zehn Jahren arbeitet er im Bereich Drehbuch für Kino- und Fernsehfilme. Seiner ausgedehnten Reisetätigkeit, vor allem nach Asien und Afrika, entsprang bisher ein Bild-/Textband über Afghanistan und Tadschikistan. Der Autor lebt als verheirateter Familienvater in Wien. Seine Jugend verbrachte er allerdings in einem Dorf im Vorarlberger Walgau.

Bisherige Veröffentlichungen im Gmeiner-Verlag:
Die Lebensversicherung im Plastiksackerl (E-Book Only, 2015)
Liebessiegel (2015)
Zufälle und Mordfälle (E-Book Only, 2014)
Erbschleicher (2014)
Beziehungskiller (2012)
Seelenschacher (2011)
Papierkrieg (2010)

MARTIN MUCHA
Funkenfeuer
Kriminalroman

GMEINER SPANNUNG

Dieses Buch wurde vermittelt von der
Literaturagentur erzähl:perspektive, München

Die automatisierte Analyse des Werkes, um daraus
Informationen insbesondere über Muster, Trends und
Korrelationen gemäß § 44b UrhG (»Text und Data Mining«)
zu gewinnen, ist untersagt.

Bei Fragen zur Produktsicherheit gemäß der Verordnung
über die allgemeine Produktsicherheit (GPSR) wenden Sie
sich bitte an den Verlag.

*Personen und Handlung sind frei erfunden.
Ähnlichkeiten mit lebenden oder toten Personen
sind rein zufällig und nicht beabsichtigt.*

Besuchen Sie uns im Internet:
www.gmeiner-verlag.de

© 2018 – Gmeiner-Verlag GmbH
Im Ehnried 5, 88605 Meßkirch
Telefon 07575/2095-0
info@gmeiner-verlag.de
Alle Rechte vorbehalten

Lektorat: Claudia Senghaas, Kirchardt
Herstellung: Mirjam Hecht
Umschlaggestaltung: U.O.R.G. Lutz Eberle, Stuttgart
unter Verwendung eines Fotos von: © Astrid Gast/fotolia.com
Druck: Libri Plureos GmbH, Friedensallee 273,
22763 Hamburg
Printed in Germany
ISBN 978-3-8392-2213-3

Christian, Johnny und Stefan
in tiefer Freundschaft zugeneigt

VORWORT

Diese Geschichte vom Wachtmeister Hubert Schmiedle spielt in Vorarlberg. Vorarlberg ist ein geografischer Begriff, der sich aber viel besser und schöner semantisch fassen lässt.

Überall dort, wo das Wort »g'hörig« verstanden wird und es kein Dialektwort für Arbeitslosigkeit gibt, dort ist Vorarlberg.

Müßig ist es auch, das Dorf zu suchen, in dem die Geschichte sich zuträgt, denn dieses Dorf ist eines und viele gleichzeitig.

Das Buch versteht sich nicht als reale Schilderung von Polizeiarbeit und Dienstgraden. Wer zu schmunzeln vermag, der tue dies, wer stur nach Realismus sucht, der sei gewarnt.

Und jetzt zur Sache.

FREITAG

I

Wachtmeister Hubert Schmiedle saß an seinem Schreibtisch. Hinter ihm an der Wand hingen der Heiland und der Landeshauptmann. Vor ihm auf dem Tisch lagen eine Wurst, ein Kanten Brot und ein schönes Stück Schnüfner Bergkäs'.

Schmiedle leckte sich erwartungsfroh die Lippen und den Schnäuzer. Die vormittägliche Jause, das z'Nüne, war seit jeher seine Lieblingsmahlzeit. Ein kleines Bier dazu wäre gut gewesen, aber der Wachtmeister trank im Dienst ausschließlich, wenn es der Ermittlungserfolg gebot.

In der Wachstube war es still. Der Schreibtisch war aufgeräumt. Der Halfter mit der Dienstwaffe hing an seinem Ort, und der Computer war ausgeschaltet.

Niemand hätte vermutet, dass der Wachtmeister hart arbeitete. Doch er tat es. Freitagvormittag vor dem Funkensonntag. Der gefährlichste Tag und das gefährlichste Wochenende im Jahr. Denn der Funken war schon aufgebaut und konnte gestohlen werden. Der Freitag war der beliebteste Tag für solch ein Verbrechen. Bis zum Sonntag konnte nicht einmal alemannischer Fleiß einen neuen Funken aufbauen. Die Schande dauerte länger, als wenn der Diebstahl am Samstag geschähe oder in der Nacht auf Sonntag.

Seitdem im 84er Jahr der Funken gestohlen worden war, hatte kein Dorfgendarm mehr am Funken-Wochenende auch nur ein Auge geschlossen. Das Schicksal von Reinhardt Amann stand allen klar vor Augen. Der Mann hatte sich selbst, seine Familie, sein Dorf und die Truppe entehrt. Seither lebte er in Thailand. Dort gibt es keinen Bergkäse. Hubert Schmiedle erzitterte bei dem Gedanken. Keine Berge, keinen Käse, dafür Reis und Dschungel.

Längst gab es nur mehr einen Gendarm im Dorf, und auch der war kein Gendarm mehr, sondern Polizist. Sagten die in Wien zumindest. Aber Wien ist weit von Vorarlberg. Die Hauptstadt liegt hinter dem Arlberg, hinter dem Tirol, in Innerösterreich. Für einen echten Vorarlberger liegt Wien gleich bei Kinshasa und unterscheidet sich von Nairobi nur dadurch, dass man Nairobi auf der Landkarte schneller findet. Deswegen war Hubert Schmiedle nach wie vor Wachtmeister und Gendarm.

Die Wurst war aufgeschnitten, der Käse ebenfalls, es konnte gegessen werden. Dass seit zwei Tagen Fastenzeit war, störte den Wachtmeister nicht. Denn Wurst war kein Fleisch, das stand fest. Aber er hatte die Wurst trotzdem im Nachbardorf gekauft, denn Anna, die Frau vom Wachtmeister, sah das ganz anders. Im Nachbardorf Wurst kaufen. Das war immer ein Risiko. Wer weiß schon, was die in die Wurst tun. Hubert Schmiedle wusste es nicht und wollte es auch gar nicht wissen. Den Schlinsern war alles zuzutrauen. Er wischte sich den Schweiß von der Stirn. Denn wenn Anna erführe, dass er im Nachbardorf Wurst gekauft hätte, dann wäre das schlimm. Sehr schlimm. Nicht auszudenken. Anna war kein Freund der Schlinser. Oder der Satteinser. Oder von sonst wem, der nicht im Dorf wohnte.

Der Wachtmeister drängte die Sorgen beiseite, nahm ein Stück vom Käse und wollte hineinbeißen. Der Schnäuzer sträubte sich erwartungsfroh, der runde Bierbauch, der ihm Würde und Stabilität verlieh, gurgelte fröhlich, und die kleinen braunen Augen schlossen sich verzückt.

Da klingelte das Telefon. Hubert Schmiedle legte den Käse beiseite und nahm den Hörer ab.

»Hm«, meldete er sich offiziell. Sein Gesichtsausdruck wurde ernst. Er nickte mehrmals. Dann sagte er bestimmt: »Hm«, und legte auf. Er zog sein Stofftaschentuch aus der rechten Hosentasche und deckte seine Jause zu. Langsam stand er auf, ging auf den Hutständer zu, nahm die Dienstwaffe an sich und schnallte sich den Gürtel um. Schließlich verließ er das Büro, sperrte hinter sich ab und stieg in den Dienstwagen.

Fünf Minuten später parkierte er vor einem kleinen einstöckigen Haus. Der Garten des Häuschens befand sich noch im Winterschlaf, erschien aber ordentlich und für das Frühjahr gerüstet. Hubert Schmiedle ging um sein Auto herum, zur Gartentür und nickte drei Menschen zu, die dort standen.

Zwei Frauen und ein Mann standen beim Postfach und unterhielten sich. Sie sahen zum Wachtmeister hin.

Schmiedle blickte die Leute fragend an. Selbstredend kannte er alle drei, seitdem sie den Windeln entwachsen waren. So wie sie auch ihn kannten.

»Mir waren da, weil d' Susanne gestern nicht am Oppression Workshop war. Der Klaus hat sie ang'rufen, aber sie hat nicht abg'nommen«, sagte die ältere der beiden Frauen.

»Da haben wir uns Sorgen gmacht«, ergänzte die zweite. Beide Ende 30 mit kurzen Haaren. In Naturstoffen gekleidet und adrett.

»Und jetzt ist große Pause, da kommt sie normalerweise schnell heim, nach der Katze schauen.«

Der Mann stand schweigend daneben. Er trug das Haar lang, einen dichten blonden Bart.

Hubert Schmiedle nickte nur, griff über das Gartentürchen und öffnete. Die drei anderen blieben stehen. Er ging den Weg zur Haustür und läutete. Einmal, zweimal, dreimal, wartete, nichts geschah.

»D' Susanne hat all an Schlüssel über der Tür«, rief der langhaarige Mann zu Hubert. Schmiedle ignorierte die Meldung. Er besah sich die Tür. Schöne, gute Arbeit. Dann zog er einen Bund aus der Tasche und knackte das Schloss. Rechtlich gesehen, war das Einbruch. Aber Hubert war Dorfgendarm und, da Gefahr in Verzug, zu allem ermächtigt.

Schließlich hatte die Direktorin der Volksschule angerufen und das Fehlen ihrer Lehrerin und deren telefonische Unerreichbarkeit konstatiert. Nun standen auch noch drei andere da und machten sich Sorgen. In der Kriminalgeschichte des Dorfes kam das dem Kennedy-Attentat nahe.

Hubert hatte mittlerweile die Tür geöffnet und besah sich die Räume des Häuschens. Alles ordentlich, gut aufgeräumt, keine Kampfspuren, nichts, was einen Hinweis hinterlassen hätte. Er sah einen schönen, verbauten Ofen, mit gutem, trockenem Holz daneben, fein säuberlich gestapelt und in Hart- und Weichholzscheite getrennt. Außerdem gab es noch eine schöne graue Perserkatze, die sich unter der Bank versteckte, und deren Futternapf traurig leer war. Fünf Minuten später stand er wieder bei den Leuten am Gartentor.

»Hm?«, fragte er den jungen Mann.

»Kennsch mi eh. I bin Reuttes Klaus«, sagte er. Hubert nickte und notierte. Der Amtsweg war nun mal einzuhalten. Als der Reutte noch ein Teenager war, hatte Hubert einmal ein Päckchen Hanfkraut konfisziert und keine Meldung gemacht. Jetzt war der ehemalige Rockmusiker ein Vorzeigebiobauer. Kreislaufbewirtschafteter Hof, Hochbeete, es kamen Leute aus der Landeshauptstadt, um sich das anzuschauen. Hubert mochte vor allem die Erdäpfel. Grumpiera, wie sie der Dialekt liebevoll nannte. Am besten mit Zwiebeln, Wurst und geriebenem Bergkäse. Hubert wäre am liebsten gleich hinaufgefahren und hätte sich ein Kilo gekauft. Der ehemalige Rockmusiker hatte den Hang unter seinem Bauernhof mit Natursteinen belegt, was nicht nur sehr schön aussah, sondern auch einen beständigen Strom an warmer Luft generierte. Das Ergebnis waren Zuckermelonen, die auf 770 Meter über dem Meer reiften. Hubert war nicht so für Früchte zu begeistern, aber ab und zu brachte er seiner Anna eine von den süßen Köstlichkeiten.

Er blickte die beiden Frauen an.

»Nicole Dünser«, und »Irene Maier«, waren die Antworten. Die Erste war die Frau vom Reutte, aber ob sie verheiratet waren, wusste Hubert nicht. Heutzutage war das nicht so einfach, manche hatten denselben Namen, manche hatten zwei, aber der Mann nur einen. Hubert hatte schon lange aufgegeben diese babylonische Verwirrung durchschauen zu wollen. Da musste er seine eigene Frau fragen, auf jeden Fall hatten sie Kinder, zwei oder drei. Buben. Der ältere war mit dem Rad ohne Bremsen die Straße von Amerlügen ins Dorf runter gefahren. Handwurzelbruch und zwei Milchzähne ausgeschlagen. Reife Leistung. Hubert hatte den Vorfall protokolliert. Offiziell hatte er geschimpft, stillschweigend den Eltern gratuliert. Aus dem Buben würde mal was werden.

Irene Maier: Hubert musste nachdenken, bis ihm einfiel, woher er sie kannte. Sie war die Tochter vom einzigen Olympiasieger, den das Dorf hervorgebracht hatte. Zwar nicht Alpin und schon gar nicht Abfahrt, sondern bloß Nordische Kombination, Mannschaft, aber immerhin. Nach der Scheidung hatte die Tochter den Namen der Mutter angenommen. So war das. Hubert notierte sich die Einzelheiten.

»Oppression Workshop?«, fragte er. Das klang nach was.

»Oppression ist die anhaltende, ungerechte Behandlung von marginalisierten Gruppen durch die dominante Mehrheitsgesellschaft aufgrund von Geschlecht, Religion, sexueller Orientierung oder ethnischer Herkunft.«

Hubert hatte Bahnhof verstanden. Ließ sich das aber nicht anmerken. Er notierte sich ein paar Striche ins Notizbuch mit dem dunkelgrünen Umschlag. Hubert besaß dieses Notizbuch schon viele Jahre, seine Frau hatte es ihm einmal zu Weihnachten geschenkt, der Preis stand noch in Schillingen notiert auf der letzten Umschlagseite. Das Papier war rau und grob, mehr grau als weiß, jedoch widerstandsfähig. Kaffee, Schlamm, aber auch ein wenig Blut fand sich daran, hatte ihm aber nicht geschadet. Den Umschlag bildete eine Art grünes Kunstleder, das an manchen Stellen schon schwer abgegriffen war und speckig glänzte, an anderen noch eine feine Textur aufwies. Hubert notierte sich alles mit einem kleinen, sehr weichen Bleistift. Beim Schreiben steckte er immer die Zungenspitze durch die Zähne und hörte auf zu atmen. Er liebte den schwarzen, satten Strich auf dem Papier. Den Bleistift spitzte er mit dem Sackmesser jeden Tag in der Früh in der Amtsstube in den Mistkübel. Das Messer schliff er einmal in der Woche zu Hause an der Werkbank. Das Messer war scharf, und der Bleistift spitz.

»Wer hat die Frau Susanne Drimic unterdrückt? Und warum?«, kam Hubert auf den Oppression Workshop zurück, stolz darauf, so gut Englisch zu können.

»Nein, nicht sie wurde unterdrückt, sie hat den Workshop geleitet, um uns für die Unterdrückung, die wir marginalisierten Minderheiten zukommen lassen, zu sensibilisieren.«

»Sensibilisieren«, murmelte Hubert, während er sich das Wort ins Notizbuch schrieb.

»Wem g'hört se?«, fragte Hubert, damit ausdrückend, von welcher Familie im Dorf Frau Susanne Drimic abstammte.

Die drei schwiegen zurückhaltend und schauten auf ihre Schuhspitzen. Reutte kratzte sich verlegen hinter dem Ohr.

»Aha, a Zuagreiste«, stellte Hubert fest. Auch das wurde notiert. Ortsfremde Person. »Woher?«

»Wien.«

Hubert steckte das Notizbuch weg. Er war einmal in Wien gewesen. Letztes Jahr. Mit seiner Frau. Die wollte unbedingt ins Theater und in irgendein Museum. Alles, an was Hubert sich erinnern konnte, waren Kopftücher, Menschenmassen und Sprachen, die er nicht kannte. Das mit der großen Welt war schön und gut, aber er fühlte sich in seinem Dorf wohl.

»Hm«, sagte Hubert abschließend und übergab den Schlüssel fürs Haus der Frau Dünser. Sie war die Verheiratete, oder zumindest so was Ähnliches. Auf jeden Fall hatte sie Kinder.

»Sicher werd ich mich um die Katze kümmern. Und wir rufen an, sobald wir was von der Susanne hören.«

»Hm«, sagte Hubert zum Abschluss und stieg in den Dienstwagen. Er fuhr einmal ums Eck und parkierte vor der Volksschule.

Der Hybrid Audi der Direktorin stand da, es gab noch ein paar Fahrräder, und im Hof hörte er laute Kinderstimmen. Hubert ging nicht ohne Unbehagen in das Gebäude hinein. Schule war nie so Seins gewesen. Werken und Turnen hatte er gemocht, den Rest vergessen. Hubert ging zum Büro der Direktorin, klopfte und trat ein.

Agnes Nesensohn saß hinter dem Schreibtisch. In ihrem Rücken hing ein Bild des Bundespräsidenten an der Wand. In den 80ern war sie politisch aktiv gewesen, Umweltschutz war ihr ein Anliegen, und deswegen freute sie fast nichts so sehr wie ein grüner Bundespräsident.

»Ah, Herr Wachtmeister«, sprach sie Schmiedle unkorrekt an. Denn, wie gesagt, Gendarmen gab es schon lange keine mehr. Aber im Dorf war das nicht wichtig. Schmiedle setzte sich. Er hatte Notizbuch und Bleistift gezückt, bereit zu kritzeln. Innerlich brach bei ihm der Schweiß aus. So wie damals. Er spürte, wie er förmlich klein wurde, sein Bierbauch schrumpfte, der dichte Schnäuzer verschwand und sein Haupthaar wieder voll und lockig wurde. Die Direktorin schwieg für einen Moment, und Schmiedle nahm das gar nicht gut auf. Ihm wurde immer unwohler, die Nervosität stieg, wenn man ihn in diesem Moment gefragt hätte, wie er heiße, oder wie viel eins plus eins ist, er hätte nicht zu antworten vermocht. Wie damals in der Schule. Aber nach der Schule hatte es zu Hause Riebl mit Speck gegeben. Das war gut gewesen. Mit einem Schlag war der Albdruck von Schmiedle gewichen, und er fühlte sich wieder wohl.

Als er aus seinem Riebl-Traum kindlicher Geborgenheit erwachte, sprach Frau Nesensohn gerade von der Volksschullehrerin. Gestern noch kerngesund in der Schule, heute nicht gekommen, kein Telefon abgenommen, nicht erreichbar. Deswegen der Anruf in der Wachstube. Schmiedle kritzelte in das Notizbuch. Am liebsten zeichnete er bei solchen Gelegenheiten zwei Kreise und ein Dreieck. Das half ihm immer, sich zu konzentrieren. Als er fertig war, hob er fragend den Kopf und blickte die Frau Direktorin an. Agnes Nesensohn, die ihren Fernsehkrimi in- und auswendig kannte, wusste, was das zu bedeuten hatte. Sie begann, Susanne Drimic zu charakterisieren.

»Frau Drimic ist seit Beginn des letzten Schuljahres bei uns. Wir sind sehr zufrieden mit ihrem Engagement, sie ist hervorragend qualifiziert, enorm engagiert und eine echte Bereicherung für unseren Lehrkörper. Sie hat mich immer an mich selbst erinnert, damals, als ich von der Pädak gekommen bin, so voller Energie und Idealismus.«

Agnes Nesensohn blickte verträumt aus dem Fenster, hinaus auf das ruhige, grüne, adrette Postkartenbild eines Dorfes im Walgau.

»Sie war noch nie eine Minute zu spät, noch nie krank, obwohl sie Wienerin war. Deswegen habe ich gleich angerufen. Sie hätte mich sofort verständigt, wenn ihr etwas dazwischen gekommen wäre. Sie ist sehr verantwortungsbewusst und hat viel Pflichtgefühl.«

Hubert kritzelte weiter in seinem Notizbuch. Die beiden Kreise und das Dreieck nahmen nun langsam Gestalt an. Hubert überlegte kurz und setzte dann kühn zwei kleine Punkte in die Kreise. Er betrachtete sein Meisterwerk. Dann sah er wieder zu Frau Nesensohn.

Die Direktorin fuhr fort, so wie sie es aus den Fernsehkrimis kannte.

»Also Feinde hatte sie keine, soweit ich weiß. Sie war erst ungefähr eineinhalb Jahre bei uns, deswegen war da sicher auch noch nicht so viel Anschluss an die Dorfgemeinschaft. Sie war sicher bei keinen Vereinen dabei.« Sie unterbrach sich kurz und dachte nach. »Aber es hat da etwas gegeben, was sie in den letzten Monaten gemacht hat. Lassen Sie mich kurz nachdenken, Herr Wachtmeister.«

Hubert sah das Wort *Oppressionworkshop* in seinem Notizbuch stehen. Zwischen vielen Dreiecken und noch mehr Kreisen. Er las es vor.

»Opressionworkshop. Genau, das hatte sie, da machten ein paar Leute mit. Es ging dabei irgendwie um die neuesten Theorien. Sensibilisierung den eigenen Privilegien gegenüber, glaube ich. Für solche Sachen bin ich schon ein bisschen zu alt.« Sie wartete darauf, dass Hubert als wohlerzogener Mann den Hinweis auf ihr Alter zum Anlass nehmen würde, ihr ein Kompliment zu machen. Aber dem war nicht so. Hubert hatte noch nie einer Frau ein Kompliment gemacht. Streng genommen wusste er gar nicht, was das war. Wenn ihm das Essen zu Hause schmeckte, aß er auf. Wenn nicht, dann ließ er es übrig. Anna machte manchmal so komische Sachen. Vegetarisch, Curry, Quinoa. Das war nicht Huberts Welt. Er ging dann immer zum Salmonellen-Heinz auf einen Zack-Zack.

Einmal, vor 31 Jahren, hatte er mit 19 seiner Anna gesagt, dass er sie liebte. Das musste reichen. Seine Einstellung war: Einmal hatte er es gesagt, wenn sich was ändern würde, dann würde er sich schon melden.

Das soziale Konstrukt eines Kompliments war ihm fremd. So saßen sich die Direktorin und der Wachtmeister kurz schweigend gegenüber. Hubert nahm das Unangenehme gar nicht wahr. Agnes Nesensohn sehr wohl. Innerlich hatte sie Hubert Schmiedle von der Liste der Männer im Dorf gestrichen. Aber was wollte man schon von einem Gendarmen erwarten, dachte sie sich.

»Wie gesagt, mit dem neumodischen Theoriegehalt bin ich nicht so vertraut.«

Hubert sah wieder von seinem Notizbuch auf.

»Ach ja, zuletzt gesehen habe ich sie gestern am Nachmittag um halb vier, da ist sie gegangen. Die letzte Unterhaltung hatten wir vorgestern. Es ging um den Wandertag im Mai.«

Hubert zog die Augenbrauen hoch.

»Danach wollte sie heim. Keine Ahnung, was sie hinterher gemacht hat. In das Privatleben meiner Lehrerinnen mische ich mich nicht ein.«

Hubert stand auf, hielt die Hand hin, murmelte »Danke« und ging dann hinaus. Draußen stieg er in sein Auto, atmete tief durch, überlegte kurz und setzte dann hinüber auf die andere Straßenseite, zur Tischlerei seines besten Freundes Edwin. Er parkierte und betrat die Werkstatt.

»Heile, Hubert.«

»Z'was«, sagte Hubert, die verstümmelte Form von Servus, die im Dorf gebräuchlich war verwendend, so als ob er 20 wäre und nicht 50.

»Schnäpsle?«, fragte Edwin, die Flasche mit der klaren Flüssigkeit und zwei Gläsern in der Hand.

Hubert streckte wortlos die Hand aus.

»Die Nesensohn, gell?«

Hubert nickte.

»Bei der krieg' ich immer Schweißausbrüche und fühl' mich wie selbst noch in der Schule.«

Hubert nickte. Die beiden Gläschen waren voll, es wurde angestoßen und ausgetrunken.

»Vogelbeer«, sagte Edwin. Hubert nickte. Edwin stellte die Schnapsflasche wieder weg. Er verbarg sie hinter ein paar Werkzeugkisten, vor die er noch zwei schöne helle Buchenholzbretter stellte.

»Han die gsaha in d' Volkschul ihe goh. Hamma denkt, a Schnäpsle brucht er jetzt.«

Hubert nickte. Langsam fühlte er sich wieder wie ein Mensch. Er fühlte sich förmlich zwei Zentimeter größer. Edwin grinste und strich mit der Hand über das Holz, von dem er gerade mit dem Hobel hauchdünne Späne abzog. Hubert blickte ihn fragend an. So einen Hobel hatte er noch nie gesehen.

»Is japanisch«, sagte Edwin. »Die Späne kann man praktisch endlos lang machen und hauchdünn, beinahe zum Duriluaga.« So dünn, dass man praktisch hindurchsehen kann, meinte er.

»Des brauchts, weil ich billiges Holz innen verwende und teureres Hartholz außen. Die Japaner machen das schon ewig. Ich hab das im Fernsehen gesehen und über Amazon bestellt. Voll cool.«

Hubert besah sich den Hobel. Ein Stück Holz mit einer einsetzbaren Klinge, die im Winkel verstellbar war. Er nickte. Holzarbeit hatte ihm immer Spaß gemacht. Er liebte das Gefühl, die Textur, den Geruch des Werkstoffes.

»Holz«, sagte er bestimmt, und Edwin nickte verständnisvoll. Die beiden Männer schwiegen. Da ging die Tür auf. Herein kam Edwins Frau. Doppelt so schwer und zwei Köpfe größer als ihr Mann. Der enorme Busen wogte unter der geblümten Bluse. Margit kam dem Bild einer germanischen Rachegöttin gleich. Die alten Römer hatten sich immer vor den germanischen Frauen gefürchtet, nicht nur sie. Edwin und Hubert wurden wieder einen Kopf kleiner.

»Margit-Schätzle …«, doch Edwin kam nicht weiter.

»Nüt Schätzle. Saufen tuts, und die Arbeit bleibt liegen. Schau zu, dass du weiterkommst, Wachtmeister.«

Edwin blickte Hubert bittend an. Hubert nahm allen Mut zusammen. Er zog den Bauch ein, nicht dass irgendwer außer ihm selbst einen Unterschied festgestellt haben würde.

»Frau Stallehr, ich führe hier eine amtliche Ermittlung durch.«

»Dass ich net lach«, antwortete sie, die Hände in die Hüften gestemmt.

»Lachen bei Durchführung einer Amtshandlung bedeutet Verächtlichmachung der staatlichen Autorität und ihrer Symbole. Das ist gleichbedeutend mit Widerstand gegen die Staatsgewalt. Das ist keine Kleinigkeit.« Hubert konnte, wenn ihn die Umstände dazu drängten, durchaus seinen Posten ausfüllen. Wem Gott ein Amt gibt, dem gibt er auch Verstand.

Margit akzeptierte Huberts Ansprache. Respekt jedoch, von Angst ganz zu schweigen, hatte sie trotzdem keinen. Im Dorf war noch nie jemand wegen so was verhaftet worden. Wahrscheinlich war im Dorf überhaupt noch nie wer verhaftet worden.

»Amtshandlung lass ich gelten, aber den Vogelbeer, den riech ich bis in die Kuchi«, entgegnete sie etwas leiser, aber nicht weniger streng.

»Der Hubert war drüben bei der Agnes, deswegen der Vogelbeer«, meinte Edwin leise.

»Bei der Agnes? Dann kann ich's verstehen«, meinte Margit.

Hubert spitzte die Ohren. Er blickte Margit fragend an. Nicht, dass es das gebraucht hätte. Margit war in Fahrt.

»Die Agnes, das ist so eine. Immer hinter dem Rücken schlecht über andere reden, das macht sie. Immer mit ihrem: ›Ich hab' studiert, ich weiß das besser.‹ So als ob schon irgendwann irgendwer irgendwas Nützliches beim Studieren gelernt hätte.« Hubert nickte zustimmend. Sein eigener Sohn studierte in Wien. Vergleichende Literaturwissenschaften oder Wasweißichologie, oder so was. Hubert hatte in seinem ganzen Leben noch kein Buch gelesen, er konnte sich gar nicht vorstellen, warum Leute das taten. Die Welt war da draußen, nicht in einem Buch. Bücher lesen erschien Hubert so sinnlos, wie im Küchenkasten nach der Sonne zu suchen. Alles, was Hubert wusste, war, dass er seinen Sohn noch weniger verstand als die Türken im Dorf.

»Egal was mir beschließen, die Agnes und ihre Weiber sind immer dagegen. Beim Ortsvereinsturnier, beim Holzlos, beim Fasnatumzug. Immer sind die dagegen.«

Hubert nutzte die sich bietende Gelegenheit, um eine Frage zu stellen. Eine gut verkleidete allerdings.

»Aber über die Lehrerin, die Susanne Drimic, hat sie nur Gutes gesagt.«

»Ah so, um die geht's? Was ist leicht?«

»Sie ist heute nicht zum Dienst erschienen, das Haus steht leer, aber das ist ein Amtsgeheimnis. Ich ermittle noch.«

»Na dann viel Glück. Wahrscheinlich hat sie ein Schätzle und hat verschlafen. Der ist alles zuzutrauen.«

»Aber Margit, da war doch gar nichts?«, warf Edwin ein.

»Da war nichts? Und warum hat sie dir dann so große Augen gemacht und: ›Ach Herr Stallehr, der Kuchikasten ist aber so schön geworden‹, gesagt? Hm?«

»Es hat sie halt gefreut.«

»Ach was, hinter den Männern ist sie her, hinter den verheirateten. So eine ist das. Das seh' ich ihr an der Nasenspitze an. Kein Wunder, dass sie so einen Druck hat, wenn ich mir ihr Büchle anschau, dann hat sie nicht mehr viel Zeit, bevor sie aufgeht wie ein Germteig«, stellte Margit fest, auf das Bäuchlein der Lehrerin anspielend. »Aber meinen kriegt sie nicht.«

Es entstand eine kleine Stille. Ein Atemholen wie zwischen zwei Donnerschlägen.

»Unsere Kinder sind schon groß, aber wenn du mehr wissen willst, da musst du die Kerstin fragen.«

»Thalhammers?«, warf Edwin ein. Sogar für einen geborenen Alemannen, war es schwierig sämtliche Verwandtschaftsverhältnisse im Dorf zu kennen. Hubert wusste nur, dass Kerstin auf obskuren Nebenwegen mit Margit verwandt war.

»Genau.«

»Hm?«

»Die hat zwei Kinder in der Volksschule. Ein Mädchen und einen Buben. Die kann dir was erzählen.«

Hubert kritzelte in sein Notizbuch. Dann steckte er es weg. Er nickte Edwin zu und ging langsam Richtung Tür. Den Rücken getraute er sich nicht, der Frau zuzuwenden. Was seine Anna doch für ein Schatz war, dachte Hubert dankbar. Als er draußen war.

Er setzte sich hinters Steuer, warf den Motor an, ließ ihn ein wenig laufen und tat so, als ob er schreiben würde. Da klopfte es wie immer an das Beifahrerfenster. Es war Edwin. Hubert ließ das Fenster runter. Ein Schnapsglas erschien. Die beiden Männer nickten sich zu. Hubert reichte das leere Glas hinaus. Der Vogelbeer vom alten Thalhammer war schon ein Wahnsinn. Der alte Thalhammer war Brenner und hatte einen der größten Schnapskeller im Dorf. Hubert hielt das alte Gerücht, weswegen Edwin Margit wegen des Schnapskellers ihres Vaters geheiratet hatte, für nicht allzu übertrieben. Sehr klug von Edwin. Die Liebe kommt, die Romantik vergeht, aber Schnaps bleibt bestehen. Damit ließ Hubert den Dienstwagen anfahren, und gemächlich ging's hinauf zum Dorfplatz, am Postamt vorbei, beim Friseur Moll vorbei und hinauf ins Oberdorf.

Neben der Kirche parkierte er, blickte über die Samina hinüber zum Gemeindeamt, zum Gasthof »Sonne« und freute sich des schönen Vorfrühlingstages. Dann klingelte er bei Thalhammers. Es ging schon auf halb elf zu, und aus dem Haus drang ein wunderbarer Duft nach Käse und Zwiebeln. Den Mayonnaise-Erdäpfelsalat konnte Hubert zwar nicht riechen, aber sein Bauch wusste, dass er auch da war. Freitag, Kässpätzle, Verdauerle. Hubert mochte die alten Traditionen. Vor allem wenn sie mit Käse, Schnaps und vollem Magen zu tun hatten. Die Tatsache, dass die Vorväter die Gebräuche in diese heilige Dreieinigkeit gekleidet hatten, war für Hubert Beweis genug dafür, dass man Überkommenes ernst nehmen sollte.

Da ging die Tür auf.

»Herr Wachtmeister Schmiedle?«, begrüßte ihn eine kleine wunderschöne Frau in Schürze und Hauskleid.

»Heile, Kerstin. Wie gots'm Göthe?«, erkundigte Hubert sich nach dem Taufpaten der jungen Frau, der einer seiner besten Schulfreunde gewesen war.

»Eh all guat, bloß der Ruckn, woasch eh.«

»Ah so an verlitt uf dera Welt«, gab Hubert sein Mitgefühl dem Bandscheibenvorfall des Fliesenlegermeisters Schindegger zum Ausdruck.

»Aber ich bin dienstlich da. Die Susanne Drimic wird vermisst, und ich wollt mich über sie erkundigen. Du hast zwei Kinder bei ihr?«

»Also nur die Anni ist bei ihr, der Max ist eine Klasse drunter. Kumm iha.«

Hubert trat ein. Er wurde in die Stube geführt. Penibel sauber. Aufgeräumt. Helles Holz. Alles tadellos.

»Bierle?«, fragte Kerstin.

Hubert wehrte dankend ab.

»Im Dienst nicht, ich verstehe«, sagte Kerstin. Hubert nickte.

Kerstin setzte sich zu ihm. Huberts Nase sog den Duft, der aus dem Backrohr aufstieg, ein und lächelte selig.

»Bisch eppa hungrig?«, fragte Kerstin. Huberts Magen knurrte zur Antwort.

»Heute bin ich früher mit dem Kochen fertig geworden als sonst. Der Gerhard und die Kinder kommen erst in einer Stunde zum Essen heim. Magst du einen Teller? Es ist genug da.«

Hubert versuchte abzulehnen, aber da stand er schon vor ihm. Ein einfacher Teller, gutes Porzellan. Darauf wunderschöne, leicht gelbliche Spätzle, fädenziehender, duftender Käse, darauf dunkelbraune, ganz frische, süß-knusprige Zwiebelringe. Der Löffel war groß und der Teller auch. Hubert war glücklich und begann zu essen. Beim zweiten Bissen stand eine kleine Schüssel Erdäpfelsalat vor ihm. Hubert nickte kauend. So musste die Welt eingerichtet sein. Während er aß, redete Kerstin.

»Also die Susanne, das ist so eine. Da verlangt sie, dass die Väter mit zum Elternabend kommen, der Gerhard muss extra früher heim aus'm Dienst, dabei ist es im Moment eh so schwer und stressig, und dann redet sie kein Wort mit ihm, wenn er was sagt, ignoriert sie's und redet eine halbe Stunde von Sachen … da versteh ich kein Wort.«

Hubert kaute fragend und schluckte auffordernd hinunter.

»Heteronormativität und Gender Expression, hat sie gesagt, ich hab's mir gemerkt, weil ich wollt's nachschlagen, aber im Wörterbuch vom Papa steht das gar nicht drin! Sie hat gemeint, dass die Anni nicht immer Prinzessin spielen soll, und das kommt daher, weil der Gerhard arbeitet und ich auf die Kinder schau, und das muss man aufbrechen, das sei Unterdrückung.« Sie hielt inne. Es war ihr sichtlich nicht wohl dabei, so in Rage geraten zu sein. Sie strich das Tischtuch glatt und nestelte ein wenig an ihrem Ehering. Dann fuhr sie fort.

Hubert, als wohlerzogener Gast, hatte schweigend weiter gegessen.

»Und wegen dem Max hat sie auch was gesagt. Der Max ist ein Kerle, so ein richtiger. Immer der eigene Kopf, sein erstes Wort war: selber machen. In der Pause haben sie Völkerball gespielt, und der Ritchie von den Zinks hat übertreten, und der Max hat's gesehen, und dann haben sie gestritten und … und. … dann hat sie den Max heimgeschickt, weil er den Ritchie geschubst hat. Hubert, das sind doch Buben!«

Hubert nickte. Solange die Buben einander nicht vom Sessellift runter schubsen, läuft alles richtig, war seine Meinung dazu.

»So ist das halt mit der Susanne, weißt. Aber ich muss auch sagen, als Lehrerin ist sie toll. Die Kinder lernen so gern bei ihr, und sie gibt sich viel Mühe, aber der ganze gspunnene Irrsinn, der müassat net si.«

Hubert, als wohlerzogener Gast, hatte seinen Teller aufgegessen. Nur der Erdäpfelsalat war stehengeblieben. Hubert mochte in seinem Salat Wurst und Käse, von Gemüse hielt er nicht so viel.

»Moll du, hat's gschmeckt?«

Hubert nickte. Typisch Frau, was sollte die Frage, er hatte aufgegessen. Das würde er nie verstehen. Wer sollte annehmen, dass es ihm nicht geschmeckt hatte, wenn doch der Teller leer war. Das kam Hubert so vor, als ob man alle fünf Minuten fragen würde, ob die Sonne noch am Himmel stünde. Er lief auch nicht den ganzen Tag durchs Dorf und fragte alle Leute, ob die Sonne scheinen würde. Die würden sich schön bedanken, so einen Gendarmen zu haben.

»Subira?«, fragte Kerstin, auf einen Verdauungsschnaps in Form eines Birnenschnapses anspielend.

Hubert stieß leicht auf, klopfte sich auf den Bierbauch und lehnte dankend ab.

»Im Dienst«, sagte Kerstin.

Hubert nickte. Was der Dienst alles an Opfern forderte, das würden die Zivilisten nie verstehen. Der Subira von Kerstin kam von ihrem Opa. Der lebte noch und war eine Legende unter den Schnapsbrennern. Der alte Moosbrugger saß auf einem Schnapskeller, von dem gemunkelt wurde, dass noch ein Fraxner Kirsch aus dem 13er-Jahr da war. 1913 wohlgemerkt. Den Schnaps hatte der Kaiser noch getrunken, meinte der alte Moosbrugger, wenn er ein Glas zu viel erwischt hatte.

Hubert wechselte mit einem gekonnten Räuspern das Thema. Er blickte Kerstin fragend an.

»Ja, also das hab ich auch gehört. Der Maria ihr Mann, dem hat sie auch schöne Augen gemacht, aber ob das stimmt, weiß ich nicht. Die Frauen im Dorf reden immer so viel. Sie ist halt nicht verheiratet, aber eben auch erst so kurz da. Ob sie einen Freund hat? Kann ich nicht sagen. Ich hätt nichts davon gehört. Nein, wirklich nicht.« Maria war die beste Freundin von Kerstin und momentan auf Skiurlaub im Südtirol.

Hubert nickte und verabschiedete sich. Als er im Auto saß, blickte er auf die Uhr. Es war Mittag. Was es wohl daheim zum Essen geben würde? Hubert startete den Motor, da blieb neben ihm ein Auto stehen. Großer silberner Mercedes. Das Beifahrerfenster wurde heruntergelassen und eine Frauenstimme, die reines Hochdeutsch sprach, begann zu reden.

»Herr Wachtmeister, eine Minute …«

Hubert nickte.

»Ich muss mich doch sehr wundern. Da steht das Funkenwochenende vor der Tür, ich rufe bei Ihnen in der Wachstube an und niemand nimmt ab. Ich gerate in Sorge, telefoniere herum, doch auch beim Funken unten sind Sie nicht. Da stimmt doch was nicht, denke ich mir, fahre los, und auf dem Weg in die Amtsstube sehe ich Ihren Wagen hier parken. Sie können doch nicht einfach Ihren Posten verlassen! Sie werden gebraucht.«

»Ja, Frau Feuerstein«, antwortete Hubert.

»Stellen Sie sich vor, nächstes Jahr sind wieder Gemeinderatswahlen, mein Mann kann das gar nicht gebrauchen, dass uns dieses Jahr etwas mit dem Funken dazwischenkommt.« Sie schwieg und wartete darauf, dass Hubert zustimmend nicken würde. Das tat er auch.

»Also was treiben Sie hier? Ist die Katze von Thalhammers auf den Baum geklettert?« Flint, der uralte, böse schwarze Kater, hatte schon Generationen von Feuerwehrmännern aus den diversen Bäumen der Umgebung heraus das Leben schwer gemacht.

»Nein. Die Volksschullehrerin ist nicht zum Dienst erschienen.«

»Dann soll die Direktorin sich besser um ihre Angestellten kümmern.« Das Wort *Angestellte* sprach die Frau Bürgermeister aus, wie andere Leute das Wort *Gänse* verwendet hätten.

Hubert nickte.

»48 Stunden sind wohl üblich als Zeitraum, bis eine Vermisstenmeldung aufgenommen wird. Oder täusche ich mich da?«

Hubert nickte. Die Frau des Bürgermeisters nahm das als Zustimmung.

»Dann kümmern Sie sich um den Funken. Nicht, dass der noch gestohlen wird.«

Hubert nickte und sagte: »Sehr wohl, Frau Bürgermeisterin.« Damit ließ sie die Fenster wieder hoch und fuhr weg. Hubert legte den Gang ein und fuhr heim.

Das kleine Häuschen mit dem winzigen Garten war adrett und unauffällig. Hubert ging zur Vordertür, und der Geruch von Riebl hing in der Luft. Hubert mochte Riebl, vor allem mit viel Speck. Aber es war

Fastenzeit und Freitag. Das bedeutete entweder Apfelmus oder Kaffee. Er würde sich für den Kaffee entscheiden.

Anna hatte das Auto gehört, die Tür vernommen und richtete gerade die Portionen her. Auf dem Tisch stand eine Karaffe mit Wasser. In den Boden der Karaffe war das Montfortbanner geätzt, das Wappen von Vorarlberg. Schweigend setzte sich Hubert, und schweigend wurde gegessen.

»Du warst bei Thalhammers.«

Hubert nickte.

»Dort hat's Kässpätzle gegeben.«

Hubert nickte.

»Hast was gegessen.«

Hubert schüttelte den Kopf.

»Lüg nicht.«

Hubert aß weiter. Schuldbewusst und geständig. Anna mochte es überhaupt nicht leiden, wenn er auswärts aß. Weder im Gasthaus noch bei anderen Frauen. Sie war unzufrieden.

»Und was war mit der Bürgermeisterin? Was hat die woll'n?«

»Wegat 'm Funka«, entgegnete Hubert.

»Und was ist mit der Lehrerin?«

Hubert nickte.

»Wirst sie schon finden«, meinte seine Frau. Er war überhaupt nicht überrascht, dass sie das wusste. Alle im Dorf wussten das. Die alemannische Definition des Wortes Dorf ist: Alle wissen es.

»Ich hab mit der Hedi geredet, im Lädele, und die hat g'set, die Lehrerin, die war hinter den Männern im Dorf her.«

Hubert nickte.

»Du solltest einmal bei den Männern nachfragen. Ob da irgendwas war.«

Hubert nickte. Mittlerweile hatte er aufgegessen. Der Weizengrieß war schön mit Butter angebraten gewesen, so trocken, dass der den Kaffee schnell aufgesaugt hatte. Kein Schwiesbrota, aber immerhin ein ordentlicher Riebl. Hubert wollte nirgendwo Riebl essen als bei Anna. Er schob den Teller weg.

»Was machst am Nomittag?«

»Ich werd die Lehrerin suchen.«

»Und der Funken?«

»Den wird schon keiner stehlen.«

»Hubert, mach keine Witze. Was moansch, was d' Lüt sägan! Und du bisch d'r Schendarm!«

Hubert trank sein großes Glas mit klarem kaltem Wasser aus. Dann stellte er es auf den Tisch. Strich sich den Schnäuzer gerade und schaute Anna an. Mit festem Blick.

»Ich weiß, dir hat noch nie wer den Funken geklaut, aber es gibt immer ein erstes Mal.«

Hubert wiederholte den Blick. In dem Moment hatte er ein wenig von John Wayne. Anna nahm die Teller und räumte ab.

»Der Thomas kommt über die Ferien diesmal nicht heim. Muss für die Uni arbeiten.«

Hubert nickte. Der Anflug von John Wayne war weg, wie nie da gewesen. Er klopfte mit den Fingern auf den Tisch, stand auf und ging hinaus. Auch Gendarmen sind Väter.

Die Direktorin hatte die Drimic um halb vier Uhr gesehen. Das war sein Anhaltspunkt. Wohin sie gegangen war, wusste niemand. Das musste herausgefunden werden. Hubert saß im parkenden Wagen mit laufendem Motor.

Es gab einen Weg, der mit Sicherheit dazu führen würde, dass er herausfinden würde, wohin die Drimic gegangen war. Doch der Weg war steinig und schwer zu gehen. Hubert mochte nicht. So saß er noch ein paar Minuten im Wagen mit dem laufenden Motor und versuchte, dem Verhängnis zu entgehen. Aber es gelang ihm nicht. Es wollte sich keine Alternative präsentieren. Also fluchte er leise vor sich hin, kaute auf dem rechten Ende des Schnäuzers herum und fuhr los.

Zwischen Volksschule und dem Haus von der Drimic, gegenüber vom Discounter Supermarkt, wo die Türken einkauften, lag ein altes Haus. Grau und rau verputzt, zwei Stockwerke, Silbertannen im Garten, die Grashalme in Reih und Glied, der Postkasten glänzend wie die Knöpfe an der Uniform eines Gardisten. Dort wohnte Crescenzia Nigsch, und was sie nicht wusste, von dem hatte Gott noch nichts gehört. Die Dame war hoch in den 90ern stehend, zart gebaut, weißhaarig und willensstark wie ein Elefantenbulle. Sie lebte allein, seitdem ihr Mann in Stalingrad geblieben war. Man munkelte, dass es ihm dort besser gefallen habe als zu Hause. Auf jeden Fall hatte sie drei Söhne großgezogen. In Huberts Jugend war es ein Ausweis des besonderen Mutes gewesen, bei Nigschs zu läuten und dann davonzulaufen, denn die alte Dame besaß einen Wehrmachtskarabiner. Hubert hatte einmal geklingelt. Seitdem war sein linkes Ohr ein wenig länger und abstehender als das rechte.

Hubert stand am Gartengitter und klingelte. Es bimmelte, und er trat ein. Die Tür ging auf, und ein waches stahlblaues Augenpaar sah ihn an. Die Augen waren klar und scharf. Wie Rasiermesserklingen. Hubert schluckte.

»D'r kline Schmiedle. Kumm iha.« Hubert trat ein. Hinten hinaus, vor einem schönen großen Fenster mit Blick auf eine bunte Wiese, befand sich ein Teetisch. Gedeckt mit Porzellan und Kuchen. Zwei weitere alte Damen saßen dort. Agatha Nöckl und Walpurga Hundertpfund. Hubert war vom Regen in die Traufe gekommen.

»Ah, d'r kline Schmiedle«, begrüßte ihn Agatha. Ihre Dutts waren perfekt hochgesteckt, das graue Haar exakt geordnet, die Perlenketten glänzten.

»All no am Schandarm spiela?«, fragte ihn Agatha, das Wort streng nach Lautschrift aussprechend. Sie war schon fast 100. Es fehlte noch ein halbes Jahr. Seit letztem Winter benutzte sie einen Rollator, aber ihrem Geist war das nicht anzumerken.

Hubert hätte nun antworten können, dass er Polizist

sei, und dass er das nicht nur spiele, aber was kann ein Mann schon gewinnen, wenn er einer solchen Dame widerspricht. Also nickte Hubert und setzte sich auf den Platz, den man ihm anbot.

In eine goldgeränderte Porzellantasse von vor dem Krieg wurde ihm Tee eingeschenkt. Hubert trank Tee nur, wenn er krank war, und dann nur mit Rum und unter Protest. In dem Tee war kein Rum. Dafür Milch. Es hätte kaum schlimmer kommen können. Aber Hubert trank brav die Tasse aus, die prompt nachgefüllt wurde.

»Luag, es schmeckt ihm.«

»Ah so'n Kerle«, sagte Walpurga ganz so, als ob er brav ein Bäuerchen gemacht hätte. Walpurga war nicht mehr so klar im Kopf. Letzten Monat hatte Hubert sie mit dem Nachthemd aus dem Walgau-Markt heimgebracht, als sie mit dem Führerschein ihres Mannes ein Glas Kirschen kaufen wollte. Aber das tat hier nichts zur Sache.

Da es ihm schmeckte, wurde ihm nachgeschenkt. Auch ein Stück Kuchen stand auf einem Teller vor ihm. Hubert aß brav. Kuchen war ihm noch mehr zuwider als Tee. In Italien hatte er mal eine Schweinetorte gegessen, das war sein Ding. Seitdem mochte er Italien. Die Unordnung dort machte ihn zwar wahnsinnig, er verstand die Leute auch nicht, aber Schweinetorte war genau sein Ding. Speck statt Rosinen, Aranzine durch Zwiebeln ersetzt. So ging das. Hubert aß brav das Stück Kuchen auf.

»Was kummsch?«, fragte ihn Agatha direkt.

»Na wegat der Drimic«, antwortete Crescenzia.

»Die hoppat umma wie wild«, kicherte Walpurga. Crescenzia blickte sie strafend an.

»Wia sinrzit Weltes Liesi«, kicherte Agatha, und die drei Frauen lachten laut, ehrlich und befreiend auf.

Weltes Liesi hatte vor dem Weltkrieg, gemeint war der Erste, sieben Kinder von sieben verschiedenen Männern bekommen. Da die Vaterschaft immer eine unsichere Sache ist, kam das ganze Dorf infrage.

Hubert saß stumm da.

»Also, wenn i hüt jung wär, tät is oh«, meinte Walpurga und trank ihr Stück Kuchen aus der Tasse. »S' koft o koan Ma an Waga ohne zum Probiera!«, meinte Crescenzia, darauf hinweisend, dass niemand ein Auto kaufen würde, ohne es vorher Probe gefahren zu sein.

»Aber zersch immr unter d' Motorhuba luaga«, meinte Agatha ernst. Die anderen beiden nickten zustimmend. Hubert, still und blass, ließ die ungehemmte Frauenpower über sich ergehen. Was anderes blieb ihm auch übrig.

»Die Drimic isch net hamko«, meinte Crescenzia. »Und hüt war sie net schaffa.«

Hubert nickte.

»Sie isch zum Reichfelder heim.« Dr. Martin Reichfelder war der Dorfjurist.

»Um halb fünf«, bestätigte Agatha, so als ob das einem zu denken geben müsste, wenn ein Anwalt um halb fünf Uhr Donnerstag nachmittags zu Hause war.

»Und sine Frau …«

»Freundin«, warf Walpurga ein.

»Freundin, war nicht da«, meinte Agatha. Sie wohnte direkt gegenüber von Reichfelders. Und im Verschwörertonfall fügte sie hinzu: »Sin Maserati hat o net dürt parkt. Er isch mim Taxi us d'r Stadt hera ko!« Hubert nahm das Notizbuch aus der Tasche und schrieb sich das auf. 4. Reichfelder. Kein Maserati.

Etwas später fuhr Hubert recht ziellos durchs Dorf. Es gab da mehrere Möglichkeiten. Zum einen war da die Spur Reichfelder. Aber dessen Kanzlei war in der Stadt. Dorthin fuhr Hubert nur zwei Mal im Jahr, und dann nie in Uniform, dafür mit Anzug und Krawatte. Der Anzug war in der Reinigung und außerdem war er im Dienst. Also ging das nicht, das in die Stadt fahren. Darüber war er froh. Die Stadt war zwar ein Städtchen, eines ohne Ampel, aber immerhin. Größer als das Dorf. Hubert mochte das nicht so sehr. Es war gut, dass es Städte gab, aber Gott hatte es auch so eingerichtet, dass sie weit weg waren. Also: Zum Reichfelder konnte er erst am Abend schauen.

Die Tatsache, dass heutzutage ein jeder ein Handy hatte, war für Hubert bedeutungslos. Er sah schon kaum Sinn darin, mit Leuten zu reden, denen er ins Gesicht blicken konnte. Außerdem hatte er einen Telefonanschluss in der Wachstube. Das musste reichen.

Da fiel ihm etwas ein, und sein Gesicht verfärbte sich dunkel. 20 Jahre hatte er sich in der Ehe erfolgreich gegen einen Telefonanschluss in seinem Haus gewehrt.

Dann hatte Anna gemeint, dass man ja einen Kabelfernsehanschluss haben könnte. Fußball und Skirennen interessierten Hubert auch. Also war er dafür gewesen. Was er nicht erwartet hatte, war die schlangenartige Hinterlist seiner eigenen Ehefrau, die mit dem Kabel auch einen Telefonanschluss ins Haus geholt hatte. Hubert war außer sich gewesen. Unser Wachtmeister wusste natürlich, was eine Scheidung ist, allerdings gab es das nur für andere Leute. Er selbst wäre nie auf die Idee gekommen. Aber das Gefühl, das in seiner Brust wohnte, als er das Telefon sah, das hätte bei anderen Leuten zur Auflösung der Ehe geführt.

Nach eineinhalb Jahren kleinkindlichem Bocken der beiden Ehepartner war man zu einer Übereinkunft gekommen. Das Telefon hatte unsichtbar zu sein, gut versteckt in einem Telefonkasten, und wenn Hubert zu Hause war, dann musste es ausgesteckt sein. Bis jetzt hatte die Abmachung gut funktioniert. Anna telefonierte, wenn er nicht zu Hause war. Der Wachtmeister hatte lange nicht geahnt, dass seine Frau mittlerweile auch ein Handy besaß. Erst vor einer Woche war er drauf gekommen. Den dadurch ausgelösten Vertrauensverlust hatte er bis heute nicht ganz verwunden. Sein Schnäuzer hatte gezittert bis in die tiefsitzenden Haarwurzeln der Oberlippe hinein. Wenn der Schnäuzer etwas nicht mochte, dann mochte es Hubert auch nicht.

Die Gedanken des Wachtmeisters kehrten zum Fall Drimic zurück. Also für den Anwalt war es noch zu früh. Gab es weitere Spuren? Schmiedle erinnerte sich an das saubere Häuschen, den Ofen und das Holz. Das Holz. Hubert fuhr langsam, beinahe im Schritttempo, den Hügel nach Ganahl hinauf, dort wo das Häuschen der Lehrerin stand. Drei Kinder, zwei Buben und ein Mädchen, spielten auf der Straße Tempelhüpfen. Hubert nahm das Tempo raus und kroch schneckengleich am Häuschen vorbei. Eine schöne Holzbieg stand an der Rückwand unter dem Dach. Das Holz war fein gespalten und gut gestapelt – a ghörige Bieg. Und doch, perfekt war sie nicht. Hubert kratzte sich am Schnäuzer, murmelte was und bog dann ab, hinauf ins Oberdorf, darüber hinaus, durch den Wald hinauf in die hoch gelegenen Parzellen.

Alois, der würde wissen, wer der Drimic das Holz verkauft und gestapelt hatte. Der Alois kannte sich da aus. Seine Biegen waren legendär, und er erkannte jeden Holzstapler an der Art der Arbeit.

Ein kleiner Bach schlängelte sich durch den bebauten Kern, und die Straße überquerte ihn mehrfach über verschiedene Brücken. Schließlich an der Schindlerei Lins vorbei kam er ans Haus von Alois und Emma.

Ein schöner wohlgepflegter Garten, der gerade dabei war, aus dem Winterschlaf zu erwachen, lag neben dem Haus. Die Auffahrt war gut gepflastert, die Gartentür 1 A gepflegt. Hubert klopfte und stieg hinauf.

»Zervas, Emma, der Lois isch ummanand?«, fragte Hubert ins Haus hinein.

»Sicher, sitzt auf der Bank«, war die Antwort aus der Küche.

Alois saß auf der Bank in der Sonne und putzte ein Räuchergestell penibel aus. Die beiden Männer nickten sich zu, und dann saß Hubert neben Alois in der Sonne. Huberts Bauch mochte die Sonne, die hier heroben über den Talnebeln schon jetzt so wohltuend warm war.

»Die Forellen werden im Räuchergeschirr so gut, aber der Dreck, das ist eine Heidenarbeit«, sagte Alois. Hubert nickte.

Die beiden saßen eine weitere Weile schweigend nebeneinander. Neben Alois stand eine Sauerstoffflasche mit Zughilfe auf dem Boden. Das Atemgerät lag daneben auf der Bank. 30 Jahre harter körperlicher Arbeit hatten Spuren hinterlassen. Betonstaub, Schmiermittelgase, Maschinenfeinstaub. Alois nahm einen Zug aus der Maske.

»Sag, wer hat der neuen Lehrerin das Holz gerichtet?«, fragte Hubert schließlich.

»Des waren der Lukas Baier und der Reinbacher Stefan«, antwortete Alois. Baier war der Kapitän des dorfeigenen Fußballklubs, der in der Vorarlbergliga gegen den Abstieg kämpfte.

»Reinbacher?«, fragte Hubert.

»Ich kenn seinen Bruder, den Christian. Guter Freund von meinem Johannes. Der war gestern da, Forellen essen.«

Hubert nickte.

»Den Stefan kenn ich nicht so gut, aber der arbeitet beim Getzner in Bürs. Entwicklungsabteilung.«

Hubert nickte. Getzner war ein Textilunternehmen, das die Krise der Textilindustrie in Vorarlberg überlebt hatte. Hämmerle, Ganahl und die anderen großen Industriellenfamilien hatten ihre Fabriken aufgeben müssen. Doch Getzner hatte auf Funktionstextil umgesattelt und blühte. Vom einfachen Regenschutzmaterial bis zu schallisolierenden Matten wurde alles hergestellt.

»Willst die Lehrerin finden?«

Hubert nickte. Da ging hinten das Fenster auf.

»Bierle, Hubert?«

Hubert lehnte dankend ab.

»Vergiss nicht auf den Funken, nicht, dass uns den klauen!«, sagte Emma noch und schloss dann das Fenster.

Hubert und Lois blieben schweigend sitzen. Lois putzte immer noch.

»Wenn du fragen gehst, dann geh nicht zum Lukas Baier.«

»Hm?«

»Weil der hat eh so ein Problem zu Hause, weil er immer den Röcken hinterher ist.«

Hubert nickte.

»Der Stefan, der wohnt hinter dem alten Konsum, hat das Haus von seiner Ahna geerbt und umgebaut. Riesen Holzbieg vorne heraußen. Schöne Holzfassade. Seine Freundin mit ihrem Buben ist sicher zu Hause.«

Hubert nickte. Stand auf, nickte wieder und ging. Hinter ihm nahm Lois einen weiteren Zug aus der Sauerstoffflasche. Ein Leben lang gebuckelt, und kaum in Pension Staublunge.

Hubert setzte sich ins Auto und fuhr wieder hinunter ins Dorf. Er fand das Haus wie beschrieben und klingelte.

Eine schöne junge Frau Mitte 30 öffnete.

»Ja?«

»Schmiedle, ich hätte ein paar Fragen wegen der Lehrerin.«

»Ach ja, mein Gott, sie war ja heute nicht schaffa. Genau. Ist was passiert?« Mit diesen Worten bat sie ihn hinein.

Das Haus war hell, offen und schön. Hubert saß am Esstisch vor einem großen Fenster in den Garten und hatte alle Hände voll zu tun, ein Glas Bier abzulehnen. Oder ein Schnäpsle oder ein Glas Wein. Schließlich, als er schon glaubte, allen Versuchungen entronnen zu sein, zog sie den letzten Trumpf aus der Tasche:

»Möschtle?« Und Hubert kapitulierte.

»Aber aufgespritzt«, schwächte er ab. Schon bald stand ein halber Liter Apfelmost mit Leitungswasser vor ihm. Prickelnd, leicht säuerlich, sehr alkohol- und kalorienarm. Hubert nahm einen tiefen Zug. Dann strich er sich den Schnäuzer gerade. Das war fein.

»Du kommst zu mir, weil ich die Susanne gut kenne, oder?« Eigentlich war dem nicht ganz so, aber Hubert nickte trotzdem.

»Also, ich hab sie kennengelernt, das war vor drei Jahren, da war sie noch nicht Volksschullehrerin bei uns, sondern in Krems, wo ich die Ausbildung zur Musikpädagogin gemacht habe. Wir sind gute Freundinnen geworden, und auch wegen mir ist sie jetzt da. Sie ist eine super Lehrerin. Sehr modern halt, damit haben manche Verzopfte ein Problem.«

Hubert blickte sie fragend an.

»Natürlich gibt es Frauen im Dorf, die sie nicht mögen. Weil sie jung und hübsch ist und die Männer ihr nachsteigen. Sicher, das ist immer so. Vor allem die Agnes, die Direktorin, die hat einen riesigen Hass auf sie. Weil sie ist jetzt nicht mehr die intelligenteste und gebildetste Frau im Dorf. Und sie merkt halt auch, dass sie nicht jünger wird und Mann hat sie immer noch keinen ...« Den Rest ließ sie in der Luft hängen.

»Also, nicht so schlimm, wenn man keinen Mann hat, wenn man keinen will, ist das auch gut, aber wenn halt nicht, dann ...« Wieder ließ sie den Satz ausklingen.

»Und wie die Susi letzten Sommer beim Ortsvereinsturnier mit dem Professor Pfanner geflirtet hat und der dann nicht mit der Agnes, da war es dann soweit. Seit damals haben sie kein Wort mehr miteinander gesprochen und sind sich spinnefeind. Ich hoff nur, der Susanne ist nichts passiert, ich hab schon viermal auf ihrem Handy angerufen, aber sie nimmt nicht ab.«

»Es wird schon nichts passiert sein«, beruhigte Hubert Esther gekonnt. Doch Schmiedle war sich da nicht so sicher. Irgendwas war nicht in Ordnung, das wusste er. Wie immer kritzelte er in seinem dunkelgrünen Notizbuch herum. Diesmal keine Dreiecke und Kreise, sondern Zahlen. Achten vor allem, liegende und stehende. Warum, wusste er nicht, aber es fühlte sich gut an.

Der Wachtmeister blieb noch ein paar Minuten, dann verabschiedete er sich und stieg in den Dienstwagen. Für den Reichfelder war es noch zu früh. Für ein kleines Mittagsschläfchen in der Amtsstube, eine der kleinen Sünden des Wachtmeisters, war es schon zu spät. Aber die Susanne Drimic hatte mit dem Professor Pfanner geflirtet. Den hatte er schon lange einmal wieder sehen wollen. Der war der Geschichte- und Geografieprofessor von seinem Sohn gewesen. Ein echter Universitätsprofessor an einer Uni irgendwo im Ural. Hatte sich ein Haus gebaut oben in Gurtis, direkt unter dem Gipfel der Gurtisspitze. Der Mann fuhr einen SUV in schwarz mit der Wunschnummer NIKE 1. Hubert hatte sich immer gewundert, warum einer Werbung für Turnschuhe machen sollte. Sein Sohn hatte ihm dann erklärt, dass es sich dabei um die griechische Göttin des Sieges gehandelt haben sollte. Hubert war das gleich. Solche Dinge prägen sich ihm nicht ein. Aber warum einer Turnschuhwerbung auf seiner Nummerntafel machen sollte, blieb ihm schleierhaft.

Oben in Gurtis war es beträchtlich kälter als im Tal. Der Gipfel lag im Süden des Dorfes, warf somit seinen langen Schatten weit ins Tal hinein, und ganz oben, da war noch fast Winter. Der schwarze SUV stand vor dem Haus, Hubert läutete.

Das Haus stand am Straßenrand an einer kleinen Lichtung, blickte hinaus in den Walgau, hinüber zum Walserkamm, ganz hinten war die Rote Wand zu sehen. Daneben gab die Felsenau den Blick in das Rheintal frei. Bis hinunter zum Bodensee reichte der Blick. Hubert fand das sehr lässig.

Da ging die Tür auf.

»Womit kann ich dienen?«, der Professor war Tiroler, sprach also keinen Dialekt. Jemand, der ausschließlich Hochdeutsch sprach, hätte ihn trotzdem schwer verstanden.

»Ah, der Herr Schmiedle, Wachtmeister, der Vater vom Thomas. Kann mich erinnern, kann mich erinnern. Komm herein. Ich mach mir gerade eine Flasche Wein auf, du trinkst natürlich ein Glas mit mir.«

Hubert folgte ihm, setzte sich auf den angebotenen Stuhl und bewunderte die Aussicht. Der Herr Professor hob sein Glas. »Willkommen in meiner bescheidenen Hütte.«

Die Hütte war auf drei verschachtelten Etagen in den Hang gebaut, bestes Holz, wunderschöne Gemälde, großzügige Raumplanung, ein Kachelofen aus dem Bregenzer Wald: Hubert sah den Professor am Hungertuch nagend vor sich.

»Was führt dich zu mir?«

Bevor Hubert in seiner langsamen, bedächtigen Art

auch nur zu einer Antwort ansetzen hätte können, warf sich der Professor Pfanner schon in einen Monolog.

»Eigentlich solltest du dich ja um den Funken kümmern. Dass uns der nicht wieder gestohlen wird. Das war 83 oder 84, als das passierte, nicht wahr? Ich war damals noch nicht hier ansässig, aber man erinnert sich im Dorf sehr lange an solche Vorfälle, kein Wunder. So ein Funken, das ist viel mehr als bloß ein Feuer, in dem altes Holz verbrannt wird. Es ist ein transformatorischer Akt, das Feuer transformiert das alte Jahr in ein neues, das alte Wissen in neues. Der Winter wird symbolisch ausgetrieben, um dem Frühling Platz zu machen. Nach 2500 Jahren Aufklärung durch die Ratio, und die Menschen glauben immer noch an bioenergetische Salzkristalle und stellen Funken auf. Nietzsche würde lachen oder vielmehr weinen. Jaja. Jedes Dorf zeigt dann, wie groß und wie schön es den Funken bauen kann, wie gut es versteht, das Feuer lodern zu lassen. Sodass der Funken erst ganz zum Schluss in sich zusammenfällt und nicht etwa auf eine Seite. Darin zeigt sich dann das Funktionieren der Dorfgemeinschaft. Der Funken ist ein Symbol für Können, Funktionieren und Gesundheit der Gemeinschaft. Wie im Tierreich. Pfauen mit ihren Federn oder Bartgeiermännchen, die sich die Brustfedern mit Eisenoxid rot färben, um die Weibchen zu beeindrucken. Welch seltsames Tier wir doch sind. Da haben alle im Dorf einen Holzstoß vor dem Haus, der Primar ebenso wie der Polier, um ihre Überlebensfähigkeit zu demonstrieren wie die Bartgeier. Und ich sitze hier heroben, luftig in den reinen Höhen, und blicke spöttisch hinab auf das Treiben meiner geschätzten Mitmenschen.«

Pfanner nahm einen Schluck von seinem Rotwein. Hubert kam nicht zum Reden. Er war noch beim Funken und wie wichtig es war, dass er nicht zu früh umfiel. In Satteins, auf der anderen Seite der Ill, hatte man die Funkenzunft dabei erwischt, eiserne Nägel zu verwenden. Den Schaden im Ansehen der anderen Dörfer konnte man so schnell nicht wieder gut machen. Doch der Professor sprach weiter, Hubert schaute zum Fenster raus. Doch halt, da war ein Wort gefallen, was war es gewesen? Hubert fuhr aus seinen Überlegungen hoch. Der Professor, ein erfahrener Redner, bemerkte intuitiv sofort die Aufmerksamkeit, die seiner Rede entgegengebracht wurde, und verbreitete sich nun noch ausführlicher über seinen Gegenstand.

»Schau mal, Hubert, du bist verheiratet. Ich bin es nicht. Nun, ich will Ihnen keinen Strick aus der Tatsache drehen, aber du musst zugeben, dass ich alle Vorteile genieße und keinen der Nachteile.«

Hubert sah sich um. Im Haus roch es überhaupt nicht nach Essen. Er konnte sich nicht vorstellen, wie Pfanner an den Vorteil weiblicher Gesellschaft herankam. Vielleicht hatte er jemanden, der ihm das Essen vorbeibrachte. Das konnte gut sein. Aber soviel er wusste, aß der Professor jeden Mittag im »Kreuz«, im Herrenzimmer. Dass der Professor etwas anderes als Essen meinen könnte, ging Hubert nicht auf.

»Ich bin frei, fliege von Blume zu Blume, und gerade das macht mich bei der Damenwelt begehrt. Natürlich, hin und wieder, kommt es zu kleinen Irritationen wie mit meiner alten Freundin, der Agnes, aber auch das wird sich wieder legen, sobald sie merkt, dass es im Dorf nicht viele Männer von meinem Kaliber gibt und sie auch nicht jünger wird.«

Der Professor trank vom Rotwein. Hubert tat es ihm nach. Hubert war nicht der große Weinkenner. Er hatte es gerne herb und trocken, aber er war höflich und trank sein Glas leer. Ihm wurde nachgeschenkt.

»Der Wein schmeckt dir, sehr gut, das ist ein feines Tröpferl. Ein ganz ein feines. Barolo, gut gelagert. Ich hab einen kleinen Weinkeller, nichts Besonderes, da gibt es ganz andere im Dorf, aber ein paar gute Flascherln hab ich schon unten.«

Der Professor nippte wieder am Glas.

»Ach ja, wie geht es eigentlich dem Thomas? Er studiert in Wien, höre ich. Ich kann mir denken, sehr erfolgreich, gute Anlagen der Bub, ich hoffe, du bist stolz auf ihn. Das kannst du nämlich durchaus sein. Aber das weißt du selbst besser als ich. Wenn man aus einem solchen Dorf kommt, mit den Möglichkeiten, die sich hier kulturell und bildungsbezogen bieten, dann ist das schon ein kleines Wunder. Für die meisten hier hört die Welt hinter der Felsenau auf, und hinter Bludenz da fällt man runter in den Mahlstrom. Draußen in der großen Welt dreht sich die Sonnenscheibe ewig weiter, und hier bliebt man stehen. Glaubt unter Umständen, dass man progressiv und fortschrittlich sei, und dann kommt ein süßes Mäderl aus der großen Stadt, und wusch, die ganze Illusion verflogen und man erkennt, wie konservativ und rückständig man eigentlich ist.« Der Professor blickte sinnierend hinaus ins Tal. Hubert hingegen zog das grüne Buch heraus und kritzelte was hinein. Das, was der Professor hier gesagt hatte, war wichtig, sehr wichtig, da hatte er von der Agnes, der Direktorin, gesprochen. Das Ganze ging dem Professor doch tiefer unter die Haut, als der zugeben mochte. Ganz kurz hatte Hubert den Mann hinter der Fassade erkannt. Den Mann, der immer nur so tat, als ob er von Blume zu Blume fliegen würde. In Wirklichkeit aber sehr ernste Gefühle hegte. Der nun erkannt hatte, dass ein kleiner Flirt mit einer süßen Volksschullehrerin ihn die Beziehung zu einer Frau gekostet hatte, die ihm wirklich etwas bedeutet hatte. Hubert hatte diese Gedanken noch nicht einmal ansatzweise notieren können, da kehrte der Professor schon zu seinem Habitus zurück. Er hielt einen Vortrag, gewürzt mit einer ordentlichen Prise intellektueller Überheblichkeit.

»Und da bauen diese Ahnungslosen einen Holzstoß, den sie verbrennen, in der Hoffnung, dass die Transformation des Verbrennens den toten Winter zum fruchtbaren Frühling macht. Sie glauben, dass die Gebärmütter ihrer Frauen dadurch fruchtbar werden. Dass die Dunkelheit durch das Licht schwindet. Tragisch ist dabei auch noch, dass niemand dort unten überhaupt die Symbolik versteht, die sie anwenden. Der größte

Witz an der Sache ist allerdings, oben am Funken wird eine Hexe angebracht. Das Symbol für das Böse, für die Dunkelheit, für den Winter. Nur wurden die echten Hexen in Vorarlberg nie verbrannt, sondern geköpft, und das auch nicht, sondern begnadigt, aber auf jeden Fall nicht verbrannt. Denn Brennholz ist teuer. Die echten Hexen haben sie also nicht verbrannt, die falsche jedes Jahr. Deswegen, weil sie wollen, dass der Frühling kommt, was sie ja auch gratis haben könnten. So ist das mit den Menschen. Solche Idioten.« Pfanner schüttelte den Kopf und lachte in sich hinein. Hubert hatte das Gefühl, dass mit der Direktorin und dem Professor einmal etwas auf dem Funken passiert sein musste, sonst würde der so nicht sprechen.

Die einseitige Unterhaltung ging noch eine Weile weiter, bis die Flasche leer war. Dann wurde Hubert hinauskomplimentiert, und er fuhr den steilen Berghang hinunter ins Dorf zurück. Was ihm allerdings aufgefallen war, der sinkenden Sonne zum Trotz, war, dass die Feuerholzbiege des Professors neben der Garage enorme Ausmaße hatte. Und sie war sehr schön geschlichtet. G'hörig biegnat, wie er bei sich dachte.

Der Wachtmeister fuhr hinunter ins Dorf. Die Sonne senkte sich langsam über das Rheintal den Schweizer Bergen zu. Für Abendessen war es noch zu früh, und auch der Anwalt war sicher noch nicht zu Hause. Also schaute Hubert noch mal beim Dorftischler Edwin vorbei.

Die beiden Männer verband eine lange alte Freundschaft. Es stellte kein großes Problem dar, dass die Frauen einander nicht mochten und auch nichts von den jeweiligen Freunden ihres Mannes hielten. Hubert parkte sehr leise und vorsichtig ein paar Meter unterhalb der Tischlerei. Dann ging er zu Fuß hinauf. Leise hinten herum, klopfte an die Hintertür, eine Sekunde später wurde aufgemacht. Sehr leise begrüßte man sich, und Hubert ging hinein. Die Tür wurde sanft geschlossen.

»Und, die Lehrerin all noch nicht gefunden?«, fragte Edwin. Hubert nickte.

»Schnäpsle?« Hubert nickte. Als der Schnaps unten war, sagte Edwin: »Ich hab grad an der Hexe gearbeitet, schau her.« Er ging durch die Werkstatt, hinten auf einer Arbeitsfläche lag eine längliche Rolle. Edwin zog ein wenig vom Stoff beiseite, und man sah ein menschliches Gesicht. Da es hinten im Raum recht dunkel war, konnte Hubert nicht so viel erkennen. Außer, dass das Gesicht enorm real gelungen war. Edwin war ein begnadeter Tischler, jedoch so ein gutes Hexengesicht hatte er noch nie gemacht. Es wirkte fast, als ob sich die Augen bewegten. Hubert wies fragend auf diesen Umstand hin.

»Ach ja, ich hab ganz teure Glasaugen gekauft. Die bewegen sich von ganz alleine. Unfassbar realistisch, was?«

»Hm«, antwortete Hubert zustimmend.

»Hast jetzt die Dorflehrerin endlich gefunden?«

Hubert schüttelte den Kopf.

»Züg und Saha«, stellte Edwin halb fluchend fest.

»'s 'isch n verlitt uf dera Welt«, assistierte Hubert pflichtgemäß.

»Hast du gar keinen Anhaltspunkt?«, fragte Edwin, als er die Puppe mit den wild hin und her wackelnden Augen zudeckte. Es wirkte fast so, als ob sie um Hilfe riefe, dachte sich Hubert. Aber es war nur eine Puppe. Auch wenn die Augen täuschend echt wirkten. Hubert schien, dass sich die Größe der Pupillen veränderte, je nachdem, wohin sie die Augen bewegte. Je nachdem, wohin die Augen rollten, verbesserte sich Hubert schnell.

»Ich schau nachher beim Reichfelder vorbei, dem Anwalt. Da hat sie gestern nach der Schule ein Treffen gehabt.«

»Der war am Nachmittag zu Hause?«, fragte Edwin. Hubert nickte. Dann schmunzelte Edwin. »Na, das werden aber schöne Überstunden gewesen sein, die er da geschoben hat.«

Hubert sah sich nun in einer Zwickmühle. Einerseits hatte Edwin recht und die Regeln der Freundschaft geboten es ihm nun, eine ähnlich anzügliche Bemerkung zurückzugeben. Allerdings war Hubert nicht nur als Freund, sondern auch als Polizeiorgan, mithin als Hoheitsträger hier, und das verlangte eine gewisse Würde, die durch anzügliche Witzchen nur leiden konnte. Himmelherrgott, er war schließlich in Uniform. Also sagte er nichts, sondern hielt das Gläschen unter Edwins Nase. Die war ein wenig gerötet. Wie es sich für einen ordentlichen Schnapszinken gehörte.

»Ah, mir hond leer«, stellte er fest und behob den Missstand umgehend.

Kurz darauf waren beide Gläschen wieder leer, und die beiden Männer schauten zufrieden ins Halbdunkel der Werkstatt.

»Dieses Jahr haben wir die schönste Hexe im ganzen Walgau oben auf'm Funken.«

Hubert nickte.

»Da macht uns keiner was vor.«

Hubert fand es bedenklich, dass er sich des Eindrucks nicht erwehren konnte, dass sich die Puppe hinten im Dunkeln bewegte. Das musste irgendwas mit dem schwachen Licht zu tun haben. Sonst gab es dafür keine andere Erklärung.

Die beiden Männer räumten wortlos die Werkstatt auf. Werkzeug wurde gereinigt, der Boden gefegt. Da ertönte Margits durchdringendes Organ.

»Edwin, essa ko!«

»Kummscho, Margit-Schätzle.«

»Und sag dem Hubert, dass er net mitessen kann.«

Edwin blickte zu Hubert. Mit einem Ausdruck im Gesicht, der so viel besagte wie: Was soll ich da machen. Hubert nickte und ging heim. Abendessen war zu Hause sicher auch schon fertig.

Das Abendessen bei Schmiedles war eine unspektakuläre Sache. Es gab Brot, Käse, keine Wurst, da Fastenzeit, Essiggurken und ein Glas Bier dazu. Hubert mochte es, sich die Dinge ordentlich klein zu schneiden, auf seinem Holzbrett zu platzieren, herzurichten und dann genüsslich ein kleines Stück nach dem anderen zu essen. Bissen für Bissen. Dazu schwieg er, von Herzen glücklich. Anna erzählte von ihrem Tag, was im Dorf so passiert war. Hubert hörte mit einem Ohr zu. Nicht, dass er sich für Klatsch interessiert hätte, so was war Frauensache. Aber es war sein Beruf, in Bezug auf das Dorfleben auf dem neuesten Stand zu sein. Insofern hatte das Gespräch beim Abendessen etwas von einer Sitzung des Polizeipräsidenten mit dem Geheimdienstchef. Hubert, als ehrlicher Gendarm, war nicht ganz wohl dabei. Es fühlte sich geschummelt an. Auf der anderen Seite aber waren die Informationen höchst wichtig und nützlich.

Wenn Ludeschers Katze wieder einmal aus der Linde von Thürs von der Feuerwehr heruntergeholt werden musste, dann hieß das: Ludeschers Elmar war auf Sauftour, und holte die Katze seiner Frau nicht aus dem Baum. Zur gleichen Zeit aber hieß es auch, dass Thürs Josie mit Ludeschers Erika zurzeit nicht ganz grün war, sonst hätte sie die Katze selbst aus dem Baum geholt. Was wieder dafür sprach, dass Erika dem Mann von Josie schöne Augen gemacht hatte. Also war es sicher von Vorteil, die nächsten Tage auf einen betrunkenen Elmar im Auto achtzuhaben und zum anderen sich im Klaren darüber zu sein, dass die Freiwillige Feuerwehr heute Nacht betrunken sein würde, denn nach einem Einsatz schluckten sie noch mehr als gewöhnlich.

Hubert hielt die Straßenverkehrsordnung heilig. Er hatte noch nie einen Alkoholtest vorgenommen. Er konnte das sehr gut einschätzen, wenn jemand zu betrunken war zum Autofahren. Vor allem, wenn der Betreffende auch noch zu schnell gewesen war. Dann kannte er keine Gnade, ansonsten drückte er gern ein Auge zu. Das wusste das Dorf. Deswegen fuhren des Nachts die meisten Autos im Schritttempo.

Die Zentrale in Bregenz rügte zwar die Abwesenheit von Strafzetteln aus dem Dorf, dafür aber war der letzte Unfall mit Alkohol beinahe 21 Jahre her. Und damals hatte es den Hund von Molls erwischt. Roger war bis heute unvergessen. Der Dorffriseur hatte ein Bild des Hundes über dem Spiegel hängen. Sowie eines vom Mörder an der Eingangstür. Der musste seine Haare seitdem auf der anderen Seite der Ill in Satteins schneiden lassen. Gott sei seiner armen Seele gnädig, dachte Hubert.

»Luag, da hab ich ein Bild für dich, dann findest du sie leichter.« Anna hatte das Bild von der Lehrerin aus dem Wann&Wo ausgeschnitten. In dem Blättchen gab es eine Rubrik, in der Fotos veröffentlicht wurden, die Leser eingesendet hatten. So was war ungemein beliebt bei den Leuten.

Hubert besah sich den Schnappschuss vom letzten Sommer. Oben im Restaurant vom Campingplatz, beim Pool aufgenommen. Eine hübsche junge Frau mit leuchtenden Augen, kurzem dunklem Haar, klaren Gesichtszügen. Die Figur sehr weiblich und ausgeprägt, ein kleines Bäuchlein. Hubert steckte die Fotografie ein.

Anna beobachtete ihn scharf. Wenn da auch nur ein Funken in seinen Augen gewesen wäre, der auf mehr als auf polizeiliches Interesse schließen hätte lassen, dann hätte sie das Foto zurückgefordert. Aber dem war nicht so. Hubert interessierte sich für so was nicht.

Anna fand das zum einen sehr gut, denn viele Männer machten Blödsinn, gerade in dem Alter kurz vor der Pension. Hubert nicht. Kein bisschen. Und das beunruhigte sie auch ein wenig. Denn immerhin war sie eine Frau. Sie fühlte sich noch keineswegs alt. Schon gar nicht zu alt. Sie war nie eine ausgesprochen romantische Frau gewesen, sonst hätte sie die Ehe mit Hubert ohnedies nicht ausgehalten, aber in letzter Zeit, da war das ein wenig anders. Sie hatte eine kleine Geschichte gelesen von einer Wiener Autorin, von einer Kaisertochter, einer Mondnacht und einem Traum von einem Vogel. Der Vogel war übers Meer geflogen. Anna hatte bei der Lektüre geweint. Sie wusste nicht, wieso. Aber irgendwas war da, das ihr fehlte. Sie war sich sicher, dass es etwas mit Hubert zu tun hatte. Sie schaute zu ihm hin.

Hubert saß da wie ein Fels. Der Schnäuzer schon ein wenig grau, der Bauch fest und sicher, die breiten Schultern kein bisschen weniger breit und stark als damals im Schwimmbad. Hubert war der Fels, auf dem ihr Leben gebaut war. Aber sie hätte sich gewünscht, dass er ein wenig mehr Falke oder Turmfalke gewesen wäre. Nur manchmal. Sie war sich sicher, dass ihr Mann nur zwei Gefühle kannte: satt zu sein und /oder betrunken. Aber er war ihr Hubert. Sie wischte die romantischen Gefühle beiseite und strich über seine Hand, die neben dem Brett ruhte. Hubert zog seine nicht zurück. Er bemerkte die Berührung gar nicht. Er war ganz wo anders. Manchmal meinten Leute, dass Hubert nachdachte, wenn er regungslos dasaß. Anna wusste, dass dem nicht so war. Hubert dachte nicht. Anna konnte das sagen, ohne es böse zu meinen. Der Wachtmeister saß da wie der Buddha im Chinarestaurant über der »Bardella Bar«. Dort, wo sie am Sonntag manchmal Schnitzel aßen. Die Chinesen machten das beste Schnipo im Dorf. Schnipo ist der kollegiale Ausdruck für Schnitzel mit Pommes. Goldfarbene Panier, weißes saftiges Fleisch, die Pommes herrlich heiß und knusprig. Außerdem hatten die eine hellrote scharfe Chilisoße, die wunderbar süß war. Hubert ging gern mit Anna am Sonntag zum Chinesen Schnitzel essen. Außerdem hatten die Chinesen sehr anständige Preise.

Der Buddha hätte Huberts Zwillingsbruder sein können. Unbeweglich, dickbäuchig und erhabene Erleuchtung ausstrahlend. Bloß, dass Huberts Ohrläppchen weniger lang waren, dafür hatte er einen Schnäuzer.

Hubert kam zurück und strich sich über besagten Lippenschmuck. Anschließend trank er sein Bier aus. Schob den Stuhl zurück, nahm die Teller, das Besteck und die Gläser und stellte sie in die Abwasch. Dann wusch er ab. Schmiedles besaßen einen Geschirrspüler. Den benutzte Hubert nie. Als der Abwasch erledigt war, schnallte er sich die Dienstwaffe um und ging hinaus zum Auto. Anna fragte nicht. Es war der Freitag vor dem Funken. Hubert würde nach dem Rechten sehen. Das war gut so.

II

Hubert fuhr langsam hinunter ins Sonnenheim, auf die große Wiese vom Bauern Unterberger, dort wo der Funken jedes Jahr stand. Der Bauer war zu lokaler Berühmtheit gelangt, als er seine Wiese für ein Konzert vermietet hatte. Dann erkannte er, dass es sich um ein Nazi-Konzert handelte, konnte aber nicht mehr aus dem schon bezahlten Vertrag aussteigen. Der Mann besprühte dann das Feld einfach knietief mit Gülle. Da sich das Ganze im Sommer abgespielt hatte, war nun Ende März, nichts mehr zu bemerken.

Hubert parkte sein Auto und schlenderte in dem charakteristischen wiegenden Gang des Gesetzeshüters zu den Leuten, die um den hoch aufgetürmten Funken standen. Huberts Gang hatte etwas von der schlingernden Majestät John Waynes in seinen späten Western. Wie viel, darüber stritt man sich im Dorf.

So oder so, aus dem Halbdunkel, um ein kleines Feuer herum, vernahm er Stimmen. Hubert trat näher. So früh am Abend standen die jüngeren Mitglieder der Funkenzunft ums Feuer. Die älteren Herren würden erst ab Mitternacht vorbeischauen. Die Jugend, teilweise langhaarig, teilweise mit Rapperkapperln, bemerkte Hubert nicht. Er trat heran.

»Bin froh, dass niemand Gras raucht«, sagte Hubert laut vernehmlich, als er ein paar Meter vom Lichtschein entfernt war. Irgendwas Kleines mit leuchtender Spitze flog ins Dunkel hinaus. Die Wiese war feucht, da würde nichts brennen.

»Nai, tät ma nia tua«, antwortete der Chor, teilweise gerade dem Stimmbruch entronnen.

»Bierle, Wachtmeischter?«

Hubert nahm ein Bier, schließlich war er im Dienst. Er ließ den Verschluss in einen leeren Senfeimer fallen. Zufrieden stellte er fest, dass die Dorfjugend auf Ordnung hielt. Auch besser so, die Rotzlümmel!, dachte Hubert.

Der Wachtmeister saß eine Viertelstunde schweigend da, starrte in die Flammen und hörte zu, wie über Lehrer, Eltern, Ausländer, Mädchen und grundsätzlich jeden, der nicht am Feuer saß, hergezogen wurde. Hubert genoss das. Er war selbst mal jung gewesen. Heute konnte er sich das nicht mehr leisten. Er war das Gesetz. Das machte ihm zu schaffen. Was, wenn beim Walgau-Markt ihm ein Türke den Parkplatz vor der Nase wegschnappte? Dann konnte er unmöglich das Fenster runterlassen und: »Hurakümmeltürk«, aus dem Auto brüllen, so wie es jeder anständige Vorarlberger gemacht hätte. Wenn seine Frau ihm Vorwürfe machte, dann konnte er nicht laut werden, weil das hörten die Nachbarn. Wenn alle beim »Gemsle« über die Schlinser herzogen, dann ging das nicht, dass er in den Chor mit einstimmte, weil auch in Schlins gab es einen Wachtmeister, und so ungern er das zugab, auch der war ein Mensch.

So genoss Hubert den kathartischen Moment in vollen Zügen. In seinem Herzen schimpfte er lauthals mit, sein Mund blieb allerdings fest geschlossen. Die Hälfte der Buben durfte noch gar keinen Alkohol trinken. Hatte aber schon ein Bier in der Hand. Hubert nickte, so sollte es sein. Er hielt nichts davon, Jugendliche beiden Geschlechts in dunkle Keller zu sperren, die Musik laut aufzudrehen und sie ohne Erwachsenenaufsicht mit allen Drogen in Kontakt kommen zu lassen, die Gott verboten hatte.

Funkenwacht, Sternenhimmel, und immer ein Erwachsener dabei, so war es g'hörig. Hubert trank sein Bier aus. Er behielt die leere Flasche in der Hand. Es war dunkel, niemand bemerkte, dass sie leer war.

Die Jugendlichen unterhielten sich, Hubert hörte halb zu, halb war er in Erinnerung an die eigene Schulzeit versunken. Die Hausübungen, die Strafen, die langen, schier unendlichen Stunden im dunklen Klassenzimmer während draußen die Sonne schien. Die Kollegen und Freunde, die Mädchen. Damals hatten noch viele Zöpfe getragen und helle Kleider. Heute hatten alle Hosen an. Das stimmte Hubert verdrießlich. Beinahe hätte er sich noch ein Bier geholt. Aber das ließ er besser bleiben. Unterdessen sprachen die älteren Burschen über die Schule. Hubert fragte unschuldig:

»Hat wer von euch den Pfanner?« Er wusste, dass ein paar der Älteren ins Gymnasium in der Stadt gingen.

»Sicher«, antwortete ein fetthaariger Rotzlöffel mit Pickeln im Gesicht gerade so frech, dass Hubert sich nicht zu recht aufregen konnte.

»Der Pfanner ist einer. Auf der Wienwoche letztes Jahr, da hat er die Agnes in Wien getroffen.« Es war allen klar, von wem die Rede war. Es gab nur eine Agnes, und die war Volksschullehrerin.

»Ja, die tut immer so gescheit. Der Funken ist frauenfeindlich, weil eine Hexe oben verbrannt wird.«

»Ja, erzählt auch immer, dass wir Vorarlberger die echten Hexen nicht verbrannt haben, weil uns das Feuerholz zu teuer war. Wir aber jedes Jahr eine falsche Hexe verbrennen, damit der Frühling kommt.«

»Wir zahlen also eine Menge Geld für etwas, das ohnedies passieren würde.«

»Na recht hat sie schon, is scho tüür, so a Funka«, mit alemannischer Selbstverständlichkeit die Preisfrage anpackend.

»Aber das Argument hat sie sicher vom Professor Pfanner, der sagt das auch immer.«

»Und was unsere Funken kosten, das geht doch einen Tiroler nichts an.« Das Argument der Fremdenfeindlichkeit schlug den Geiz. Wie immer.

»Genau.«

»Dabei waren wir letztes Jahr in Wien auf dem Vorarlberger Funken.«

»Die haben dort einen?«, fragte ein Jüngerer.

»Sicher, dort studieren viele Vorarlberger. Also gibt's auch einen Funken. Mit Funkenküchle und Kässpätzle.«

»Und dort war der Pfanner, und er hat mit der Agnes geschmust.«

»Der Phillip hat zwei Fotos mit dem Handy gemacht, das hat der Pfanner dann kassiert. Aber der Phillip hat in Geschichte nur mehr Einser. Obwohl er gesagt hat, dass sie im Mittelalter noch keine Geldwirtschaft hatten und Kartoffeln gegen Traktoren getauscht haben.«

Alle lachten.

»Woher kommt der Phillip?«, fragte einer.

»Der kommt aus Thüringen.« Das war ein kleiner Ort, den Lauf der Ill taleinwärts folgend. Die Einwohner hielt man generell für etwas zurückgeblieben. Hubert notierte sich wieder etwas in sein kleines Buch. Da legte sich ihm eine Hand auf die Schulter.

Klare Augen in einem faltigen Gesicht blickten ihn an. Es war der Pfarrer. Hubert nickte und stand auf. Wachablöse. Der Pfarrer schüttelte ihm die Hand.

»Bah, ich sag's dir, Hubert, ich war beim alten Rauch, der kommt nicht mehr in die Kirche und will aber trotzdem beichten. Da muss ich immer eine Ausnahme machen und nehm ihm die Beichte daheim ab, in seinem Schnapskeller.« Der alte Rauch hatte einen der größten Schnapskeller im Ort. Es rankten sich zahlreiche Legenden um diesen Keller. Als der alte Arrich unten mitten in der Verkostung der Vogelbeerschnäpse verstarb, hatten manche den Teufel gesehen, der den alten Geldverleiher und Kriegsgewinnler holen gekommen war. Seitdem, wenn man im Keller ganz still war und Vogelbeer trank, dann konnte man die böse, giftige Stimme des alten Mannes immer noch hören.

»Er beichtet jedes Mal dasselbe«, sagte der Pfarrer und bekreuzigte sich. Das ganze Dorf wusste, was der alte Rauch beichtete. Dass er den Arrich so lange unten mit Schnaps bewirtet hatte, bis dieser verstarb. Und er, als einziger Erbe, sich dessen Schnapskeller einverleiben konnte. Damals hatte man den ganzen Hügel, den Krützbühel, unterminiert. Dass der alte Arrich, der nur für Schnaps und Geld lebte, sowieso gestorben wäre, interessierte den alten Rauch nicht. Der hatte Angst um sein Seelenheil und seinen Schnapskeller. Die letzten Jahre kam er kaum mehr ans Tageslicht, hatte sich unten ein Feldbett eingerichtet, auf dem er schlief. »Der Arrich kommt jede Nacht und suuft mir da Schnaps weg, us da Höl!«, erzählte er jedem, den er in seinem Schnapskeller antraf.

Hubert nickte. Ein gutes Dutzend Mal in den letzten zwei Jahren hatte er im Keller des alten Rauch nach Einbrechern, Metaphysischen, Ausländischen und Schlinsern gesucht. Immer mitten in der Nacht. Aber dafür hatte er immer einen Schnaps bekommen. Was angesichts der besonderen Leckerbissen, die dort lagerten, eine Freude war.

Hubert und der Pfarrer verabschiedeten sich.

»Wenn ihr mir den Funken verliert, dann werdet ihr ein Leben lang Strafzettel zahlen«, sagte Hubert und ging. Die Dorfjugend grinste. Der Pfarrer setzte sich und bekam ein Bier angeboten. Hubert sah am Rand seines Gesichtsfeldes einen älteren Jugendlichen eine überlange Zigarette bauen. Der Pfarrer war schon an die 90, der hatte keine Ahnung, was das war. Hubert ging zurück zum Auto. Der Pfarrer erzählte die Geschichte vom Turmbau zu Babel. Erstaunlicherweise hörten die jungen Leute zu. Hubert stieg in den Wagen und fuhr los.

Etwa sechseinhalb Minuten später parkierte er vor dem Haus von Rechtsanwalt Reichfelder. Der Maserati stand vor der Tür, daneben ein kleines Zweitauto. Oben drang Licht aus dem Fenster. Hubert klingelte. Die Tür wurde geöffnet. Der Anwalt war blond, recht groß und trug einen Anzug. Zu Hause. Um diese Uhrzeit.

»Ja?«

»Es geht um den Besuch von der Susanne Drimic, gestern Nachmittag«, sagte Hubert nicht unnötig laut.

»Kommen Sie herein«, war die Antwort. Hubert folgte dem Anwalt.

»Schatz, ich hab Besuch, ich bin im Arbeitszimmer«, rief Reichfelder ins Wohnzimmer hinein. Die Antwort wartete er erst gar nicht ab.

Das Arbeitszimmer war hell und freundlich. Akten,

Gesetzeskommentare, Ausdrucke, Tonbandaufnahmen, zwei Computer, ein Laptop. Der Rechtsanwalt bot Hubert einen Sitzplatz an.
»Wein?«, fragte er.
Aus der Stimme hörte Hubert heraus, dass der Rechtsanwalt selbst nicht trinken wollte. Hubert lehnte ab.
»Nur ein paar Fragen.«
»Also, das ist so. Die Susanne ist gestern zu mir gekommen wegen einer ernsten Sache. Sie hat sich juristischen Rat geholt. Ich bin nicht befugt, darüber Auskunft zu erteilen, das Verhältnis zu meinen Mandanten ist durch das Recht geschützt.«
Hubert nickte.
»Was ist denn mit ihr passiert? Worum geht's?«, fragte der Rechtsanwalt.
»Keine Auskünfte zu laufenden Ermittlungen«, antwortete Hubert wie ein Automat. Man hätte meinen können, dass er nicht den Hauch einer Ahnung hatte, was er da sagte.
»Klingt nach patt«, sagte Reichfelder. Man schwieg.
»Na gut, Sie sind stur«, fuhr Reichfelder fort. »Machen wir quid pro quo.«
Da Hubert keine Ahnung hatte, wovon die Rede war, schwieg er eisern. Reichfelder, der es gewohnt war, wortreich geleisteten Widerstand zu brechen und darin ein Ass war, war verwirrt.
»Sie müssen verstehen, ich kann hier keine Ausnahme machen. Das Recht meiner Klientin geht vor.«
Hubert nahm die Dienstmütze, die er neben sich auf

den Stuhl gelegt hatte, und machte Anstalten aufzustehen. Reichfelder fiel ihm in den Arm.

»Warten Sie.« Hubert setzte sich wieder.

»Es ist so. Die Frau Drimic kam gestern Nachmittag zu mir, um sich einen Rat in rechtlicher Hinsicht zu holen. Sie wollte nicht in die Kanzlei kommen, weil die Renate, meine Kanzleileiterin, ja auch aus dem Dorf ist, und sie wollte nicht, dass es vorzeitig Gerede gibt. Ich hab ihr gesagt, dass das keine Rolle spielen würde, da ohnedies alles im Dorf immer allen bekannt ist. Aber sie war eben aus der Großstadt gebürtig, und was will man machen.«

Huberts Mimik zeigte: So weit waren wir schon.

»Ich kann doch nicht einfach das Vertrauensverhältnis zwischen Anwalt und Klient brechen. Das geht nicht«, rief Reichfelder aus. Hubert bemerkte die kleinen Schweißperlen auf des Anwalts Stirn. Reichfelder, Veteran dutzender Verhandlungen, bei denen er dem Gegenüber das Weiße aus den Augen gequetscht hatte, fühlte sich ganz klein. Es kam ihm vor wie damals, in einem Kolloquium zu bürgerlichem Recht, als er den harten Blick der Koryphäe des Instituts auf sich gefühlt hatte und verzweifelt war. Seitdem nie wieder. Und jetzt saß der Dorfgendarm vor ihm, und es war schlimmer als damals. Reichfelder fuhr sich mit dem Finger unter den Hemdkragen. Er wusste nun, wie es dem Kaninchen mit der Schlange ging. Schlange mit Schnäuzer, dachte er verzweifelt.

Hubert saß da, unbeteiligt und steinern. Man hätte

meinen mögen, es ginge ihn das alles nichts an. Aber für den Anwalt erzeugte diese ungewohnte Situation einen Druck, dem er nicht standhalten konnte. Schließlich, nach insgesamt nicht einmal zehn Minuten, brach es aus ihm heraus.

»Die Lehrerin war da, weil sie eine Anzeige wegen sexueller Belästigung vorbringen wollte und sich rechtlichen Rat erbeten hat. Für Frauen ist das meist sehr schwer, da der Druck enorm ist, und je mächtiger der Geklagte, umso schlimmer. Sie wollte sich über die Risiken informieren und ein Prozedere vereinbaren. Ich habe natürlich zugesagt, ihre Aussage habe ich schriftlich und mit Unterschrift. Allerdings werde ich das nicht herausgeben.«

Hubert blickte Reichfelder tief in die Augen.

»Wer?«, fragte Hubert und blieb einfach regungslos sitzen. Wenn er schon einmal eine Frage stellte, dann wollte er auch eine Antwort bekommen.

»Der Bürgermeister«, flüsterte Reichfelder schließlich. Hubert nahm die Dienstmütze ab, zog ein Taschentuch hervor und wischte sich die Stirn.

»Schnäpsle?«, fragte Reichfelder. Hubert nickte. Die beiden Männer tranken stumm aus. Keiner sprach dabei ein Wort.

»Ich habe der Frau Drimic natürlich meine vollste Unterstützung zugesagt. So eine Sache ist enorm heikel. Zum einen muss man unbedingt auf die Folgen einer solchen Klage hinweisen. Die soziale Ächtung, die Anfeindungen, die Härte, mit der ein solcher Prozess geführt wird. Das ist eine ungeheuerliche Belastung, und nicht jede Klientin kann damit richtig gut umgehen. Manche Menschen zerbrechen daran, und mit ein bisschen Pech gibt es keine Beweise und der Täter wird überhaupt nicht verurteilt. Aber auch wenn es zu einer Verurteilung kommt. Die Tat, der Schaden, der angerichtet wurde, wird dadurch nicht wieder gut gemacht. Das alles muss man auf jeden Fall dem Menschen, der Rat sucht, bewusst machen. Auf der anderen Seite aber darf man nicht einschüchtern. Was sehr leicht, allzu leicht, auch bei bester Absicht, geschieht. Denn eines ist klar: Wir haben das Rechtssystem, damit sich die Schwachen gegen die Starken zur Wehr setzen können. Darum gibt es kodifiziertes Recht. Auch ist ein Teil der Verantwortung, die man selbst hat, solche Übergriffe nicht ungestraft davonkommen zu lassen. Man muss die Leute also ermutigen, aber auch auf Probleme hinweisen. Die meisten Klienten kommen ohnehin schon emotional aufgewühlt zu mir, aber in solch einem Fall ist diese Belastung natürlich noch höher. Emotionen hindern am Denken, und so sehr ich das auch für meine Klienten erledige, das ist mein Job, so schwer ist es doch.« Reichfelder schwieg.

»Also, das große Problem ist, gegen den Bürgermeister anzutreten. Das wird jede Menge Probleme im Dorf verursachen, vor allem für die Klägerin, da der Bürgermeister so beliebt ist. Er hat die Kläranlage durchgesetzt, das Aluminiumwerk im Dorf gehalten, er hat die Lärmschutzwände an der Autobahn erstritten, den FC in die Vorarlbergliga gebracht, das neue Schulhaus gebaut. Der Mann ist ein Volksheld. Sogar ich, der ich doch meine Kanzlei oben in der Stadt habe, sogar für mich ist es riskant. Kann gut sein, dass ich alle Klienten im Dorf verliere.«

Reichfelders Augen leuchteten. Wenn er etwas mehr liebte als Geld, dann Gefahr. Er war einer der Männer, die auf Gefahr zulaufen mit leuchtenden Augen und hineinspringen. Überraschenderweise geht das bei diesen Leuten immer gut. Das alte Sprichwort, wonach sich allein Mut nicht kaufen lässt, passt hier ausgezeichnet. Wer Geld schätzt, liebt das, was es nicht kaufen kann. Überliefert ist die Anekdote, wonach ihm, als ihm mitten in der mongolischen Steppe das Benzin ausging und die nächste Stadt 2.500 Kilometer entfernt war, der Ausruf entfuhr: »Geil.« Reichfelder fuhr fort.

»Die Frau Drimic war sehr ruhig, sehr gefasst. Eine starke Persönlichkeit. Das kann ich sagen. Glaubst du, Hubert«, fragte Reichfelder, in die persönliche Anrede fallend, »dass ihr Verschwinden damit im Zusammenhang steht?«

Hubert gab keine Antwort. Er war Dorfgendarm. Alles hing immer mit allem zusammen. Zenass, dessen wahrer Name von allem Dorf schon lange vergessen war, betrank sich jeden Abend in der »Ghana Bar«. Wenn derselbe Hirt Zenass um zwölf Uhr nachts nüchtern in der »Ghana Bar« saß und die Margit Entner auf Wellness Urlaub war, dann musste man kein Genie sein, um zu wissen, dass Ammanns Hund am nächsten Tag Brechdurchfall haben würde. Für Hubert war der Ausdruck: Alles hängt mit allem zusammen, nichts mehr als das, was er meinte, wenn er Dorf sagte. Die unendlich vielen hauchzarten Seidenfäden, die jeden mit jedem im Dorf verbanden, bestimmten und orientierten, die waren für Hubert so natürliche Gegenstände seines Lebens, dass er gar nie auf den Gedanken verfallen wäre, über sie zu sprechen. Jeder Erfolg war für einen anderen eine Beleidigung, jedes Kompliment eine Schmähung, jede Niederlage ein Sieg. Das alles in der Balance zu halten, das war das Dorf.

Man unterhielt sich noch ein paar Minuten, dann ging Hubert.

Keiner von beiden ermahnte den anderen dazu, in der Angelegenheit zu schweigen. Das war nicht nötig. Der Bürgermeister Florian war der vierte Vertreter seiner Familie in direkter Nachfolge, der das Bürgermeisteramt innehatte. Der Erste der Familie Feuerstein hatte das Amt im Jahre 1887 angetreten. Damals hatte es im Dorf noch keine Autos, geschweige denn Elektrizität gegeben.

Die Feuersteins hatten das Amt von den Marthes übernommen, denn der älteste Sohn der Familie Feuerstein war mit der einzigen Tochter der Marthes verheiratet worden. Seitdem waren die Marthes nur noch Bauern wie andere auch. Hubert hatte einmal, als er klein war, eine Daguerreotypie von der Hochzeit gesehen. Daguerrotypie ist eine Fototechnik des 19. Jahrhunderts, in der auf glatt polierte Metallflächen aufgenommen wurde. Hubert hätte das nicht gewusst, für ihn war es einfach ein altes, seltsames Bild. Damals waren ihm Mimik und Kostüm so fremdartig erschienen, dass er Angst bekommen hatte. Albträume waren die Folge gewesen. Die steifen Kleider, die toten Gesichter, kein Lächeln, weder auf den Lippen noch in den Augen. Das war die Vergangenheit. Hubert war aufgewühlt. Alles, bloß nicht das, dachte er sich.

Hubert fuhr von Reichfelder mit dem Wagen hinauf auf Ganahl, bog ab und parkierte vor dem Gartentor der verschwundenen Lehrerin. Er öffnete die Zauntür, ging durch den Garten, einmal rings ums Haus, drückte mit der Schulter die Hintertür auf und ging hinein. Drinnen schaute er noch einmal durchs ganze Haus. Das Licht ließ er ausgeschaltet, er besaß eine Stifttaschenlampe. Die hatte er letztes Jahr beim Derby gegen Nüziders einem Neunjährigen abgenommen, der damit den Kapitän der gegnerischen Mannschaft blenden wollte. Der Lichtkegel war sehr klein, jedoch auch enorm hell.

Da der Wagen des Wachtmeisters vor dem Haus stand, für jeden zu sehen, waren diese Heimlichkeiten sinnlos. Allerdings muss man sagen, dass es Hubert richtig Spaß machte, so durch das dunkle Haus zu gehen.

Vom Keller bis zum Dachboden durchsuchte er noch mal alles. Da war nichts. Alles ordentlich, kein

Hinweis auf ein Verbrechen, kein gar nichts. Hubert schüttelte den Kopf. Schließlich ging er in die Küche und fütterte die Katze, die ihn schon eine gute Viertelstunde mit sanftem Miauen begleitete. Die Katz fraß, Hubert streichelte den seidigen Rücken. Im Mülleimer fand er eine weitere leere Katzenfutterdose, jemand hatte die Katze schon versorgt. Das war gut. Hubert setzte sich im Dunkeln auf einen Küchenstuhl und blieb sitzen. Wie gesagt, er war nicht der große Denker. Er saß da, blickte in die heimelige Dunkelheit, nahm die Gerüche und Geräusche des Hauses auf und hatte dabei die Hände auf dem Bauch gefaltet. Was er da machte, hätte er nicht zu sagen gewusst. Aber das machte auch gar nichts. So wie der Falke nicht sagen kann, wie er auf dem Luftstrom aufsteigt, oder die Forelle keine Auskunft darüber geben kann, wie sie bewegungslos im fließenden Wasser steht, so war's mit Hubert auch. Er war einfach Gendarm. Als solcher saß er da. Still und stumm auf dem Stuhl in der Küche. Die Katze mittlerweile auf dem Schoß.

Die Katze hörte auf zu schnurren, spitzte die Ohren und sprang von Huberts Schoß. Die scharfen Krallen drangen durch den Stoff der Uniformhose. Hubert biss die Zähne zusammen. Aber er blieb sitzen. Da ging die Vordertür. Jemand tappste herein. Hubert sah lange Haare, roch weiblichen Duft. Jemand ging an ihm vorbei, mit hohen Absätzen. Hubert räusperte sich.

»Hm, hm!«

Die Person, die nicht viel mehr war als ein Schatten, zuckte zusammen, machte auf dem Absatz kehrt, einen Schritt auf die Tür zu, dann hielt sie inne, versuchte so zu tun, als ob nichts gewesen wäre, machte einen Schritt auf Hubert zu. Blieb schließlich stehen. Langsames Ausatmen war zu vernehmen. Die Person hatte erhöhten Puls.

»Herr Wachtmeister, Sie haben mich aber ordentlich erschreckt«, sagte Agnes, die Volksschuldirektorin.

Hubert sagte nichts. Blieb sitzen.

»Ich meine ... ich wollte ... es war so, dass ... also irgendwie hatte ich das Gefühl, dass ich nach dem Rechten sehen müsste.«

»Aha«, sagte Hubert.

»Ja sicher, Sie glauben mir doch. Warum sollten Sie auch nicht. Was sollte ich denn sonst für einen Grund haben.« Bei diesen Worten fuhr ihre rechte Hand an den Mund, so als ob sie sich selbst zum Schweigen bringen wollte. Hubert saß schon so lange im Dunkeln, dass er das erkennen konnte.

»Aha«, sagte Hubert.

»Sie haben mich so erschreckt, ich weiß gar nicht, was ich sage. Das kommt einfach so raus, das habe ich gar nicht so gemeint.«

»Sicher«, sagte Hubert, so neutral, dass absolut niemand in der Lage gewesen wäre zu unterscheiden, ob der Wachtmeister im Ernst oder mit Ironie gesprochen hatte. Zyniker möchten nun behaupten, dass Hubert gar nicht wusste, was Ironie sei. Dem sei hiermit unter Verweis auf Falke und Forelle geantwortet.

Die Direktorin fühlte sich ertappt, jetzt noch mehr als vorher. Ihre nicht unbeträchtlichen Geisteskapazitäten suchten einen Ausweg.

»Ich wollte die Blumen gießen«, sagte sie.

»Hab ich herinnen keine gesehen«, antwortete Hubert rätselhaft.

»Aber …«, wollte die Direktorin ansetzen, da raste die Katze aus einem Versteck heraus quer durch die Küche. In Katzenmanier direkt zwischen den Beinen der Direktorin hindurch. Die erschrak fürchterlich. Sie kreischte und ruderte mit den Armen.

»Was war denn das?«

»Die Katze«, sagte Hubert. »Gut gekannt haben Sie die Drimic aber nicht. Dafür, dass ihr Nachbarn seid.«

Damit sprach Hubert genau das aus, was die Direktorin gefürchtet hatte. Nachbarn kennen einander. Wissen um Blumen und Katzen. Sollten sie es allerdings nicht wissen, dann schauen sie auch nicht in leeren Häusern nach dem Rechten. So etwas wird dann Einbruch genannt. Das wusste die Frau Direktor, und das wusste Hubert.

»Na gut, ich habe ein schlechtes Gewissen. Wir haben gestritten, ich hab sie nicht gemocht, ich hab sie zum Teufel gewünscht und, nun ja, nun ist sie verschwunden.«

Über das Gesicht der Direktorin huschten Emotionen, Schuld, Einsichtigkeit, aber auch Trotz waren zu sehen. »Da musste ich mein Gewissen beruhigen, nachschauen gehen, ich kann ja nicht die ganze Nacht zu Hause herumsitzen und nichts tun.«

Die Direktorin verstummte wieder, trat an die Spüle, von dort an den Tisch, an dem Schmiedle saß.

»Das macht mich ganz verrückt.«

Hubert nickte einfühlsam. Schließlich stellte er eine Frage: »Wann hast du die Lehrerin zuletzt gesehen?«

Hubert wechselte von der formalen Anrede in das umgangssprachliche Du. Das traf die Direktorin mit einiger Wucht. Sie versuchte, ihre Maske von Überlegenheit und Kontrolle aufrechtzuerhalten, das gelang ihr aber nicht mehr.

»Ich habe meine Aussage bereits gemacht. Dem ist nichts hinzuzufügen.«

Hubert blickte sie fragend an. Er wusste, dass das nicht stimmte. Sie wusste, dass er das wusste. Hubert holte langsam sein grünes Notizbuch heraus und leckte die Spitze des Bleistifts ab. Das hatte er immer schon so gehalten. Dann schrieb er langsam und gewissenhaft einen Satz in das Notizbuch. Er las ihn sich noch einmal durch, setzte einen vergessenen i-Punkt und nickte befriedigt. Dann stand er auf und ging zur Tür.

»Agnes«, sagte er und hielt ihr die Tür auf. Sie schritt hindurch. Den Kopf erhoben, voll gespielten Selbstvertrauens.

»Guate Nacht«, sagte er ins Auto einsteigend und fuhr hinunter ins Sonnenheim, um beim Funken nach dem Rechten zu sehen. Ihm war nicht wohl zumute.

Die Klage gegen den Bürgermeister war eine schlimme Angelegenheit. Das würde nicht einfach zu regeln sein. Dazu auch noch das seltsame Verhalten der Direktorin. Sie hatte eindeutig gelogen. Aber solange nicht die 48 Stunden herum waren, konnte Hubert rein gar nichts unternehmen. Er konnte niemanden verhören, keinen Druck aufbauen. Also musste er irgendjemanden finden, der was bemerkt hatte. Irgendwer hatte sicher etwas bemerkt, bloß wie den finden. Hubert zermarterte sich nun überhaupt nicht das Gehirn. So war er nicht gebaut. Er fuhr einfach hinunter zum Funken, um nach dem Rechten zu sehen. Dann vielleicht noch irgendwohin auf ein Bier schauen. Das war sein Plan.

Unten im Sonnenheim stellte er sein Auto hinter drei andere und ging zum Feuer. Die Dorfjugend war verschwunden. Mittlerweile saßen graue Bärte und schütteres Haar um das Feuer. Jeder hielt ein Bier in der Hand. Hubert nahm sich eins und setzte sich dazu. Man sprach über den Fußballklub.

Der traditionelle Platz im Herzen des Dorfes wurde aufgelassen und parzelliert. Dort sollten dann Wohnungen entstehen in verdichteter Flachbauweise. Dafür wurde außerhalb eine Fläche umgewidmet, auf der nun ein Haupt- und drei Trainingsplätze entstehen sollten. Dazu ein Hartplatz und einer mit Kunstrasen. Auch die Kabinen, das Vereinshaus und die gesamte sanitäre Struktur sollten damit auf Vordermann gebracht werden.

Vereinzelt gab es Widerworte von Traditionalisten, aber grundsätzlich war man sehr zufrieden mit der Entwicklung. Der finanzielle Vorteil leuchtete jedem Alemannen sofort ein. Der ganze Streich war vom Bürgermeister geschickt eingefädelt worden. Es war somit legal, profitabel und sozial nützlich.

Außerdem war jeder im Dorf in irgendeiner Weise eingebunden. Es musste gebaut, transportiert, getischlert, gefliest, verputzt und elektrifiziert werden. Rasensprenkler-Anlagen, Duschköpfe, Leitungen mussten zum Laufen gebracht werden, und es gab ein Dach, das gedeckt werden sollte.

Da Installateure, Bauunternehmer, Poliere, Fliesenleger und Dachdecker ums Feuer saßen, freuten sich schon alle auf einen arbeitsreichen Sommer mit vielen Baustellen. So musste Politik gemacht werden, meinte eine Stimme aus dem Dunkeln. Ein anderer Mann entgegnete: »Des isch ka Politik, des isch g'hörig.« Und unter viel Gelächter und zustimmendem Gemurmel stimmten alle zu.

»Wenn üs'r Bürgermeister Bundeskanzler wär, dann täten die Innerösterreicher staunen«, meinte ein weiterer Mann.

»Das tät nicht gut gehen. Den würden sie erschießen«, entgegnete ein anderer. Alle nickten zustimmend. Hubert saß da und hörte zu.

»Oder zumindestens verklagen, wegat irgendam Scheiß«, meinte ein anderer.

»Mit dena söt ma abfahra«, meinte wiederum ein

anderer, mehr oder weniger unverhohlen Arbeitslager und Schlimmeres andeutend.

»Des ganze Gsind'. Nüt schaffe aber all jömmera«, stellte ein älterer Mann fest. Er hielt seine großen schwieligen Hände ans Feuer. Die Flammen zeichneten in Licht und Schatten ein hartes Gesicht voller Falten und Lebensspuren. Hubert kannte ihn gut. Der Mann hatte als einfacher ungelernter Arbeiter begonnen, ein Leben lang gearbeitet, unter tags offiziell, abends schwarz, im Urlaub und am Wochenende ebenfalls. Seine Familie hatte ein Haus, alle drei Kinder hatten studiert. Er war einer dieser Männer, die ihre Liebe durch Arbeit ausdrücken. So wie manche Frauen das mit dem Essen tun. Sogar an diesem Feuer, unter Männern, die nie weniger als 60 Stunden in der Woche arbeiteten, galt er als Maschine.

Sein letzter Kommentar hatte sich an niemanden Bestimmten gerichtet, keine bestimmte Situation kritisiert. Es war ganz einfach ein Ausdruck dafür gewesen, wohin sich die Welt verändert hatte. Alle stimmten überein. Niemand murmelte etwas Zustimmendes oder nickte bekräftigend. Das war nicht nötig. Die Zustimmung war stillschweigend und allgemein. Es entstand eine Pause, der Wind war zu hören. Ein paar Äste knackten. Jemand öffnete ein Bier.

»Ich gang heim, d'Frau v'rschlaga«, ließ sich eine Stimme vernehmen, die gedrückte Stimmung wich kathartischem Lachen. Es war Edwin gewesen, der das gesagt hatte. Alle wussten, wer bei ihm zu Hause wen schlug. Hubert trank aus und ging mit Edwin zum Auto. Die beiden Freunde schwiegen, so wie das nur sehr gute Freunde können.

Das Dorf war nicht so klein, als dass es nicht mehrere Wege gegeben hätte, Edwins Haus mit angeschlossener Tischlerei gleich schnell zu erreichen. Einer der Wege aber, die länger brauchten, führte hinauf ins Dorf, hinter die Kirche, zu einem kleinen Schuppen. In diesem Schuppen, oder Schopf, wie man in Vorarlberg sagt, befand sich die »Ghana Bar«. Dorthin waren die beiden Freunde unterwegs.

Die »Ghana Bar« ist ein Unikum. Das Bier kostet einen Euro, der Schnaps zwei. Man zahlt einen Mitgliedsbeitrag, und gut ist es. Mit offiziellem Namen: Verein der Freunde des Fischens. Hinter dem Tresen steht Susi. Sie stammt aus Ghana, ist 1,85 groß und eine fleischgewordene Muttergöttin aus Ebenholz.

Susi war als Tänzerin ins Ländle gekommen, Mitte der 80er. Irgendwann war ihr das unstete Leben zu langweilig geworden und sie hatte geheiratet. Die Ehe hielt noch immer, es gab drei Töchter, eine schöner als die andere, und Susi war Hausfrau geworden. Nachdem nun die Kinder in die große weite Welt gezogen waren, blieb das Haus leer und langweilig zurück. Da hatte sie beschlossen, die »Ghana Bar« aufzumachen. So hatte sie am Abend was zu tun, während ihr Mann fernschaute.

Zum Inventar der Bar gehörten Jagdtrophäen, ein Radio und der Hirt Zenass. Der immer volltrunken an der Bar saß und murmelte: »Imura, zuamura«, und ein Bier nach dem anderen trank. Mit den immerselben Äußerungen spornte er sich selbst an, sich ein- und zuzumauern. Er nahm den Akt des Trinkens als Handwerk wie die Errichtung einer Mauer, gegen die anderen, die Welt, wahrscheinlich aber auch gegen sich selbst.

»Biale? Schnabsal?«, fragte Susi, alle harten Konsonanten und rollenden ›r‹-Laute geschickt umgehend.

Die beiden Freunde setzten sich. Antwort war unnötig, zwei Bier und zwei Schnäpse standen vor ihnen. Susi hatte sich auch einen eingeschenkt. Sie trank normalerweise zwar lieber Sekt, aber die Männer im Dorf hatten das in den letzten zehn Jahren nicht gelernt, also hatte sie sich umgestellt. Hubert und Edwin starrten wie Schulbuben in das offen auf dem Tresen liegende Dekolleté und stießen an und tranken. Es gab nicht viel zu sagen. Radio Vorarlberg spielte Schlagermusik. Der Rauch von Edwins Zigarillo stieg sich kräuselnd zur hölzernen Decke empor. Hinten saß der alte Fussenegger auf der Bank. In der Früh musste ihm die Elisa in der OMV-Tankstelle immer das erste Stamperl in den Mund gießen, weil halten konnte er es zu dieser Tageszeit selber nicht.

»Wachtmeister«, sagte er und winkte Hubert zu sich. Hubert blickte ihn an.

»Hab was für deine polizeilichen Ermittlungen.«

Hubert blieb sitzen und verkörperte Erwartungshaltung. Fussenegger saß den ganzen Tag über in all den Lokalitäten des Ortes. Sein Tag begann um halb sieben in der OMV. Wenn die Leute auf dem Weg in die Arbeit noch schnell ein Bier und einen Underberg tranken. Anschließend führte ihn sein Weg über die »Harmonie« ins »Gampadonna«, ins »Kreuz«, dann ins »Gemsle«. Nach dem »Gemsle« folgte ein Nickerchen, dem ein weiterer Besuch im »Gemsle« folgte, um von dort ins »Marmota« zu wechseln. »Marmota«, benannt nach dem Murmeltier, war das Billard Café des Dorfes. In einem sozialen Biotop, in dem Nichtstun Verschwendung bedeutet, braucht es nicht viele Worte, um zu erklären, dass das Lokal etwas Anrüchiges an sich hatte. Jugendliche gingen dorthin, solange sie Jugendliche waren, um gegen die Moral der Väter zu protestieren. Sobald sie selbst Väter waren, änderte sich das natürlich. Aber auch Erwachsene schauten manchmal hin, denn auch in Männern stecken Knaben.

Den Absacker nahm Fussenegger dann stets in der »Ghana Bar«. Wovon er unter Tag nichts gehört hatte, das war nicht passiert. Er war eine der wichtigsten Quellen für Huberts Gendarmerietätigkeit. Die dauernde Alkoholberauschung ließ subjektive Urteile gar nicht erst aufkommen. Der Mann hatte kein Interesse außer dem nächsten Schluck. Solange es also nicht ums Trinken ging, log er nicht. Diesem Vorteil stand ein Nachteil entgegen. Man musste ihn am selben Tag erwischen, an dem er etwas gehört hatte, denn morgen erinnerte er sich an nichts mehr. So wie Hubert in einer Welt der fragelosen Ruhe lebte, so lebte der Fussenegger in einem ewigen Jetzt.

»Du suchst doch die Drimic? Oder?«, fragte er nun.

Hubert nickte.

Das Fusseneggerle spielte mit dem leeren Schnapsglas vor sich.

Hubert nickte Susi zu. Die schenkte vier Stamperln ein, schob zwei zu den Freunden, ließ eines stehen und brachte eines dem Fussenegger. Der kleine, alte verschrumpelte Mann lächelte. Als Susi zurückgekehrt war, hoben alle die Gläser und tranken.

»Gestern Nachmittag, um halb fünf. Da haben die Lehrerin Drimic und die Agnes auf Ganahl gestritten.«

»Über was?«, fragte Edwin interessiert.

Das Fusseneggerle schwieg lächelnd. Es war augenscheinlich, dass mehr hinter der Geschichte steckte, als man so einfach erkennen konnte.

»Und wer hat's dir gesagt?«, fragte Edwin schnell nach. Dass das Fusseneggerle den Streit beobachtet haben konnte, schloss er kategorisch aus. Denn sobald der alte Mann auf der Straße unterwegs war, hatte er nur mehr sein Ziel im Kopf. Was um ihn herum passierte, das bemerkte er nicht. Also musste man es ihm erzählt haben.

Fussenegger hielt das leere Glas hoch. Wiederum wurden vier Stamperln vollgeschenkt, und das Ritual wiederholte sich. Danach ging's weiter.

»Die Erika« Er meinte Erika Lins, eine ehemalige Schulkollegin von Huberts Sohn, die in der Raiffeisen arbeitet.

»Wo hast du die Erika getroffen, du gehst doch nie in die Bank!«, rief Edwin aus. Dass das Fusseneggerle den Streit beobachtet haben konnte, schloss er kategorisch aus. Denn sobald der alte Mann auf der Straße unterwegs war, hatte er nur mehr sein Ziel im Kopf. Was um ihn herum passierte, das bemerkte er nicht. Also musste man es ihm erzählt haben.

»Die Erika war heute Mittagessen im ›Kreuz‹, da hab ich mich kurz zu ihr gesetzt, weil sie ja die Nichte von meiner Nachbarin ist.«

An dieser Stelle unterhielten sich Edwin und der alte Fussenegger über die Familienstammbäume im Dorf. Susi mischte mit, da sie sich auch sehr gut auskannte. Allein Hubert saß still auf seinem Stuhl. Er nippte an seinem Bier, wischte sich den Schnäuzer und blickte zufrieden drein. Man hätte nicht angenommen, dass ihn das Gespräch rund um ihn herum auch nur das geringste anginge.

»Ich kenn sie, seit sie zwei ist«, behauptete das Fusseneggerle, was zwar stimmte, aber da er alle Kinder im Dorf ab dem Alter kannte, auch wiederum nicht allzuviel zu bedeuten hatte.

»Auf jeden Fall hab ich mich zu ihr gesetzt und da hat sie mir davon erzählt. Sie war auf dem Heimweg gestern und hat da gesehen, dass die Lehrerin und die Direktorin auf der Straße miteinander gestritten haben.« Der alte Mann strahlte, da ihm die ganze Bar zuhörte. Außerdem war er sich bewusst, wie wichtig seine Informationen waren. Denn die Erika Lins, eigentlich sozial unwichtig, war die beste Freundin der Tochter der Bürgermeisterin. Was in einem kleinen Dorf ordentlich viel zu bedeuten hat.

»Warum war die Erika im Kreuz Mittag essen?«, fragte Edwin. »Sie hat ja einen Freund. Warum kocht sie nicht für den?« Hubert saß stumm daneben. Er wunderte sich in der heutigen Zeit überhaupt über nichts mehr. Es würde sicher nicht mehr lange dauern, da würden Leute ihre Kaktusse heiraten. Er hatte schon lange beschlossen diesen Dingen keine Aufmerksamkeit zu schenken.

»Der is faul und schlafd bis Nommidag«, warf Susi ein. »Is ein faule Nixnudz. Meine Lila hat mit ihm einmal eine Gspusi ghabt, noch in der Schule. Da hab ich ihr gesagt: Das lassd bleibm, sonst kriegst eine. Aba sie had gsagt: So schöne lange Locken hat er. Stimmt auch. Aber ich bin froh, dass der nicht mehr mit meiner Lila zsamm isd.«

Ein Mann der bis Mittag schlief. Es war für Hubert schwer herauszufinden, was ihn mehr aus dem Gleichgewicht brachte. Eine Frau die nicht kochte oder ein Mann der solange schlief, dass die Frau nicht mehr für ihn kochen konnte. Aber da Hubert keine spekulative Natur war, schob er den Gedanken wieder von sich weg.

»Aber der kommt doch nicht ausm Dorf?«, fragte Edwin.

»Na, der ist ein Zuagreister. Die Familie kommt irgendwoher aus dem Unterland«, meinte der Fussenegger. Er machte eine unbestimmte Handbewegung Richtung Nordwesten. Man wollte gar nicht so genau wissen, woher der langhaarige Bengel wirklich herkam. »Der ist der Sohn von der Michaela, die in der alten AK Bibliothek gearbeitet hat.«

»Die mit den großen …« Edwin zeigte mit vollen Backen zwei Melonen in den Händen.

»Genau.«

»So große hat sie auch wieder nicht«, meinte Susi. Da mussten alle zustimmen. Denn Susis BH Füllung reichte aus, um daraus zwei Fusseneggers zu modellieren und es wäre noch was übrig geblieben um Huberts Bauch zu verschönern.

Hubert nickte Fussenegger zu, und Susi wiederholte die Schnapsrunde zum dritten Mal.

Anschließend legte er 30 Euro auf den Tisch, nahm seinen Autoschlüssel und fuhr Edwin heim.

Zu Hause beim Wachtmeister war es schon still und dunkel. Nur im Gang vor dem Schlafzimmer brannte noch das kleine Licht. So war das immer. Seine Frau Anna ließ das Licht immer brennen, wenn er noch nicht da war. Hubert wusste nicht, ob es war, damit er den Weg besser finden konnte, denn manchmal war er betrunken, wenn er heimkam, oder ob Anna im Dunkeln ohne ihn Angst hatte. So oder so. Er legte den Schalter um, es wurde dunkel und er stieg neben seine Frau ins Bett.

»All's g'hörig?«, fragte sie murmelnd.

»All's g'hörig«, antwortete er, und beide schliefen ein.

SAMSTAG

Am nächsten Morgen, nach dem Frühstück, sah man Hubert Schmiedle vor dem Wachzimmer parkieren. Er stieg aus und ging ins Amt. Zuerst machte er sich Kaffee. Anschließend setzte er sich an den Schreibtisch und hörte die Telefonansage ab. Acht Anrufe. Alle von derselben Nummer. Wachzimmer Satteins.

»Heile, Hubert, Gerhardt da, die han üs da Funka gstohla. Meld di.« In leichten Variationen wiederholte sich der Anruf sieben Mal. Der erste war um halb vier eingetroffen. Hubert machte eine Notiz in sein grünes Buch. Steckte es weg. Mittlerweile war der Kaffee fertig. Hubert schenkte sich eine Tasse ein. Dann bekreuzigte er sich. Schließlich, mit viel Milch, schlürfte er genüsslich den Kaffee. Das tat gut. Zu Hause durfte er nicht schlürfen. Das machte Anna wahnsinnig. Im Amt war Freiheit. Schließlich rief er in Satteins an.

»Zervas, Hubert. Ma, ich bin dir so dankbar, bitte hilf mir, ja. Halt im Dorf Ausschau nach dem Funken.

Irgendwo muss das Holz ja sein. Das wäre mir eine große Hilfe.«

Hubert nickte unhörbar, doch Gerhardt wusste genau, was Hubert dachte. Er war schließlich auch Gendarm und kein Polizist.

»Meld dich, wenn du was hörst, ja?« Hubert grummelte was und legte auf. Das war ein Problem. Der arme Mann. Hubert bekreuzigte sich Richtung Heiland und Landeshauptmann. Er kannte die unbarmherzigen Gesetze, die nun ihren jahrtausendealten Lauf nehmen würden. Jeder im Dorf respektierte den Gendarmen. Solange der seine Arbeit tat. Wenn das nicht mehr der Fall war, dann begann es zu gären, Stimmen wurden laut, der Gendarm wurde isoliert, keiner redete mehr mit ihm, er erhielt keine Informationen mehr, wurde aus dem Dorfleben ausgeschlossen. Die Isolierung ließ den Gendarmen weiter Fehler machen, was ihn die letzten Sympathien kostete. Gerüchte drangen bis in die Bezirkshauptmannschaft, von dort hinunter an den See nach Bregenz und dann, dann kam das Unvermeidliche. Ein kleiner Brief mit unscheinbarem Umschlag. Die Versetzung. Irgendwohin. In Mäder hatten sie den Erwin Bayer wegen einer Kleinigkeit ins Burgenland versetzt. Dort war das Leithagebirge 120 Meter hoch. Die Leute verstanden Erwin nicht und Erwin die Leute nicht. Eineinhalb Jahre später starb er an Leberzirrhose. Seine Frau war in Mäder geblieben. Nicht mal zur Beerdigung war sie hinuntergefahren. Erwin ruhte in fremder Erde. Hubert wusste nicht mal, ob die Burgenländer überhaupt Christen waren. Er bekreuzigte sich wieder. Dann stand er auf und ging hinaus. Sein Kaffee blieb halbausgetrunken zurück.

In der Kirche war es still, kalt und leer. Die Schritte des Wachtmeisters hallten über die harten Steinfliesen. Das Licht der Sonne war noch nicht über die Gurtisspitze gekommen, es war dunkel. Hubert war allein. Er nahm Weihwasser auf seine Fingerspitzen, beugte das Knie, bekreuzigte sich auf Stirn, Mund und Brust und ging zum Seitenaltar. Dort zündete er zwei Kerzen an. Eine für Gerhardt und eine für sich. Dann kniete er nieder und betete kurz.

Er war sich seiner Schuld bewusst. Seinem Amtsbruder helfen, das konnte er nicht. Das wusste Gerhardt selbst, der in jedem Dorf im Walgau angerufen hatte. Alle wussten es. Niemand konnte ihm mehr helfen. Sie waren alle Gendarmen. Sie alle waren auf ihre Dörfer angewiesen. Kein Gendarm kann sich gegen sein Dorf stellen. Hubert bekreuzigte sich wieder und machte sich daran, aus der Kirche hinauszugehen. Da rief ihn eine Stimme von hinten an.

»Luag a, der Schmiedle-Bua«, sagte eine harte Frauenstimme. Mächtig und sich ihres Einflusses gewiss. Hubert drehte sich um. Aus dem Schatten kam ihm eine alte Frau entgegen. Thea Hundertpfund, die Köchin des Pfarrers. Sie war mit Walpurga verwandt, deren Nichte sie war. Ihre stämmige Figur hatte nichts von der Kraft und der Autorität eingebüßt, welche sie mit 40 ausgezeichnet hatte. Lediglich die Falten waren tiefer geworden, die Haare nun weiß und die Gesichtszüge härter.

»Was führt dich in die Kirche? Das letzte Mal warst du hier, das war vor acht Jahren, Christmette.«

Hubert stand still, die Amtsmütze in den Händen drehend wie ein kleiner Bub. Hubert ging nicht gerne in die Kirche, da er immer das seltsame Gefühl hatte, die Dörfler zu beobachten, wenn sie es nicht bemerkten. Er war immer Gendarm, wachend wie schlafend, im Dienst oder zu Hause. Dem Gottesdienst als Gendarm beizuwohnen, hätte für ihn einen Akt der Schaulustigkeit bedeutet. Deswegen vermied er es so gut wie möglich. Er kam sich dabei immer unanständig vor, wie ein Voyeur.

»Haben sie irgendwo den Funken gestohlen?«, stellte Thea mehr fest, als dass sie fragte.

Hubert nickte.

»Die Halunken«, lachte Thea. Sie trug einen blauen Mantel, und im Dämmerlicht wirkte sie keinesfalls wie 73, sondern eher wie 43. Sie war vom Altar her gekommen, dort hatte sie wohl gekniet. Hubert fiel auf, dass ihr blauer Mantel gar kein Mantel war, sondern ein Blaumann. So wie ihn Arbeiter trugen. An den Armen bemerkte Hubert eine verklebte Stelle. Das sah verdächtig nach Harz aus.

»Da hätte er besser aufpassen sollen, der Gerhardt Knapp. Ich kenne seine Eltern und seine Frau. Die werden leiden. Ich hab gehört, er war gestern bis um halb zwei in Schlins in der ›Krone‹.« Thea lächelte böse.

Hubert wusste genau, was das hieß. Ein guter Gendarm verließ sein Dorf nicht. Niemals. So wie das Dorf den guten Gendarmen nie verlässt.

»Das hat er sich selbst zuzuschreiben. Männer. Pfff«, bemerkte Thea unbarmherzig. »Alles unbrauchbare Kinder.«

Hubert blickte ins Kirchenschiff hinein, dort wo der Heiland hing. Thea verstand den stummen Einwand sofort.

»Der war auch der Sohn Gottes und eine Ausnahme. Deswegen seid's ihr um nix besser.« Sie überlegte kurz. Man sah förmlich, wie hinter ihrer Stirn die Gedanken arbeiteten, schließlich errang der Drang nach Wahrheit den Sieg über den Anstand.

»Und auch er hat seiner armen Mutter nichts als Sorgen gemacht.« Sie bekreuzigte sich. Dabei sah Hubert wieder Harzspuren an ihrem Ärmel. Es klebten ein paar Holzspäne daran. Thea bemerkte den Blick.

»Ich hab nicht schlafen können. Deswegen hab ich Feuerholz gehackt. Die ganze Nacht.« Hubert nickte.

»Wenn du so herumstehst, dann wirst du die Volksschullehrerin nicht finden. Und am Ende verschwindet auch noch dein Funken.« Sie wollte noch etwas hinzufügen, da fuhr sie zusammen. Schlug sich an die Stirn. Zuckte zusammen, bekreuzigte sich ob des Frevels und fuhr auf dem Absatz herum. Hinaus bei der Tür.

»Die Milch, die Milch für den Pfarrer, die steht auf dem Herd, heiliges Herrgöttle von Biberach, hilf.« Und draußen war sie.

Hubert ging langsam hinaus, aus dem dunklen in den hellen Tag. Hinter der Kirche lag das Pfarrhaus. Hubert ging langsam und gemächlich auf den kleinen Parkplatz unter der Linde. Da stand die uralte Maschine von der Hundertpfund. Britisches Erzeugnis. Schwarz und auf Hochglanz poliert. In ihrer Jugend war die Thea eine wilde Henne gewesen und war es immer noch. Hubert kniete sich nieder. Die Stollenreifen und die glänzenden Speichen waren verdreckt. Lehm. Hubert putzte sich die Finger an seinem Taschentuch ab. Lehm, so wie er auf dem anderen Illufer in Satteins vorkommt. Auf der Schwemmwiese beim Baggerloch, dort wo der Funken steht. Feuerholz, notierte sich Hubert in sein grünes Buch.

Das Dorf lag ruhig da, man hörte irgendwo ein paar Autos, es war noch still. Der neue Tag brach an, die ersten Sonnenstrahlen drangen über die Gurtisspitze und erleuchteten die Gipfel des Walserkammes auf der anderen Talseite. Dünserberg und Basigg lagen schon in der Sonne. Düns noch nicht. Hubert setzte die Mütze auf, stieg ins Auto und fuhr hinunter zu Erika Lins.

Erika wohnte im Haus ihres Onkels mit ihrem Verlobten. Der Onkel war verzogen, und so störte er nicht. Das, was störte, war der Verlobte. Langhaarig, arbeitslos und aus irgendwoher vom Unterland. Das war schon praktisch nicht mehr Vorarlberg. Niemand hatte was gegen Fremde im Dorf, aber allen war es lieber, wenn die Fremden blieben, wo sie herkamen. Im Unterland.

Hubert klingelte bei der Erika. Niemand machte auf. Er klingelte noch einmal. Wieder keine Reaktion. Es war schon zehn Minuten nach acht. Was konnte da los sein?, fragte sich Hubert, als auf der anderen Seite der Straße jemand die Tür öffnete.

»Heile, Hubert, magst an Kaffee? Die Erika ist noch schnell rauf in die Bank, weil sie ein paar Briefe abtippen muss.«

Angesprochen wurde er von Christoph Ammann, dem Bankdirektor des Dorfes. Im Dorf, wie überall in Vorarlberg, gab es ungezählte Ammanns, die in variablen Verwandtschaftsverhältnissen zueinander standen. Niemand, der kein wandelnder Genealogiestammbaum war, hätte Auskunft geben können. Hubert ging hinüber.

»Mah, hüt Nacht han ich ka Og zuatua«, streckte sich der Bankdirektor. Das war nicht verwunderlich, schließlich war er der Obmann der Funkenzunft. Offiziell hielt diesen Titel der Bürgermeister, aber Ammann machte die ganze Arbeit. »Funkenwacht«, ergänzte der Bankdirektor.

Hubert hatte die zerkratzten und mit blauen Flecken übersäten Hände des Bankdirektors wohl bemerkt. Außerdem war ihm aufgefallen, dass der Mercedes vor der Haustür neben einem riesigen, mit Planen abgedeckten Hänger parkte. Holzstücke befanden sich unter der Plane. Dafür hätte Hubert seine unsterbliche Seele verwettet, wenn er darüber nachgedacht hätte. Was er natürlich niemals tun würde.

Hubert trank Kaffee. Der Kaffee war schwarz und heiß. Die Küchenuhr tickte. Hubert blickte den Bankdirektor an.

»Meine Frau ist auf Kur.« Hubert hätte nicht zu fragen gebraucht. Frau Ammann fuhr jedes Jahr zur Funkenzeit auf Kur. Manche Frauen machen das während der Fußballweltmeisterschaft, die Karin tat es wegen des Funkens. An den Wänden in der Küche hingen Fotografien. Von jedem Funken der letzten 25 Jahre ein Foto. Eines war schöner als das andere.

»Ich wart auf den Reinbacher Stefan, der hat einen Jeep, einen guten, der muss mir den Hänger rauf in die Gampadonna führen.«

Hubert blickte den Bankdirektor an. Der antwortete, lange bevor der den Blick des Gendarmen auf sich gerichtet fühlte.

»Brennholz für den Winter.«

Hubert konnte sich ein Grinsen nicht verkneifen. Der Bankdirektor auch nicht.

»Was sagt eigentlich deine Frau?«

»Zu was?«

»Die Funkenwacht. Die ganze Nacht lang.«

»Ach, die versteht das schon.« Hubert war sich da nicht so sicher.

»Woher hast du das Brennholz?«

»Von der Agrar gekauft.« Ammann meinte die Agrargenossenschaft des Dorfes, die unter anderem den Wald und das damit einhergehende Holzlos verwaltete und besorgte.

»Ach so.«

Hubert nahm den Kaffee und tat einen Schritt in den Gang. Dort standen hohe Gummistiefel, die komplett mit Lehm verkrustet waren.

»Solltest wieder einmal putzen.« Der Bankdirektor, rot im Gesicht, nickte.

»Damit du nicht alles ansaust. Dann schimpft die Karin sicher«, warnte er davor, irgendetwas zu verdrecken.

»Sicher«, antwortete der Bankdirektor.

»Aber dass du im Winter gut einheizen kannst, wird die Karin sicher freuen.«

Wie jeder reiche Mann im Dorf besaß auch der Bankdirektor eine Ferienhütte oben in den Bergen, in einem schönen, ruhigen Kesseltal. Dort durfte nicht mehr gebaut werden. Die Hütten waren ein Vermögen wert und nur mit Geld allein fast nicht zu bezahlen. Eine Hütte ohne Elektrizität, Abwasser und fließendem Wasser war locker um die 250.000 Euro wert. Je nachdem, wer noch mitbot. Aber wenn man so gut vernetzt war wie der Bankdirektor, stellte das fast kein Problem dar.

Hubert blickte stumm vor sich hin. Der Bankdirektor suchte verzweifelt nach Worten. Irgendwie musste er Hubert loswerden. Schließlich fand er ein Thema.

»Wenn Du die Erika suchst, die Bank ist vorne abgeschlossen. Aber wir haben den Notfalleingang hinten, du kennst ihn, wenn mal was sein sollte?« Hubert nickte. »Dort ist immer nur angelehnt, gehst einfach hinein, und die dritte Türe rechts ist die Erika. Du klopfst, und alles ist in Ordnung. Du kannst keinen Fehler machen, die Alarmanlage ist immer abgeschaltet.«

Darauf hätte der Bankdirektor nicht hinweisen müssen. Die Bank war vor gut 22 Jahren mit elektronischer Überwachung ausgestattet worden, auf Befehl der Zentrale. Seit damals war die Anlage aber ausgeschaltet, weil versehentlich ausgelöste Alarme die Nachtruhe der Umgebung gefährdeten. Dazu kam noch, dass die Katze von Crescenzia Nigsch immer auf dem Dach der Bank herumturnte, was den Alarm zusätzlich auslöste. Das erschreckte die Katze jedes Mal so, dass sie danach tagelang nervös war, kratzte und ihr Geschäft nicht ordentlich verrichtete, sondern irgendwo in Crescenzias Haus. Also musste die Anlage abgeschaltet werden. Die Katze von der alten Nigsch war wichtiger. Manche Leute hatten schon versucht, mit dem Auto über das Höllenbiest drüberzufahren. Aber die Katze war schlau und bösartig.

Hubert selbst hatte einmal jemanden erzählen hören, dass er das schwarze Monster erwischt gehabt hatte, mit dem Auto, aber die Katze hatte es überlebt, und der Audi hatte eine gebrochene Radaufhängung vorne rechts gehabt. Aber das war nur eine Geschichte. Hubert vermied es stets, dem Kater in die bernsteinfarbenen Augen zu blicken.

»Die Katze ist ein Monster. Die war schon 20, als ich noch ein kleiner Bub war«, meinte der Bankdirektor.

Der Bankdirektor und Hubert standen am Küchenfenster und warteten auf den Jeep.

Hubert nickte.

»Sie muss irgendwo eine Quelle haben, von der sie die Katzen bezieht. Es kann unmöglich dieselbe sein.«

Hubert nickte wiederum.

Derweilen tranken sie Kaffee, und der Bankdirektor erzählte dem Gendarmen vom diesjährigen Funken. Schon nach dem ersten Wort wollte sich Ammann auf die Zunge beißen. Nicht schon wieder vom Funken sprechen. Aber was sollt's, das war halt seine Obsession.

»Ha, da wern sie alle luaga! Wir haben dieses Jahr das beste Feuerwerk unter der Hexe!« Jeder Funken wird oben mit einem sexistischen und frauenfeindlichen Schmuck versehen. Dieser Schmuck hat die Form einer Frau. Diese wird als Hexe bezeichnet, die den Winter, das Böse, die Dunkelheit repräsentiert. Diese Hexe wird mit Feuerwerkskörpern gefüllt. Was ein schönes Lichterspiel ergibt, wenn das Feuer die Hexe erreicht. Da der Bankdirektor nicht nur der Funkenzunft vorstand, sondern nebenbei auch der Sprengmeister der freiwilligen Feuerwehr in Personalunion war, konnte sich das Feuerwerk im Dorf jedes Jahr sehen lassen.

»Dieses Jahr wird's g'hörig krachen. Ich hab die Raketen aus China, da braucht man ein Sprengmeisterpatent.«

Hubert und der Bankdirektor grinsten. Buben und ihr Spielzeug. Laut, teuer und gefährlich muss es sein.

»Der Zoll in Lustenau unten wollt mir das Paket überhaupt nicht aushändigen. Die dachten schon, dass ich ein Islamist wäre.« Hubert und der Bankdirektor lachten. »Ich musste persönlich erscheinen und nachweisen, dass ich keine Verbindung zu Terroristen habe.« Der Bankdirektor wischte sich die Lachtränen aus den Augen. »Andere Leute in die Luft sprengen, so eine Schnapsidee.« Hubert sah das genauso.

»Ach ja, von wegen. Warum brauchst du die Erika überhaupt? Ich dachte, du suchst die Lehrerin? Geht es darum, wer die Lehrerin als Letztes gesehen hat?«

Hubert nickte.

»Hoffentlich ist nichts passiert«, sagte der Bankdirektor ernst. Ebenso ernst nickte Hubert.

»Also eigentlich ist das ja ein Bankgeheimnis, aber ich will einmal nicht so sein. Sag's halt nicht weiter. Die Drimic hat ein Konto bei uns gehabt, auch ein Giro, und es gab keine Bewegungen in den letzten Tagen. Sobald sie irgendwo vom Bankomat was abhebt oder etwas überweist, lass ich es dich wissen. Aber sag's nicht weiter.« Hubert nickte. Er würde sicher nichts weiter sagen. Aber er wusste auch, dass der Pfarrer, der Bankdirektor und der Dorfdoktor gemeinsam Karten spielten. Der vierte Mann variierte dabei stets. Dieser Platz war begehrt, denn nach zwei Stunden Jassen war man im Besitz aller Dorfgeheimnisse. Theologisch, medizinisch und ökonomisch. Hubert hatte schon länger nicht mehr gespielt.

»Am Abend im ›Gemsle‹?«, fragte Hubert.

Ammann nickte. »Sicher, freut uns, wenn du mitmachst.« Ammann setzte zu einem weiteren Satz an, da fuhr ein dunkelgrüner Toyota Jeep vor, und ein groß gewachsener, dunkelhaariger Mann mit breitem Grinsen stieg aus.

»Ist das der Fu… also das Feuerholz? Für die Gampadonna?«

»Genau«, beeilte sich der Bankdirektor zu antworten. Hubert stand daneben und sah zu, wie man den Anhänger auf die Kupplung brachte, und dann unter viel Reversieren ausparkierte. Hubert fielen die Lehmabdrücke auf dem Vorplatz auf, die von einem einspurigen Fahrzeug herrührten. Hubert kannte alle Profile im Dorf. Thea Hundertpfund war hier gewesen. Vor nicht mal einer Stunde. Hubert tat so, als ob ihm der Stift zu Boden gefallen wäre, und besah sich die Spuren genau. Dann schrieb er was in sein grünes Buch. Anschließend bedankte er sich für den Kaffee und ging hinüber zu seinem Auto, um die 20 Meter zur Bank hinaufzufahren.

Hubert stellte den Wagen ab, ging zur Hintertür. Die war nicht abgesperrt, er trat ein. Er zählte die Türen in dem Gang mit dem graugrünen Spannteppich und klopfte.

»Ja?«, sagte Erika, von ihrer Arbeit aufblickend.

»Heile, Hubert. Magsch an Kaffee?«, Hubert nickte. Er arbeitete gerne in der Früh, da boten ihm die Leute noch keinen Alkohol an.

Erika stand auf, und Hubert folgte ihr. »Du kommst sicher, weil ich vorgestern den Streit gesehen habe.« Sie schenkte aus der Filterkanne zwei Tassen ein. Ihre war grau und Huberts rosa. Auf Huberts Tasse stand: Schwieguat. Er nippte am Kaffee. Der war heiß. Gut so.

»Ich hätt's mir denken können, dass das ganze Dorf Bescheid weiß, wenn ich's dem Fusseneggerle erzähl.« Sie schüttelte den Kopf. Sie benutzte die in Vorarlberg übliche Form des Diminutivs für den Nachnamen, um vertraute, gute lange Bekanntschaft auszudrücken. Die Vorarlberger lieben ihre Verkleinerungsform. Fast nichts, an das nicht die Silbe »le« angehängt wird. Vornamen, Nachnamen, Häuser, Bier, Schnaps, Käse, aber auch Schlaganfälle und Krebs werden verniedlicht.

»Also es war so. Die Susanne kommt auf ihr Haus zu, da kommt die Agnes aus ihrem Haus heraus. Die beiden sind ja Nachbarn. Die Agnes geht energisch auf die Susanne zu. Die Susanne bleibt mutig stehen, schaut sie herausfordernd an. ›Du kleine Schlampe‹, hat sie geschimpft, die Agnes. Die Susanne hat sie herausfordernd angeschaut und hat gesagt: ›Du tust mir leid. Vor 30 Jahren warst du mal modern, heute bist nicht mehr als eine normale Hausfrau. Weil ich mit deinem Professor geschmust hab. Du bist arm.‹ Da hat die Agnes total die Kontrolle verloren und ist die Susi angesprungen. So richtig. Die beiden haben sich ineinander verkrallt. Dann sind sie hingefallen. Ich bin schnell hingelaufen und hab versucht, sie auseinanderzuziehen. Aber das ist nicht gegangen. Die waren richtig ineinander verhakt. Dabei haben sie sich die ganze Zeit über beschimpft. Es war schrecklich.«

Erika sammelte sich, nahm einen Schluck vom Kaffee.

»Aber dann haben sie doch Vernunft angenommen und es bleiben lassen. Die Agnes ist heimgelaufen, und ich hab die Susi begleitet. Dann haben wir ein Glas Wein getrunken.«

Hubert notierte sich fleißig. Mittagessen nach Streit stand in seinem Notizbuch. Er nickte Erika zu.

»Die Susanne ist normalerweise mit der Agnes sehr gut ausgekommen. Sie war eine gute Chefin, ich meine die Agnes. Manchmal, wenn es Probleme mit den Eltern gegeben hat, weil die Susi war modern, da hat die Agnes sich immer vor sie gestellt. Sie verteidigt. Aber ich glaub halt schon auch, dass a kläle eifersüchtig war, weil die Susi so viel jünger war und …«

Hubert hob den Blick vom Notizbuch.

»Na, sie ist halt gerade erst von der Uni gekommen, sie hat all diese neuen Theorien mitgebracht, intersectional feminism, gender theory und solche Sachen. Davon hat die Agnes nicht so viel Ahnung gehabt, und bis dahin war sie immer die Progressive, Weltoffene, Moderne im Dorf. Das hat ihr sicher nicht so gepasst. Seitdem die Susi dann auf dem Ortsvereinsturnier im Sommer mit dem Professor Pfanner geflirtet hat, da war die Agnes sauer. Weil, eigentlich war ja sie mit ihm zusammen. Irgendwo hab ich gehört, dass sich die Agnes sogar ein weißes Kleid machen hat lassen im Sommer. Das hat sie dann nicht mehr gebraucht.

Da war die Susi sicher selbst schuld, aber so war sie halt. Sie hat immer gern geflirtet, und der Professor, der ist belesen und älter, hat die Welt gesehen und gegen die anderen Männer im Dorf sticht er richtig heraus. Die haben alle nur Traktoren, das Holzlos und Bier im Kopf. Manche kommen das ganze Jahr nicht in die Stadt. Außerdem war der Professor immer so provokant. Abwertend gegen Frauen, das hat die Susi herausgefordert, na und dann ist es passiert. Es war eh nicht lang, aber für die Agnes hat's gereicht.«

Hubert kritzelte ins Notizbuch. Wie immer hatte er nur mit einem Ohr zugehört. Frauengeschichten waren immer so kompliziert. Da verstand er nie etwas. Bis auf eine Sache, die hatte bei ihm Eindruck hinterlassen. Vielleicht sollte er auch mal mit der Anna wieder in die Stadt fahren. Frauen mochten so was offenbar. Aber er mochte es halt so gar nicht. Vielleicht sollte er ihr zum Geburtstag so was schenken. Hm. Das war ein Gedanke. Wann hatte die Anna überhaupt Geburtstag? Er notierte sich das. An diesem Punkt erhellte sich Hubert Schmiedles Geist, und eine tiefe, beinahe mystische Eingebung erfüllte sein Sein. Er durfte auf keinen Fall Anna fragen, wann sie denn Geburtstag hätte. Das wäre unmöglich. Frauen wurden böse wegen so was. Dabei wusste er ja nicht mal seinen eigenen. Er kannte nur zwei Geburtstage. Den von Jesus Christus und von seiner Mutter.

Es musste also anders herausgefunden werden. Er wusste da auch schon, wen er fragen konnte.

Mittlerweile war Erika schon ein paar Punkte weiter in ihrer Analyse der weiblichen Konfliktsituation im Dorf.

»… und dann war da halt die Sache mit dem Fußballplatz. Der liegt mitten im Dorf, soll parzelliert werden und dafür im Augebiet ein neuer gemacht werden. Da hat die Agnes der Doris« – damit war die Frau Bürgermeister gemeint – »die Grünen auf den Hals gehetzt. Es hat da irgendeine Umweltverträglichkeitsstudie gegeben mit irgendeinem Doktoranden von der Uni Innsbruck und der Naturschau in Dornbirn, und so hat sich der Streit ausgeweitet. Die Studie ist fertig, aber ich weiß nur von der Natascha, der Tochter von der Doris, dass das ein Riesen Problem wird.«

Hubert nickte. Aha, das war was, mit dem konnte er was anfangen. Fußballfeld – Umweltverträglichkeit. Das musste irgendwas bedeuten. Er zeichnete ein Viereck mit einem Ball und daneben einen Frosch. Er klappte das Notizbuch zu.

»Danke Erika, du hast mir sehr geholfen«, sagte er und trank den Kaffee aus.

»Ich hoffe, du findest die Susi, sie war meine Freundin.«

»Sicher«, sagte Hubert. Mittlerweile sah die Sache nicht mehr so rosig aus.

Fußballfeld, Umweltverträglichkeit und solche Sachen mussten warten, zuerst musste Hubert herausfinden, was mit dem Geburtstag seiner Frau los war. Hubert setzte sich ins Auto und fuhr von der Bank am Friseur Moll vorbei hinauf zur Pfarre. In der steilen Singergasse kam er an seiner Amtsstube vorbei. Jemand stand dort. Hubert hielt und schaute aus dem Fenster.

Ein junger Mann, auffallend gekleidet, sprach ihn an.

»Ich warte da schon eine gute Viertelstunde. Wann sind Sie eigentlich im Büro?«

»Ermittlungen«, antwortete Hubert bärbeißig. Der junge Mann war der neue Frisör im Dorf. Er machte dem alten Moll Konkurrenz, alle Welt ging zu ihm. Es gab Espresso, man konnte sich die Frisur selbst aussuchen, und er war eine Attraktion. Der Mann war der erste offen homosexuelle Mann im Dorf. Also für Hubert war er kein Mann, aber schwul.

»Man hat mir das Schaufenster mit Kot beschmiert. Hundekot. Außerdem hat man mir eine homophobe Beleidigung an die Tür geklebt.«

Hubert hatte keine Ahnung, was das war, aber es musste schlimm sein.

»Hier«, sagte der junge Mann im modischen Anzug mit dem lavendelfarbenen Hemd und den lackierten Fingernägeln. Er hielt Hubert einen Zettel hin. Darauf stand: »*Homohans du schwule Sau, wir hauen dir die Eier blau.*« Hubert las sich die Drohbotschaft durch und gab den Zettel zurück.

»Wollen Sie den nicht behalten, als Beweisstück.«

Hubert steckte das Schriftstück ein, nachdem er es genau gefaltet hatte.

»Steig ein, wir fahren zu deinem Lokal und schauen uns den Vandalenakt an.«

»Das war kein Vandalismus, das war Schwulenfeindlichkeit! Das war ein Hassverbrechen.«

Hubert notierte Hassverbrechen.

»Na gut, steig ein.«

»Ich hab das doch schon beseitigt, aber ich hab Fotos gemacht.«

Der junge Mann zog ein großes Handy aus der Brusttasche, es war ein weißes iPhone mit rosa Schutzhülle. Hubert zog die Augenbrauen hoch.

»Hier.« Auf den Bildern sah man gut die schönen glänzenden Fensterscheiben des Frisörsalons, die mit brauner Substanz verschmiert waren. Der Wachtmeister besah sich die Ferkelei. Dann gab er das Telefon zurück.

»Sieht aus wie Schokolade.«

»Das ist eine Frechheit! Das war keine Schokolade. Ich hab mir nachher dreimal die Hände gewaschen, und man riecht es immer noch. Obwohl ich die Gummihandschuhe benutzt habe!«

Hubert nickte einfach und notierte sich was.

»Also, was unternehmen Sie?«

»Mal luaga.«

»Sie sollten beim alten Moll vorbeischauen. Der steckt da sicher dahinter.«

»So was macht der nicht.«

»Und ob. Aber was soll ich tun?«

»Geh zurück, mach weiter, du hast sicher Kundschaft.«

»Also jetzt können Sie aber aufhören, mich zu duzen, ich bin erwachsen.«

Hubert nickte. Das war der Sohn von den Dorns, seinen Nachbarn, er kannte den kleinen Bengel, seitdem er auf der Welt war. Nun musste Hubert zu ihm Sie sagen. Das war traurig.

»Sie«, sagte Hubert.

»Also … also … das ist eine Frechheit! Ich werde mich bei Ihren Vorgesetzten beschweren.« Hubert ließ das Fenster rauf und fuhr hinauf zur Pfarrgemeinde. Es war mittlerweile kurz vor Mittag. Die Sonne schien warm auf den Vorplatz der Kirche. Der Himmel war blau. Hubert parkierte und ging zur Tür. Er klingelte. Es roch nach warmem Essen. Huberts Magen knurrte. Thea Hundertpfund machte ihm auf.

»Was ist?«, fragte sie leicht erschrocken. Ihr Blick huschte hinüber zu ihrem Motorrad. Die Reifen waren mittlerweile supersauber. Ihren Blaumann hatte sie gegen ein dezent geblümtes Hauskleid getauscht.

»Ich hätte ein paar Fragen.«

»Sicher, es sind alle da«, antwortete Thea. Jeden Samstag traf sich der Pfarrgemeinderat. Das waren Thea, Crescenzia, Walpurga und Agatha. Der Pfarrer war zu diesen Sitzungen nicht zugelassen. Der saß dann in seinem Arbeitszimmer und las in der »Summa Theologica« des Thomas von Aquin. Oder er schrieb lange Briefe an die Glaubenskongregation in Rom. Im Dorf munkelte man, dass diese Briefe in Latein verfasst seien.

In der Küche saßen die drei anderen alten Damen rund um den Tisch. Die Küche war blitzblank, der Linoleumboden glänzte, die Schränke aus hellem Holz waren frisch gewachst, die Spüle blinkte und blitzte, das Tischtuch war strahlend weiß, vier Suppenteller standen dampfend da. Hubert bekam auch einen. Er setzte sich.

Man aß. Die Suppe war kräftig mit Leberspätzle und Gemüse. Hubert mochte Suppe. Er löffelte brav, während die Damen sich angeregt unterhielten.

»Schau, schau, der Hubert, ihm schmeckt's«, stellte Agatha fest.

»All scho an ghörige Appetit gha, der Bua.«

»Scho wiana kli gse isch, hat er essa künna. Uf dr Hochzit vom Alfons siner Tochter …« Und Crescenzia erzählte die uralte Geschichte von der Hochzeit, auf der Hubert mit sieben Jahren sich in das Nebenzimmer gestohlen hatte und die ganze Hochzeitstorte aufgegessen hatte. Eigentlich war es kaum mehr als die Hälfte gewesen, aber über die Jahre war die Legende gewachsen. Hubert löffelte brav seine Suppe.

»Warum bisch denn da? All noch Gendarm spiela?«

Hubert legte den Löffel beiseite.

»Nein, ich wollte wissen, wann meine Anna Geburtstag hat. Weil ich will ihr was schenken, aber ich kann sie nicht fragen.«

»Das kannst du nicht. Da wird sie böse.«

»Er will ihr was schenken!«

»Da schau her.«

»Hast du ein schlechtes Gewissen?«

»Hast im ›Gemsle‹ den Lohn verspielt?«

»Nein, er hat Angst, dass sie einen andern findet.«
»Die Anna ist hübsch, die könnt jeden haben.«
Die Sätze prasselten nur so auf Hubert ein. Er ließ das brav über sich ergehen. Schließlich blickte er vom Suppenteller auf. Thea schöpfte ihm nach.
»Also, die Anna hat am 3.4. Geburtstag.«
»Sie ist Widder.«
»Ja, sie hat am gleichen Tag Geburtstag wie Koppes Maria.«
»Das ist doch die, die rüber nach Satteins geheiratet hat?«
»Genau.«
»Und ihr Bub hat dann versucht, sein Recht auf ein Holzlos einzuklagen?«
»Das war der.«
»Das ist aber auch schon wieder 30 Jahre her.«
»Wenns langat.«
»Also besser nach Satteins heiraten als den Dorfgendarm.«
»Wer nüt isch und wer nüt ka …«
»Goht zu Poscht und Isabah …«
»und der besonders arme Mann …«
»wird Schendarm«, dichteten die vier alten Damen das alte Spottlied auf Post und Eisenbahnangestellte auf Hubert um. Dass der Reim nicht so gelungen war, störte sie überhaupt nicht. Mittlerweile war sogar die Leidensfähigkeit des zähen alemannischen Gendarmen auf die Probe gestellt. Deswegen suchte er nach etwas, um das Thema zu wechseln. Irgendwie kam er

auf Hochzeitskleid. Er wusste selbst nicht wieso, aber da war die Frage schon heraußen.

»Wenn ich mir ein Hochzeitskleid machen lassen würde? Beim wem im Dorf?«

»Schau, Schmiedles Hubert will noch einmal heiraten.«

»Vielleicht den feschen Frisör?«

»Ihr wärt ein schönes Paar«, meinte Thea, ihre Stellung als katholische Pfarrköchin komplett ignorierend.

»Aber was die Anna sagen würde?«

»Gute Reise«, prustete Walpurga los. Heute war sie wesentlich klarer im Kopf als das letzte Mal. Hubert hatte den Verdacht, dass die Teeschalen der Damen nicht nur mit Hagebutte gefüllt waren.

Die Damen lachten. Walpurga lachte so laut über den eigenen Witz, dass ihre Zähne ein wenig verrutschten, aber Agatha brachte das wieder in Ordnung.

»Die Tochter vom Oskar näht gut«, meinte Crescenzia abschließend mit einigem Ernst.

»Und den Schlingel, der dem Frisör die Fensterscheibe beschmiert hat, den findest du!«

Hubert nickte.

»Dass im Dorf so eine Sauerei passiert, das geht nicht. Egal, ob schwul oder nicht.«

»Außerdem macht er mir die Haare viel besser als der alte Moll.«

Hubert notierte sich das. Kotbeschmierer finden. Er unterstrich den Satz zweimal.

»Die Agnes, die Nesensohn, hat ihr Brautkleid bei

der Tochter vom Oskar machen lassen. Es ist sehr schön geworden.«

»Nur schade, dass sie es nun nie tragen wird.«

»Man soll halt nicht das Fell des Bären schneidern, bevor man ihn erlegt hat.« Wiederum herzhaftes Gelächter.

»Das bringt Unglück«, sagte Walpurga sehr ernst. Das Gelächter am Tisch verstummte. Die lockere Atmosphäre wurde mit einem Mal ernst und schwer. Es war beinahe so, als ob die Raumtemperatur um drei Grad abgenommen hätte.

»Hubert, iss auf, du musst jetzt gehen. Wir haben noch wichtige Dinge zu besprechen.« Hubert nickte, und stellte den Teller hinüber in die Abwasch. Er bedankte sich artig für die gute Suppe und machte sich dann auf den Weg.

Auf dem Vorplatz, als er ins Auto stieg, dachte Hubert noch einmal an die letzten Worte von Walpurga zurück. »Das bringt Unglück.« Daraufhin war alles still und ernst geworden. Er hatte sich zu dem Zeitpunkt auf die letzten Löffel seiner Suppe konzentriert. Er wollte kein Leberspätzle vergessen, deswegen war er sich nicht sicher. Aber es war ihm so gewesen, als ob alle vier Damen mit ernster Miene das Kreuz geschlagen hätten. Wie auf einer Beerdigung.

III

Hubert fuhr durchs Dorf zur Weinhandlung von Oskar. Es war nicht nur die größte im Dorf, sondern auch die mit der besten Reputation im ganzen Walgau. Leute kamen von überallher, um bei Oskar Wein zu kaufen. Schließlich hatte er die besten Weine zwischen Paris und Wien zu verkaufen. Aber die allerbesten seiner guten Tropfen verkaufte Oskar nur im Dorf. Nicht, dass er jemals schlechten Wein verkauft hätte, Gott behüte, alle seine Weine waren gut. Manch einer behauptete sogar, konkurrenzlos gut. Aber manche waren besser, und die blieben im Dorf.

Es mag verwunderlich wirken, dass ein kleines bäuerliches Dorf einen Weinhändler von internationaler Reputation beherbergt. Aber unser Dorf ist wohlhabend, wenn nicht reich. Tourismus winters wie sommers, dazu zwei große Industrieunternehmen von Weltruf, ein Dutzend kleiner Gewerbe, die mit alemannischer Ordentlichkeit und Tüchtigkeit geführt werden, gute Ausbildung und jede Menge Doktoren, Primare, Rechtsanwälte und Geschäftsmänner. Vor den meisten Häusern parkten ein Audi oder Mercedes, dazu noch ein Smart oder ein kleiner Toyota. Und wenn vor einem Haus einmal nur ein Toyota parkt, dann sicher einer mit Schweizer Nummerntafel. Denn viele Dörfler arbeiten im nahen Fürstentum Liechtenstein, wo es mehr Briefkastenfirmen als Einwohner gibt, oder eben in der Schweiz, und dort arbeitet sich niemand arm.

Also das Geld für guten Wein ist vorhanden. Deswegen machte sich Hubert auf zur Weinhandlung. Aber insgeheim hoffte er schon auch auf ein gutes Glas. Denn obwohl er nicht leidenschaftlich kaufte, so probierte er doch für sein Leben gern.

Auf dem Weg zur Weinhandlung kam Hubert an seinem eigenen Haus vorbei. Anna würde mit dem Mittagessen ein wenig warten, aber nach langer Gewohnheit einfach zu essen beginnen, wenn er nicht bis halb eins zu Hause sein würde. Deswegen musste er sich also keine Sorgen machen. Hubert fuhr noch etwa zwei Minuten, dann kam er zu einer kleinen Einfahrt. Dort standen bereits zwei Autos: ein grüner Jeep und ein dunkelblauer Toyota mit Schweizer Nummerntafel. Hubert stellte seinen Wagen dahinter ab, sodass jeder hinausfahren konnte, wenn er wollte. Dann ging er zur Eingangstür und klingelte. Es dauerte nicht lange, da machte ihm Oskar auf.

»Zervas, Hubert. Lang nicht mehr da gewesen. Kumm iha. Trink a Gläsle mit.« Im Geschäftsbereich des Wohnhauses standen zwei Stehtischchen, Weinkisten aus schönem Holz, Vitrinen, in denen sich edle Tropfen befanden, und an den Wänden hingen schöne alte Karten von Gemarkungen berühmter Weingegenden.

Burgund, Bordeaux, Barolo, die erkannte Hubert, der Rest sagte ihm nichts. Hubert trat zu einem der Tischchen, dort standen zwei Männer. Auf dem Tisch befanden sich Gläser, eine Flasche Rotwein und ein Korb mit Brot.

Oskar, der die einfachen Dinge im Leben schätzte, liebte nicht nur den Wein, sondern auch das Brot. Es kam nicht selten vor, dass er für ein gutes Stück Brot zum Kobler Bäck fuhr. Das bedeutete auf die Autobahn, durch den Ambergtunnel, hinaus ins Rheintal, hinunter bis zum Kummenberg und dann dort, wo man sich schon fast im Unterland befand, Brot kaufen.

Manche Leute im Dorf schüttelten über solches Verhalten den Kopf. Aber Oskar fuhr ja auch quer durch die Welt, um Wein zu kaufen. Weshalb sollte er es mit dem Brot nicht ähnlich halten. Dass er manchmal, wenn Backtag war und ihn die Lust quälte, bis ins Appenzellerland hinüber fuhr, Österreich und die EU verließ, um ein Stück Rauchbrot zu kaufen, das erzählte er niemandem. Heute lag so ein Stück Rauchbrot im schön geflochtenen, mit dicker Serviette ausgelegten Brotkorb. So sehr man von Wein sprach, das Brot blieb unerwähnt. Das störte Oskar nicht. Brot war zu wichtig, als dass man darüber reden sollte.

Dem einen war Hubert vor zwei Stunden begegnet, als der mit dem Jeep das Brennholz für die Hütte des Bankdirektors abgeholt hatte. Der andere war dessen älterer Bruder. Ihre Namen waren Stefan und Christian Reinbacher. Die beiden Brüder waren so verschieden wie Tag und Nacht. Stefan, der jüngere, war groß, breitschultrig, mit starkem schwarzem Bartwuchs. Der ältere Bruder klein, stämmig und mit glatten Wangen. Die Augen der beiden, das eine Paar blau, das andere braun, waren jedoch dieselben. Kühn, intelligent, herausfordernd und abenteuerlustig. Sie waren ein Leben lang in einen Konkurrenzkampf verstrickt, ob bei Fußball, Ausbildung oder Karriere. Nie sagte der eine Bruder ja zu dem, was der andere vorschlug. Zu keinem Thema hatten sie dieselbe Meinung. Schon aus Prinzip. Und doch, oder gerade deswegen, hielten sie zusammen wie Pech und Schwefel.

Als der schweizerische Weltkonzern, bei dem Christian als Troubleshooter tätig war, seine Abteilung stilllegen wollte, machte er kurzerhand einen Management Buyout und übernahm die Bude selbst. Da er beständig sehr laut jammerte, wie schlecht die Geschäfte gingen, wusste alle Welt, dass er sein Geld praktisch selber druckte.

Wenn er zwischen Chennai und Carajas die Flüge in Zürich wechselte, schaute er schnell beim Oskar vorbei, um den Weinkeller aufzustocken. Es wurde gemunkelt, dass der Wein im Keller den Wert des Hauses um ein Mehrfaches überstieg. Man verkostete gerade einen Barbera d'Alba, und auch Hubert wurde ein Glas eingeschenkt. Hubert steckte den Gumpf in das Glas und zog den Duft ein. Dann nahm er einen Schluck.

Er atmete befriedigt aus. Wenn andere Leute gekonnt über Aromen, Abgang und Eleganz sprachen, dann war ihm das zu viel. Er wollte einfach nur trinken, genießen und schweigen. Aber er hörte gerne zu.

»Also ich war heute Vormittag beim Bürgermeister. Weil ich doch ein Grundstück aus der Parzellierung vom Fußballplatz haben wollte«, erzählte Christian.

»Kann ich mir denken, du wohnst ja direkt daneben.«

»Sicher, ich muss auch daran denken, dass ich irgendwann den Weinkeller ausbauen muss, und dazu braucht man Platz. Na gut, auf jeden Fall, seitdem ich vor drei Jahren von dem Verkauf zum ersten Mal gehört habe …«

»Vor drei Jahren schon? So alt ist der Plan?«, fragte Oskar, der Weinhändler.

»Sicher. Die Überlegung gibt's schon seit der letzten Wahl«, sagte Christian.

»Ach geh, das war schon Thema, wie wir das letzte Mal runter sind in die zweite Landesklasse, das war 06 oder 07.«, sagte Stefan. Als Abteilungsleiter immerhin Platzwart beim FC, nicht nur, aber auch wegen der Wurst, die man dafür bekam.

»Na egal, auf jeden Fall …«, begann Christian.

»Nix egal. Weil ich hab's dir damals gesagt, weil der Lukas damals schon Kapitän vom Eins war« – damit war die Kampfmannschaft gemeint – »und da hat er im Vereinsheim …«

»Sicher.«

»Also ohne mich hättest du davon gar nichts gewusst.«

»Gut, also wie ich davon erfahren habe, wie, weiß ich jetzt auch nicht mehr so genau …«, begann Christian.

Stefan schnaufte tief, seine Wangen färbten sich leicht rötlich, was nicht nur daran lag, dass er sie einmal am Everest leicht erfroren hatte.

»Ich hab's dir gesagt.«

»Hab ich ja gerade gesagt.«

»Na. Du hast gesagt, du weißt nicht mehr, woher du es weißt.«

»Das ist eh dasselbe, auf jeden Fall war ich beim Bürgermeister. Seit drei Jahren bemühe ich mich um die Kaufgelegenheit. Ich hab das mehrfach deponiert. Außerdem war ich auch dazu bereit, einen guten Preis zu zahlen …«

»Du wolltest der Gemeinde das Weiße aus den Augen rauspressen.«

»Einen guten Preis«, betonte Christian mit dem Anflug eines Lächelns auf den Lippen. Für wen der Preis gut sein sollte, das hatte er nicht dazugesagt.

»Für dich.«

»Tu nicht immer so«, antwortete Christian.

»Also, was ist jetzt mit der Geschichte?«, fragte Oskar und schenkte allen nach.

»Na, seit drei Jahren bohre ich an der Sache, da muss man alles richtig machen, das braucht Zeit, auf jeden Fall, heute geh ich hin und zack, heißt es, die Sache ist entschieden. Es wird ein großer Bauträger kommen, der in verdichteter Flachbauweise das Grundstück bebauen wird. Keine Parzellierung für die Anrainer.«

»Ist das schon beschlossen?«

»Nein, natürlich nicht, aber so gut wie. Sie haben es so getrickst, dass sie eine Ausschreibung hatten, von der niemand was gehört hat, damit sie sagen können: Es gab keine guten Angebote, also müssen wir es einem großen Bauträger verkaufen.«

»Aber sie müssen doch irgendwelche Angebote eingeholt haben, sonst durchschaut doch jeder den Schwindel.«

»Sicher.«

»Das ist leicht, der Schwager vom Bürgermeister hat das Architekturbüro, sein Neffe eine kleine Baufirma.«

»Er geht immer mit dem Chef von Hilti und Jehle ins ›Rössle‹ in Braz.«

»Also Angebote, von denen niemand erfährt, die kann er jederzeit ein Dutzend an der Hand haben.«

»Vor allem, weil dann eh alle am Endergebnis verdienen.«

»Genau. Das Volumen ist dann einfach viel größer, das, was den Leuten übrig bleibt, auch.«

»Das ist gut für den Fußballklub.«

»Auf jeden Fall, die Nachwuchstrainer können jetzt auch bezahlt werden.«

»Ach geh, sollen die doch Eishockey spielen, wenn die Trainer so teuer sind«, meinte Christian bitter.

»Du bist ja nur sauer, weil du deinen Grund nicht billig aufkaufen kannst«, meinte Stefan. Dann nippte er am Weinglas. Es kam keine Widerrede.

»Außerdem glaube ich, dass du ein bisschen verschnupft reagierst, weil du nicht selbst draufgekommen bist, den gesamten Fußballplatz zu kaufen und dann zu bebauen und zu vermieten.«

»Ach geh, so viel Geld hab ich doch gar nicht.«

Allen um den Tisch Stehenden fielen sofort zwei Dinge auf: Er hatte nicht ausdrücklich verneint, solche Gedankengänge gehabt zu haben, und er hatte sich darauf hinauszureden versucht, zu wenig Geld zu haben.

»Wer um 15.000 Euro eine Klimaanlage für seinen Weinkeller einbaut, der hat genug Geld.«

»Also das ist was anderes. Bei der Klimaentwicklung kann ich nicht riskieren, dass einmal im Sommer die Raumtemperatur ein oder zwei Grad zu hoch steigt.«

»Natürlich, der Wein ist empfindlich und ja auch dafür gemacht, lange gelagert werden zu können.«

»Auf jeden Fall, da lagern Werte, ich will das ja nicht wegwerfen. Und wenn man einmal Wein verkaufen will, dann muss man schon beste Lagerung garantieren können.«

»Sicherlich.«

»Also, das war kein Luxus, sondern Notwendigkeit.«

»Bittere Notwendigkeit«, fügte Stefan schelmisch hinzu. Christian tat ganz so, als ob er ihn nicht gehört hätte. »Jetzt, wo dir das Geld für das Geschäft mit dem Kauf vom Fußballplatz …«

»Ach geh, außerdem, so weit kommt's nicht.« Christian nahm einen Schluck vom Wein. Manchmal war er nicht von aller Eitelkeit frei.

»Was soll das jetzt heißen?«

»Na, ich weiß was, das noch nicht alle wissen.«

»Und was ist das?«, fragte Oskar.

»Es gibt eine Studie, durchgeführt von der Uni Innsbruck, vom Institut für Zoologie, da hat ein Doktorand den ganzen letzten Sommer gearbeitet. Es ging um die Darstellung und Beschreibung der Aulandschaft im Vorarlberger Walgau.«

Er besah sich den Wein. »Das Rot ist sehr satt«, stellte er fest. Hubert war nicht so satt. Schließlich hatte er nur Suppe gehabt. Da wäre schon noch Platz gewesen.

»Jetzt spann uns nicht auf die Folter, Christian«, drängte Oskar.

»Ich kann mir schon denken, was jetzt kommt«, meinte Stefan orakelnd.

»Was denn?«, fragte Oskar. Für jeden guten Geschäftsmann sind Insiderinformationen bares Geld. Schließlich werden Geschäftsabschlüsse gefeiert, mit Wein.

»Na, solche Untersuchungen finden immer eine seltene, vom Aussterben bedrohte Tierart, irgendwelche Molche oder Lurche oder Schnecken.«

»Wie in Stuttgart? Da waren es Eidechsen«, merkte Oskar an.

»Genau. Der Student …«

»Die Studentin, die Doktorandin, um genauer zu sein«, ergänzte Christian mit einem Siegerlächeln auf den Lippen.

»Also die hat was gefunden.«

»Ich möchte den Ergebnissen noch nicht vorgreifen.«

»Na sicher willst du das«, stellte Stefan fest.

»Sicher nicht«, meinte Christian.

»Woher hast du das eigentlich gewusst, mit der Studie?«, fragte Oskar Stefan.

»Erstens kenn ich Christian schon mein ganzes Leben. Ohne Hintergedanken geht er nicht mal …«

»Okay, und weiter?«

»Außerdem ist der Johnny sein bester Freund.«

»Der Johnny?«

»Der Johannes, vom Alois der Bub.«

»Ach der, genau, der ist Biologe.«

»Zoologe ist der. Würmerforscher an der Uni Innsbruck.«

»Und du glaubst …?«

»Nichts glaub ich, wissen tu i's. Schau ihn dir an.«

»Waaaas?«, fragte Christian im Brustton der Überzeugung, ganz den Unschuldigen spielend, mit sehr viel Gusto, sei hinzugefügt. Es war eine seiner Eigenschaften, voller Verve eine Rolle zu spielen, auch wenn er längst erkannt hatte, durchschaut worden zu sein.

»Na ich seh's dir an der Nasenspitze an.«

»Ich schau nur so, weil der Wein gut ist.«

»Ja, der ist wirklich gut. Wenn man bedenkt, dass der

sicher noch ein, vielleicht zwei Jahre hat, bis er perfekt wird. Dann ist er sicher noch eleganter.«

»Ganz sicher. Das ist ein Geheimtipp.«

»Auf jeden Fall. Die Flasche geht noch um 25 Euro, in zwei Jahren zahlt man mindestens das Dreifache für den Winzer.«

»Für den Wein schon, aber für den Boden sicher nicht.«

»Ach geh, wir wollen über Wein sprechen«, sagte Christian. Aber es war jedem klar, dass dem nicht so war.

»Also, du hast den Johnny gefragt, ob er nicht eine Studentin hätte …«

»Ich hab gar nicht gefragt, und schon überhaupt nicht nach einer Studentin, das hätte mir Chie nie erlaubt.« Chie war seine Frau, die um den halben Erdkreis gezogen war, um mit Christian im Dorf zu leben. Vielmehr, die von Japan nach Vorarlberg gezogen war, während Christian im Flugzeug zwischen Tokyo und Antananarivo saß.

»Du hast auch ganz sicher nicht ein bisschen Geld reingesteckt.«

»Na vielleicht, wissenschaftliche Forschung sollte man immer unterstützen«, stellte Christian ernst fest.

»Vor allem, wenn sie eine Tierart findet, die ein Bauvorhaben verunmöglicht.«

»Oder zumindestens erschwert.«

»Was ich nicht ganz verstehe, ist, wie konntest du wissen, dass die Doktorandin was finden würde?«

»Das hat er nicht wirklich gewusst, aber diese Zoologen finden immer was. Wir haben einmal schon die gesamte Gleisanlage für eine Hochgeschwindigkeitsbahn in Norddeutschland verkauft gehabt, da haben sie irgendeine Zwergeulenart gefunden, und das Projekt wurde abgeblasen.«

»Zwergeulen?«

»Zwergeulen, die brauchen eine ganz spezielle Einflugschneise, und es darf nicht zu laut sein, sonst steigt das Stresshormon bei den Eulenmamas, und dann werden die Schalen zu dick und die Eulenbabys ersticken in den Schalen.« Stefan nahm einen Schluck. »In China hatten wir einmal eine ähnliche Sache, da haben wir die Viecher einfach mit dem Unkrautvertilger vertrieben.«

Stefan war Chef der Forschungsabteilung eines mittelständischen Industrieunternehmens, das Vibrationsdämpfungstechnologien an Schienenverkehrsbetriebe verkaufte.

»Was aber, wenn er den Grund kaufen hätte können? Dann hätte er sich ja mit der Studie selbst ins Fleisch geschnitten.«

»Ach was, dann wäre die Studie schön in der Bibliothek der Uni Innsbruck verstaubt, und die Eulen, oder was immer das auch war, hätten woanders hinmüssen. Das ist der Vorteil, wer zahlt, schafft an.«

»Die goldene Regel: Wer das Gold hat, macht die Regel«, sagte Christian ernst.

»Hast du das dem Bürgermeister schon gesagt?«

»Nein, ich, wieso?«, spielte Christian wieder das Unschuldslamm.

»Du kannst sicher sein, dass, wenn er es noch nicht weiß, er es bald wissen wird«, meinte Stefan.

»Davon kann man ausgehen«, stellte Christian fest.

»Und was führt dich her, Hubert? Nur der Wein?«

»Na ja, eigentlich schon, aber auch was anderes. Deine Tochter hat für die Direktorin, die Agnes, ein Hochzeitskleid gemacht? Stimmt das?«

»Also du kannst sie selbst fragen, wenn du willst, sie ist hinten in ihrer Arbeitsstube, wo sie schneidert, aber ja, sie hat eines gemacht. Sehr schön ist es geworden.«

»Wen heiratet die Agnes?« Sie war eine der besten Freundinnen der verstorbenen Mutter der Brüder Reinbacher gewesen.

»Jetzt gar niemand mehr. Sie wollte den Pfanner, den Professor, aber beim Ortsvereinsturnier …«

»Warum hat mir das niemand gesagt?«

»Weil du ja immer unterwegs bist, man sieht dich ja kaum mehr Dorf.«

»Ja stimmt, bin scho all am Schaffa, letztens hat der Klaus, mein Nachbar, meinen Rasen gemäht, weil ich nicht da war, und er das nicht mehr ansehen konnte.«

»Aber Chie war doch da.«

»Die mäht den Rasen nicht. Der Garten, das ist meins«, sagte Christian stolz. »Aber noch mal wegen der Hochzeit, die wollte den Pfanner heiraten, der im Ural die Professur hat und draußen in der Stadt Geschichte unterrichtet, im Gymi? Der?«

»Genau.«

»Der Pfanner, den hab ich noch in Geschichte gehabt. Der hat immer gesagt: Reinbacher, du präpotenter Störfaktor.« Er grinste in sich hinein.

Hubert stand da und kritzelte was in sein Notizbuch, es war eine Art wirres Muster, das um eine kleine Eule kreiste. Die Eule war ihm gut gelungen. Er selbst hätte das nicht bemerkt, dafür hatte er keinen Sinn.

»Dann wärst du fast mit ihm verwandt gewesen.« Denn wie immer im Dorf, war auch hier ein weitverzweigtes Verwandtschaftsverhältnis gegeben.

»Fast.«

»Also der Agnes war es ernst, weil sie hat das Kleid nicht nur in Auftrag gegeben, sondern auch abgeholt und bezahlt. Dabei ist es erst fertig geworden, nachdem das mit dem Ortsvereinsturnier passiert ist.«

»Das war das letzte Ortsvereinsturnier auf dem alten Platz, das nächste wird dann schon draußen in der Au stattfinden. Auf dem neuen Platz.« Oskar schlug sich an den Kopf. »Ach ja, genau, so wird das nicht sein.«

»Ist gut, wenn man Freunde hat, die Biologen sind.«

»Zoologen.«

»Übrigens, wann ist der Johnny wieder mal umanand?«, fragte Stefan seinen Bruder.

»Der ist eh da, weil Montag hat er immer in Basel seine Vorlesung, da bleibt er übers Wochenende bei den Eltern.«

Das notierte sich Hubert, das konnte er brauchen. Er trank sein Glas aus.

»Noch a kläle, Hubert?«

Hubert schüttelte den Kopf, deutete auf die Dienstmütze und machte sich auf den Weg. Die zwei Gläser Wein waren sehr nach seinem Geschmack gewesen. Aber jetzt trieb es ihn woanders hin. Bei dem ganzen Gerede vom Professor Pfanner war Hubert eingefallen, dass er herausfinden musste, wer das Schaufenster vom Frisör verschmiert hatte. Ein paar der Burschen waren in der Stadt auf dem Gymnasium, dort war auch der Pfanner angestellt, war sogar der Lehrer von einigen, der konnte ihm vielleicht was über das Schmähgedicht sagen. Denn Hubert war sich sicher, dass Volksschüler dafür zu jung waren und die Schrift aber auch nicht nach Erwachsenen aussah.

Hubert fuhr ohne Hast und Eile durchs Dorf. Zuerst hinauf auf Ganahl, dann zur Kirche, vorher bog er rechts ab, hinauf nach Gurtis und darüber hinaus nach Bazora. Die ganze Reise dauerte fast eine halbe Stunde, denn Hubert musste langsam fahren, weil ein Traktor langsam vor ihm her tuckerte. Außerdem ermahnte er einmal ein paar Buben, die auf der Straße Hockey spielten. Dazu musste er aussteigen und mit einer Mutter ein paar ernste Worte sprechen. Danach strich er sich den Schnäuzer wieder gerade und setzte sich ins Auto. Die Sonne war mittlerweile hinüber Richtung Schweiz gewandert, der Nachmittag war schon fortgeschritten, bald würde es dunkel werden. Die tiefer stehende Sonne strahlte golden über die Winternebel des Rheintals herüber nach Bazora.

Hubert klingelte beim Professor. Der war zu Hause und öffnete.

»Ah, Hubert, komm rein.«

»Na, nur ganz kurz, kennst du die Schrift?«

Er reichte dem Professor den Zettel. Der las sich das ganze Geschreibsel durch, die Brille dabei auf die hohe Stirn geschoben.

»Ich nehme an, das war an die Scheibe vom Frisör geklebt?«

Hubert nickte.

»Ich selbst muss ja nicht mehr hin.« Der Professor strich sich über die glänzende Glatze.

»Ich habe einen Verdacht, aber ich will keinen Justizirrtum befeuern.«

Hubert blickte ihn an.

»Na, ich hab jemanden in der Klasse, es ist eine fünfte.« Das war genau das Alter, auf das Hubert getippt hatte. Burschen mit 15 machten jede Blödheit.

»Ich seh nicht so viel Handgeschriebenes von den Burschen, aber ich würde wetten, dass es der Mühlwanger war. Der unten neben dem Mürol wohnt.«

»Kennt der den Hämmerle Buben, den mit den langen schwarzen Locken?«

»Den Tobias? Sicher, die sitzen in derselben Bank.«

Hubert machte ein Kreuz in sein Notizbuch und klappte es zu.

»Wie kommst du auf den Hämmerle?«

»Die haben den riesigen Labradormischling.«

»Da steh ich auf der Leitung.«

»Die Fensterscheibe wurde auch beschmiert.«
»Ach so, mit Hundekot?«
Hubert nickte.
»Das ist schon zu viel des Zufalls. Der große Hund mit den riesen Kothaufen, die Schrift, sie sitzen zusammen in derselben Bank und machen jeden Blödsinn gemeinsam.«
»Danke«, sagte Hubert.
»Immer ein Vergnügen«, sagte Pfanner und ging zurück ins Haus.

Hubert blieb noch kurz unschlüssig im Wagen sitzen. Er kritzelte ein wenig in seinem Notizbuch herum, doch diesmal wurde es keine Eule. Sondern nur ein Gewirr aus konzentrischen Kreisen, die beinahe so aussahen wie Wellen in einem See, in den ein Stein gefallen ist. Hubert malte noch den kleinen Kiesel wie einen Punkt in die Mitte.

Hubert war zufrieden, beim Malen einfach nur die Finger mit dem Stift machen zu lassen. Für ihn hatte das nicht allzu viel Bedeutung. Für uns aber mag das anders sein. Die Frage war, was hatte es mit dem Stein zu tun. Bedeutete der Stein die Umweltprüfung oder doch die Affäre von Pfanner und Agnes, die zu Ende gegangen war? Oder am Ende die Drimic, die mit dem Pfanner auf dem Ortsvereinsturnier geflirtet hatte.

Während Hubert so herumkritzelte, dachte auch er ans Ortsvereinsturnier. Der Dorfdoktor, der Pfarrer und der Gendarm durften nicht teilnehmen. Sie hatten neutral zu bleiben, immer. Der Rest des Dorfes, organisiert in ein straffes Netz von gut zwei Dutzend Vereinen, trat dabei gegeneinander im Fußball an. Gespielt wurde auf einem Kleinfeld. Freiwillige Feuerwehr, Funkenzunft, Fasnatsgilde, Riebelzunft, Nähverein, Agrargemeinschaft und alles andere. Zum Fußballturnier kam noch immer ein Spaßbewerb, der für Ausgleich sorgen sollte, damit der Fußballverein nicht jedes Jahr gewann, und schlussendlich gab es die inoffizielle Bierregel. Jeder Treffer beim Fußball konnte damit eingestellt werden, dass die Mannschaft um zehn gezählte Bier mehr trank als der Gegner. Überflüssig zu sagen, dass es Vereinsmitglieder gab, auf deren Schultern die größte Last lag, die aber nie auch nur für eine Minute das Festzelt verließen.

Hubert dachte an besagten Nachmittag, als die Direktorin mit dem Professor den Streit gehabt hatte. Was war da sonst noch gewesen? Hubert versuchte sich zu erinnern. Aber es gelang ihm nicht. Er musste jemanden finden, der den Tag rekonstruieren konnte. Also eine Frau, denn die tranken weniger. Das notierte sich Hubert wieder. Klappte das Notizbuch zu und fuhr los.

Es gab nun zwei Möglichkeiten, die beide verfolgt werden mussten. Zum einen interessierte es Hubert herauszufinden, wie es sich mit der Arbeit der Uni Innsbruck verhielt. So was sorgte immer für böses Blut. Da musste er dran bleiben. Der letzte kriminelle Todesfall im Dorf war schon knapp elf Jahre her, da war es um einen Holunderbusch gegangen. Das Resultat war ein gespaltener Schädel, eine schartige Axt und zwei zerstörte Familien gewesen. Damit verglichen war die Frage nach dem Fußballfeld im Dorfzentrum eine thermonukleare Katastrophe mit der Tragweite der Kubakrise auf Alemannisch.

Hubert fragte sich besorgt, wie er eine solche Entwicklung hatte übersehen können. Innerlich fluchte er. Äußerlich saß er unbewegt hinter dem Lenkrad. Es galt nun, so schnell wie möglich so viel wie möglich über den Hergang zu herauszufinden. Bis jetzt hatte sich Hubert moderat gesorgt, nun war das anders.

Denn eine Klage wegen sexueller Belästigung gegen den Bürgermeister war nicht trivial, vor allem nicht im Dorf. Aber da nun auch noch ein massives finanzielles Interesse dahinter stand, erhöhte sich der Einsatz enorm. In was war da die arme Volksschullehrerin hineingeraten.

Hubert hatte intuitiv das Haus von Emma und Alois angesteuert. Die letzten Sonnenstrahlen drangen über die Schweizer Berge. Hubert parkierte ein, klingelte am Gartentor und stieg die Treppen hinauf.

Der Sohn von Emma und Alois saß auf der Treppe und putzte seine Schuhe.

»Im Wald laufa gsi.«

Hubert nickte. Die Jugend tat so was, warum wusste er nicht. Obwohl, Jugend war gut, der Mann mochte schon gut Ende 30 sein. Hubert dachte schmerzlich daran, dass sein 60. Geburtstag nicht mehr lange auf sich warten lassen würde. Die letzten zehn Jahre waren im Flug vergangen, Hubert war sich bewusst, dass die

Jahre nur so an ihm vorbei rauschten. Bald wäre man 60, dann war man schon fast in Pension. Hubert graute davor. Den ganzen Tag herumsitzen und nichts mehr zu tun haben. Dann war das Leben vorbei. Er blieb dann natürlich Gendarm, aber einer ohne Aufgabe. Schlimmeres konnte er sich nicht vorstellen. Sein Leben lang hatte er gearbeitet, Nichtstun gab es nicht mal im Urlaub. Diese Gedanken schossen Hubert blitzschnell durch den Kopf. Inzwischen hatte der junge Mann mit den dunklen Haaren schon weitergesprochen.

»Ich wollte sowieso zu dir. Wegen der Susanne. Ich bin heute Nachmittag aus Innsbruck gekommen, hab seit gestern Vormittag versucht, sie zu erreichen, aber sie nimmt das Handy nicht ab.«

»Seit vorgestern Nachmittag ist sie verschwunden. Ich suche schon den zweiten Tag nach ihr.«

»Alleine, ohne Anzeige?«

»Vermisstenanzeige geht erst nach 48 Stunden.«

»Außerdem wären die Polizisten wahrscheinlich keine große Hilfe«, meinte Johnny nachdenklich. »Wer hat sie zuletzt gesehen?«

»Die Agnes und die Erika.«

»Danach niemand mehr?«

Hubert schüttelte den Kopf.

»Die Susanne und ich, also wir waren kein Paar, aber ich …, also, ich wollte schon.«

Hubert nickte.

»Ich habe sie letzten Frühling kennengelernt, da war ich im Dorf, weil eine Studentin von mir eine Doktorarbeit angeboten bekommen hat, eine Untersuchung über die Biodiversität im Augebiet der Ill im zentralen Walgau. Das war ein sehr schönes Projekt, vor allem, weil es schon fast ausfinanziert war, privat, und das ist bei der Wissenschaft nicht immer der Fall. Wir haben damals natürlich auch die offiziellen Töpfe angezapft, aber das dauert immer, und meine Studentin war dann schon von zu Hause unter Druck, langsam fertig zu werden. Bis dann alle Stellen ihr Okay gaben, so konnten wir anfangen, zumindestens.

Die Susi war eine Freundin von meiner Studentin, sodass wir uns schnell kennengelernt haben. Es war relativ einfach, da meine Studentin bei der Susi gewohnt hatte, und außerdem war die Susi im Dorf ziemlich isoliert. Wir machen uns da gar keine Vorstellung davon, wie schnell Menschen aus Ostösterreich bei uns vereinsamen. Schon allein die Sprache, die Leute im Dorf gehen auch nicht offen auf Fremde zu. Dann war da natürlich auch noch die Frage mit dem pädagogischen Stil von der Susanne. Das hat nicht allen im Dorf getaugt. Viele sind noch so rückschrittlich, die sind entsetzt, wenn jemand ihnen sagt, dass sie die Kinder nicht schlagen sollen. Nicht nur die eigenen nicht, wohlgemerkt. So wie wir mit den Kindern umgehen, das schlägt sich dann natürlich im Erwachsenenleben nieder. Die Susanne hat das sehr ernst genommen.«

Johnny schwieg, putzte seine Laufschuhe, an denen noch ein wenig Lehm und alte Blätter klebten. Er putzte gründlich. Die Zungenspitze war zwischen den Lippen zu sehen.

»Sie hat bei dem Projekt mitgemacht, sie hat viel fotografiert und war generell sehr interessiert. Sie wollte auch ihre Schulkinder mit einbinden nach den Sommerferien, aber das hat die Agnes, die Direktorin, nicht erlaubt. Wieso, weiß ich auch nicht. Sie wollte halt nicht, und zu der Zeit ist dann die Beziehung zwischen der Susi und der Agnes auch in die Brüche gegangen. Davor waren sie ein Herz und eine Seele, danach haben sie kaum mehr miteinander gesprochen. Agnes hat die Susi nur mehr kritisiert und auch die Eltern gegen sie aufgehetzt. Ich war zu der Zeit nicht oft im Dorf, wie es wirklich war, weiß ich nicht, aber die Susi hat mir halt davon erzählt. Wenn ich sie besucht habe. Wir haben dann immer eine Flasche Wein getrunken und geredet. Glaubst du, es ist ihr was passiert?« Die Anteilnahme, das Interesse und die Sorge waren in der Frage deutlich zu hören. Hubert wusste nicht, wie antworten. Er räusperte sich und sagte die Wahrheit.

»Ich glaub, es ist was passiert.«

»Wir müssen die Polizei verständigen«, sagte Johannes. Hubert nickte.

»Wir können doch nicht einfach nur herumsitzen und nichts machen.« Der jüngere Mann saß nach wie vor auf der Betontreppe vor der Verandatür. Die Sonne war untergegangen, es wurde dunkel und kalt. Die beiden merkten das. Johnny räumte die Schuhe weg. Hubert bemerkte den Blick von Emma, die durch die

Glasscheibe der Tür besorgt herausschaute. Hubert lächelte ihr zu.

»Wir müssen die Nerven bewahren«, sagte Hubert einfach und ehrlich. Er hatte in Johnnys Erzählung alles wiedergefunden, was er erwartet hatte.

Deswegen sprach er ganz offen.

»Ich habe mit allen und jedem gesprochen. Niemand sagt etwas. Wenn wir die Polizei dazunehmen, und Susi lebt noch, dann verliert irgendwer die Nerven. Wir müssen uns beherrscht umhören. Wir brauchen Glück, viel Glück.« Hubert verstummte. Er war Gendarm, kein Glücksspieler. Dass er von Glück sprach, kam nie vor. Doch er musste den Mann trösten, der als Einziger ehrlich zu ihm gewesen war.

»Wenn irgendwer etwas zu dir sagt, dann verständige mich sofort, entweder in der Amtsstube oder bei mir zu Hause. Die Anna ist immer da und nimmt ab. Wir haben seit jetzt ein Telefon. Aber du darfst auf keinen Fall durchs Dorf rennen und Fragen stellen. Die Leute werden dir dann nichts erzählen.«

Johnny nickte.

»Ich hätte von Anfang an wissen müssen, dass der Christian was im Schilde geführt hat. Wegen der Dissertation. Ich war zu naiv. Da ist es sicher um was gegangen. Aber ich hab mir halt auch gedacht, dass das ohnedies Streuwiesen und Auwald sind, und die sind sowieso schützenswert, und man kann da so einfach eh nichts machen. Dann haben wir diese Art gefunden, die Kleinohrfledermaus.« Johnny zuckte mit den

Achseln. »Alle waren ganz aufgeregt. Ich hätte mir von Anfang an darüber im Klaren sein müssen, dass Christian nur zahlt, wenn es um was geht.«

Hubert nickte.

»Aber das ist verschüttete Milch«, sagte Johnny. »Jetzt kann man nichts mehr machen. Bis morgen Mittag bin ich noch da, dann muss ich weiter nach Basel, die Vorlesung ist um halb neun am Montag. Ich schlaf da bei einem Freund. Halt mich auf dem Laufenden.«

Hubert nickte. Er machte sich daran wegzugehen.

»Du musst unbedingt die Agnes fragen. Die weiß sicher was. Das sind immer diese beiden Gruppen, die Agnes und die Doris.« Er meinte die Frau des Bürgermeisters. »Wenn die Susi zwischen die Fronten geraten ist …« Hubert nickte bedächtig.

Schweren Herzens stieg Hubert in sein Auto. Er fuhr hinunter ins Dorf. Vor einem schmucken Einfamilienhaus mit sauberer Fassade, rotem Dach und einer schönen Silbertanne im Vorgarten blieb er stehen. Er zog den Zettel mit dem Hohngedicht aus der Jacke und las sich den genauen Wortlaut noch mal durch. Schließlich steckte er den Zettel wieder weg. Vor der Tür lag ein riesiger Labrador und döste. Hubert stieg über das Tier hinweg, das kaum ein Auge öffnete.

Die Tür ging auf.

»Ich muss mit deinem Buben sprechen«, sagte Hubert ernst.

»Die beiden sind unten im Keller«, antwortete die Hausfrau. Die Art und Weise, wie sie mit dem Besuch des Dorfgendarmen umging, ließ erahnen, dass ihr Bub öfters mal Blödsinn machte. Das Haus war innen aufgeräumt und ordentlich. Vor einer Tür mit Sondermüllgefahrenzeichen blieb sie stehen, klopfte und öffnete die Tür. Ohrenbetäubender Lärm drang heraus. Hubert sträubte sich der Schnäuzer.

»Musik uus. Ihr han Besuch«, sagte die Mutter harsch und stieß Hubert unsanft in das Zimmer.

Die beiden Burschen sahen vom Bildschirm auf. Sie spielten am Computer. Explosionen und ein Auto waren zu sehen. Der Bildschirm wurde schnell dunkel. Die beiden Burschen blickten angriffslustig zu Hubert hin. Der zog den Zettel aus der Tasche. Der eine mit den langen dunklen Locken sagte: »Und?«

»Ihr könn mitko, odr?«, deutete Hubert an.

»Oder was? Erschießt du uns? Hast du die Pistole überhaupt geladen?«

»Ich kann auch eine Anzeige machen, das weiterleiten. Das gibt ein Gerichtsverfahren wegen Sachbeschädigung und Drohung.«

»Was willst du uns denn nachweisen?«

»Ich hab die Handschrift von dir«, sagte er dem Blonden mit den kurzen Haaren auf den Kopf zu.

Der zuckte nur mit den Schultern.

»Das wird dann in der Zeitung stehen«, sagte Hubert ruhig. Zuerst Unverständnis, dann Zweifel schließlich Bestürzung. Doch die Burschen hatten sich schnell wieder im Griff.

»Und was soll sein, stehts halt im Blättle.«

»Das alle lesen«, sagte Hubert.

»Na und.« Doch die Mauer des adoleszenten Selbstvertrauens, das sich aus Arroganz und Testosteron speiste, bröckelte.

»*Alle*«, Hubert betonte das Wort, »lesen das Blättle.«

»Sollen sie doch. Hausarrest für ein Wochenende.«

»Vielleicht, aber wisst ihr, wer immer zum Hans Haare schneiden geht?«

Natürlich wussten es die beiden. Aber gesagt hätten sie es um alles Geld in der Welt nicht. Die erste Kundin des neuen Frisörs war die Sonja gewesen. Die Freundin vom Chef von den »Rheintaler Hell's Angels«. Die außerdem die beste Freundin von der Schwester vom Hans war.

Hubert faltete langsam den Zettel zusammen. Die beiden Buben standen auf. Plötzlich wirkten sie wie Kinder und nicht mehr wie Jugendliche. Sie folgten Hubert wortlos hinauf, zogen sich die Turnschuhe an und setzten sich auf die Hinterbank des Dienstwagens. Drei wortlose Minuten später stiegen sie beim Hans zu Hause aus. Die beiden Buben blickten stumm zu Boden. Als sie nun mit den echten Menschen konfrontiert wurden, die hinter dem abstrakten Ziel ihrer Tat standen, wurde ihnen die Tragweite ihres Tuns bewusst. Hubert sagte nichts. Das war auch gar nicht nötig. Als er klingelte, traten die beiden von einem Bein aufs andere. Sie wären am liebsten im Erdboden verschwunden.

Eine alte Dame machte auf, die Mutter vom Hans.

»Ja? Dia sins gse?«, herrschte sie die Buben an. »Sönige Falotten. Z'mina Zit hätts ma heragschlaha, dia Saukoga, dia!«

»Mama, Mama, sag doch nicht so was«, ließ sich eine Stimme aus dem Haus heraus vernehmen. Hans stand in der Tür. Rosaroter Pyjama. Hubert stierte ungehörig.

»Es tut uns leid«, sagte der Hämmerle.

»Wir kommen das Fenster putzen«, sagte der Mühlwanger.

»Passt schon, hab ich schon geputzt.«

»Denn schmiermas Fenschta noch amal voller, und sie söllns ahaschlecka! Min Bua hat euch nüt tua, gär nüt, und ihr machet so was. Euch sött ma grüa und blau …«

»Mama, lass sie doch. Schau, wie sie sich schämen.« Der Mann mit den toupierten Haaren und dem rosa Pyjama kam auf die beiden Schulbuben zu. Er streckte jedem die Hand hin.

»Alles wieder in Ordnung«, sagte er.

»Gär nüt in Ordnung, dia wärema azaga …«

»Mama, wenn du nichts Vernünftiges sagen kannst, dann sei still und geh ins Haus.« Die ältere Dame blieb stehen, schwieg jedoch.

Die beiden Buben standen nun still, waren gefasst.

»Es tut mir leid.«

»Mir auch.«

»Kein Wort mehr. Passt schon. Wenn ihr zu mir kommt, ist der erste Haarschnitt gratis.«

Die beiden blickten zum Wachtmeister. Der, wie immer, nickte bloß, und die Burschen sausten davon in die Dunkelheit des Winternachmittags.

Hubert wurde hereingebeten. Aber er lehnte ab.

»Aber auf ein Gläsle könnt er scho iha luaga«, sagte die Mutter.

»Aber Mama, geh doch, der Herr Wachtmeister muss doch nach der Susi suchen. Die ist doch verschwunden. Haben Sie sie schon gefunden?«

»Säg du zum Hubert.«

»Ja, Mama. Du Hubert, hast du die Susi schon gefunden?«

»Luagat der eppa so uus, du Lappe?«

»Ja, Mama.«

»Ah so ein liebes Meiki, die Susi, sie war manchmal bei uns zum Mittagessen, und der Hans hat ihr immer die Haare gemacht. Sie hat so schöne braune Locken gehabt, dichtes, dunkles Haar, aber überhaupt nicht widerborstig.«

»Du redest ja, als ob die Susi tot wär, Mama. So geht das doch nicht.«

Die Frau zuckte zusammen, schlug sich die flache Hand vor den Mund, weniger so, als ob sie sich selbst zum Schweigen bringen wollte als vielmehr als eine Züchtigung für sich selbst.

»Des han i net säga wella. Des is mir so usa grutscht, weil doch alle im Dorf …« Sie verstummte.

»Alle im Dorf, Mama, und wenn sie alle Blödsinn reden, dann redest du natürlich gleich mit. Hast du ganz vergessen, wie das damals bei uns war, als alle über mich geredet haben und mit dem Finger auf mich gezeigt haben? Wie du dich geärgert hast damals? Und jetzt redest du selber den anderen einfach nach dem Maul?«

»Aber des isch doch eppas andrs gsi, du bisch doch mi Kind, und die Susi, die war ...«

»Mama!«, protestierte der Sohn.

Diesmal verstummte die Mutter komplett, drehte sich auf dem Absatz um und verschwand im Haus. Aus der Küche hörte man sie mit Töpfen herumwerkeln.

Hans kam auf Hubert zu. Nahm ihn am Arm.

»Bitte Hubert. Finde sie. Ohne sie ist es so allein im Dorf. Sie war die Einzige, mit der ich reden konnte. Sie hat mich verstanden. Hast du schon mit dem Johnny geredet? Der hat die Meike ins Dorf gebracht, wegen einer Umweltuntersuchungsarbeit. Die war eine Freundin von der Susi. Die Susi war total verliebt in den Johnny, total, alles andere war nur Show. Sie war so eine, weißt du, sie war nicht gerne alleine und hat gern geflirtet und Spaß gehabt, aber sie war so ein ...« Tränen rannen ihm langsam die Wangen hinunter. Hubert schaute ihm ungerührt ins Gesicht. »Sie war so rein. Sie hat sich schon so gefreut, und ich habe vorgestern noch mit ihr telefoniert, sie hat sich so gefreut, dass der Johnny dieses Wochenende gekommen ist, und jetzt das.«

Er schlug die Hände vors Gesicht, ähnlich wie seine Mutter es gemacht hatte. Aber ohne Schuld, in einer

Geste der reinen Verzweiflung. Hubert schwieg. Die Kälte kroch ihm durch die Schuhsohlen in den Körper, stieg von dort aus über die Knie, die schmerzten, ins Rückgrat und dann nach vor in sein Herz. Es schnürte ihm die Kehle zu, die Kälte, die schwarze Kälte, die er im Rücken fühlte. Er ging, ohne sich umzudrehen, weg vom Haus. Hinter den dunkelgrünen Thujenhecken war nichts als schwarze, böse, klirrende Kälte. Der Lichtschein fiel lang und golden auf den Weg zum Auto. Doch Hubert sah kein Licht, fühlte keine Wärme. Ihm war einfach nur kalt. Todkalt.

Wenn man ihn später gefragt hätte, wie er ins »Gemsle« gekommen war zur Jassrunde, er hätte es nicht sagen können. Der Weg dahin war wie weggewischt. Nur eine Sache bemerkte er, die blieb dafür auf ewig in seinem Gedächtnis hängen. Als er bei Edwin vorbeifuhr, da stand der weiße alte Lieferwagen Edwins nicht vor dem Haus. An einem Samstagabend, an dem Margit nicht zu Haus war. Wenn das jemand herausbekam, drohte Edwin schrecklicher Ärger. Seine Frau hatte es überhaupt nicht gern, wenn er hinter ihrem Rücken das Haus verließ, aber auch das restliche Dorf würde es nicht gerne gesehen haben, wenn der Dorftischler die Nacht vor dem Funken nicht mit der Hexe, sondern mit einem Ausflug verbrachte. Hubert notierte sich die Anomalie. Er wäre beinahe stehen geblieben, um nachzuschauen, aber alle Fenster waren dunkel, vor allem die der Werkstatt, und wo anders im Haus sollte der

Edwin denn sein. Zudem war er zum Jassen schon zu spät, und sein Auto ohne das vom Edwin hätte unfehlbar noch mehr Aufmerksamkeit erregen müssen. Das wollte er um jeden Preis vermeiden. Aber die Hexe war allein in der Werkstatt, und das war überhaupt nicht gut. Wenn sie nun wer stehlen würde. Er würde nach dem Jassen noch einmal vorbeischauen. Bis dahin musste er hoffen. Die Hexe konnte man schnell nachmachen, das war nicht so wichtig.

Dass es zu regnen begann, erst langsam tröpfelnd, dann immer stärker, bemerkte er nicht einmal, als er ausstieg. So sehr beschäftigte ihn die Abwesenheit Edwins. Der Regen rann in Tropfen seine Uniformmütze hinunter, in den Kragen, eiskalt den Rücken hinunter. Es war dunkel. Die Lichter aus der Wirtsstube spiegelten sich hell auf dem nassen Asphalt. Hubert ging hinein, setzte sich an den Tisch. Ohne sich erinnern zu können, es bestellt zu haben, stand schon ein Bier vor ihm. Er nahm einen kräftigen Schluck.

Das »Gemsle« ist eine Institution und ein Kuriosum. Der Wirt hat so viele Böden verkauft, dass er die Wirtschaft nur mehr eben so führt. Um nicht untätig herumzusitzen. Das erzeugt eine eigenartige Atmosphäre von ungezwungener Herzlichkeit. Nun spielt unsere Geschichte aber in Vorarlberg, und damit geht eine ungezwungene Härte mit der Herzlichkeit einher. Orts- und Kulturfremde könnten leicht dem Eindruck erliegen, einer gesteigerten Unfreundlichkeit ausgesetzt zu sein.

Der Bankdirektor saß schon an seinem Platz.

»Mensch, Hubert, du luagsch a so verhungert uus.« Die anderen Leute im »Gemsle« – es gibt nur einen Gastraum mit drei Tischen – stimmten dem zu. Die Wangen des Wachtmeisters waren etwas eingefallen. Die letzten Tage war er viel herumgekommen und hatte praktisch nichts gegessen. Für seine Verhältnisse jedenfalls.

»Mach ihm a Päärle Wienerle, Hans«, rief der Bankdirektor dem Wirten zu. Der kratzte sich am Kinn.

»Nur wegat ama's Gschirr apatza?«, meinte der Wirt mürrisch, der es vorzog, nur für einen Esser kein Geschirr anzupatzen.

»Kumm scho, Hans, s'isch doch a Gaschthuus, da ist doch der Gast König«, meinte der Bankdirektor. Es wurde still in der Gaststube des »Gemsle«. So herausgefordert hatte noch kaum einer den Wirt. Hans schnupfte laut, dann antwortete er.

»Das ist kein Gasthaus. Das ist ein Wirtshaus. Deswegen ist hier auch der Wirt König!« Und flugs marschierte er nach hinten in die Küche. Ob er nun das Wasser für die Würste aufsetzte oder nur seinen Ärger am Kühlschrank ausließ, wusste niemand draußen in der Gaststube zu sagen.

Hubert saß noch immer schweigend auf seinem Sitz, das Wasser bildete unter der Mütze eine Lacke, dort wo sie auf dem Tisch lag. Er nahm die Mütze weg und wischte das Wasser mit der Hand vom Tisch.

Mittlerweile war der Dorfdoktor eingetreten. Sein

Name war Wehrle, und er war der Dritte dieses Namens, der in der Bahnhofstraße die Praxis führte. Alle Wehrles waren dieselben Männer gewesen. Kurz und breit gebaut, eine tiefe Stimme, üppiger Bartwuchs und objektiv ahnungslos im eigenen Metier. Das bisschen im Studium Gelernte wurde sehr schnell vergessen, Neues nicht gelernt, und so kam es, dass Blinddarmentzündungen als psychosomatische Erschöpfungen diagnostiziert wurden, Beinbrüche als Rheumatismus und Schwangerschaften solange als Scheinschwangerschaften, bis das Baby gesund zur Welt gekommen war.

Schnittwunden an Fingern wurden mit Parkemed, Kreuzbandrisse mit Franzbranntwein und Schädelbasisbrüche mit einem Frisörtermin behandelt.

Die vollkommene Ahnungslosigkeit der Doktoren Wehrle schmälerte aber keinesfalls ihren Ruf. Der Arzt im Dorf war ähnlich sakrosankt wie der Pfarrer, der Lehrer oder der Bürgermeister. Er war »unser Arzt«, und so ging man auch zu ihm. Dieses Gottvertrauen in das Amt und nicht in die Fähigkeiten des innehabenden Menschen führte dann auch dazu, dass im Dorf kaum wer starb. Keine Fehlbehandlung, wie schrecklich auch immer, zeitigte wirklich böse Folgen, die Knochen wuchsen zusammen, die Kinder kamen gesund zur Welt, und im Fuß vergessene Glassplitter wanderten so gut wie nie ins Herz.

Der dritte Wehrle setzte sich an den Jasstisch. Er atmete laut aus, sofort stand ein Bier vor ihm, er nahm einen Schluck und wischte sich den Schaum von den

Lippen. Neben dem Bier stand plötzlich, wie aus dem Nichts, ein Teller mit Wienerle, die eigentlich Frankfurter heißen, und einem Päärle. Päärle sind eigentümliche, kleine runde Brötchen, die zu zweit zusammengebacken werden. Der Teig dieser Päärle ist herrlich zäh, sodass die Backenmuskeln beim Kauen herzhaft schmerzen, die Kruste ist resch, und sie sind mit viel ganzem Kümmel gewürzt. Hubert aß die Wurst, nahm ab und zu einen Bissen von dem Päärle und hörte zu.

»Du Hans, für mich hast du nicht auch noch solche Wienerle?«, fragte der Doktor.

»Himmelharrgottzackundas! Kansch es net früher säga?«, fluchte der Wirt herzhaft.

»Hätt ich schon können, aber da war ich noch auf der Straße, du hättest mich nicht gehört.«

»In meinem Gasthaus bin ich Gott, ich höre alles!«, sagte der Wirt.

In eben jenem Moment trat der irdische Diener eben jenes Allerhöchsten in die Stube ein. Hinter ihm die kalte Nacht, Regentropfen folgten ihm ins Warme, die weißen Haare standen ihm wild um den Kopf.

»Was erkühnst du dich zu behaupten, Gemsle-Wirt?«, fragte der alte Mann in der schwarzen Soutane. Den weißen Kragen hatte er vorsorglich zu Hause gelassen. Immerhin kam er hierher zum Karten spielen, und da schickte sich der Kragen nicht. Er war sozusagen inkognito hier. Ein Lufthauch, wie von eisigem Wind, war um ihn.

»Dass ich in meinem Wirtshaus der liebe Gott bin.«

»Fluche nicht dem Allerhöchsten, Gemsle-Wirt. Jedem von uns kommt der Tag, an dem wir der Gnade ausgeliefert sein werden, und sie wird uns richten. Und gerecht wird die Strafe sein und fürchterlich.«

Der heilige Ernst des Pfarrers brachte die versammelten Bauern ein wenig aus der Fassung. Das versuchten sie, mit einem leichten Lachen zu kaschieren. Denn alle wussten haargenau um ihre Sünden, und egal, wie weit man diese Sünden auch immer wegschiebt, man weiß um sie.

Der Pfarrer stand im Raum, die dünne, singende Greisenstimme schnitt durch die warme, weiche, küchen- und bierdunstige Luft: »Schrecklich ist es, in die Hände des lebendigen Gottes zu fallen«, zitierte er den Brief des Apostels an die Hebräer.

Der Wirt erbleichte, die Bauern an den Tischen verstummten. Es war totenstill. Der Pfarrer ließ sich lautstark ächzend in die Bank fallen.

»Und mir o a Päärle Wienerle«, sagte er in sorglosestem Umgangston. Das löste die Spannung, und die Gespräche kamen wieder in Gang. »Mit Brot.«

»Du isst doch sonst nicht im Wirtshaus?«, fragte der Bankdirektor den Pfarrer.

»Nein, aber meine liebe Thea hat heute am Nachmittag zu tief in die Teekanne geschaut«, antwortete der Pfarrer mit fröhlichem Blinzeln. »Und wenn sie den Schlaf der Gerechten schläft, ist es dann an mir, sie zu wecken? Außerdem muss sie mit den anderen Frauen heute Nacht die Funkenwacht halten.« Es war im Dorf so Tradition, seitdem beim letzten Funkendiebstahl am Samstag die Männer betrunken gewesen waren. Die Frauen blieben nüchtern. Die ganze Nacht lang, weil den Mannsbildern konnte man so etwas Ernstes natürlich nicht anvertrauen.

»Ihr Pfarrer habt eben nur die Schattenseite der Ehe, ohne den Rahm«, meinte der Doktor.

»Besser im Winkel unter dem Dach wohnen als mit einer zänkischen Frau im Haus«, antwortete der Pfarrer ohne besonderen Verve, die Sprüche Salomos zitierend.

Darauf konnten sich die vier Herren am Tisch einigen und stießen an. Dem Pfarrer schmeckte das Bier. Er schmatzte leicht und nahm gleich noch einen tüchtigen Schluck.

»Ahhh. Das tut gut.« Er leckte sich die dünnen blauen Lippen.

»Wo ist das Gebetsbuch des Teufels?«, fragte er, und schon lagen die Karten auf dem Tisch. Es wurde gemischt, abgehoben, und Hubert zog das höchste Blatt und war der Geber.

»Die neue Volksschullehrerin ist verschwunden«, begann der Bankdirektor die Unterhaltung. Das Kartenspiel lief nebenher. Es saßen vier Könner am Tisch, die konzentriert spielten, die Unterhaltung hatte deswegen etwas Assoziatives, Freies, das einem gewöhnlichen Gespräch abgeht.

»Die war nie bei mir«, sagte der Doktor.

»In der Kirche war sie auch nicht, sie war Atheistin und Feministin«, fügte der Pfarrer hinzu.

»Aber Bankkonto hat sie eines gehabt.«

»Und?«, fragte der Arzt.

»Normales Gehaltskonto, immer brav dieselben Rechnungen – Miete, Kanalgebühr, Müllabfuhr, solche Sachen. Sehr gute Entwicklung, nie im Minus, nie überzogen, jeden Monat ein ordentliches Plus.«

»Da hättest du dich sicher bald bei ihr gemeldet?«, fragte der Pfarrer, die Schella Sau ausspielend.

»Auf jeden Fall. Wir haben viele Produkte, die für unsere Kunden finanziell interessant sind.«

Der Pfarrer kicherte hämisch.

»So wie damals, als du mir die Anlage verkaufen wolltest, bei der ich nach vier Jahren um 50 Euro weniger gehabt hätte als mit allen Einzahlungen zusammen?«

»Das war nicht ich, das war der ehemalige Kollege Kogler, und den gibt es nicht mehr.«

»Den habt ihr mit der Finanzkrise rausgeworfen«, sagte der Pfarrer.

»Sicher, das ging auf die Dauer nicht gut.«

»Aber kurz schon.«

»Kurz schon«, sagte der Bankdirektor ohne falsche Scham.

»Was für ein Produkt war das denn?«, fragte der Arzt.

»Das 4x6x320.«

»Genau das hat er mir verkauft«, entfuhr es dem Arzt.

»Wie die Vögel, sie säen nicht, aber sie ernten wohl«, sagte der Pfarrer, das bekannte Herrnwort abwandelnd.

»Aber das ist ja Betrug!«

»Nein, das ist Investment Banking«, antwortete der Bankdirektor und krümmte sich so vor Lachen, dass ihm der Nell unter den Tisch fiel.

Hubert bückte sich und hob ihn auf.

»Außerdem hat sie ein zweites Konto gehabt. Fix verzinst, Laufzeit noch drei Jahre. Fast 200.000 drauf.«

»Deswegen kann schon mal was passieren«, sagte der Doktor.

»Woher hatte die junge Frau das viele Geld?«

»Weiß ich nicht, das hatte sie schon, als sie kam, wurde in Wien abgeschlossen.«

»In Wien?«

»Nein, nicht direkt, irgendwo im Umfeld.«

»Apropos Umfeld, habt ihr's schon gehört?«

»Was denn?«

»Na der Elmar, der Schindegger, der war heute bei mir, weil ihn die Prostata so zwickt« – man konnte davon ausgehen, dass der gute Mann einfach nur Zahnweh hatte – »also seine Prostata ist so groß wie eine Grapefruit.«

»Von wem?«, fragte der Wirt, der neugierig über den Tresen lehnte und lauschte. So wie alle anderen auch.

»Der Schindegger, Elmar.«

»Ah der.«

»Welcher ist das?«

»Das ist der mit der schönen Frau.«

»Die mit den großen …?«

»Sicher, die.«

»Also für die hat er den Schnapskeller aufgegeben?«,

fragte ein kleines Bäuerlein, das von Bardella heruntergekommen war, um einen Schoppen zu trinken.

»Genau. Er hat den Schindegger Schnapskeller aufgeben müssen. Das war ihre Bedingung.«

»Aber das war doch einer der größten im Dorf.«

»Vor allem mit dem Schwerpunkt Subira.«

Alle blieben still und leckten sich andächtig die Lippen. Wie man für eine Frau einen Schnapskeller aufgeben konnte, war niemandem begreiflich. Die Frauen wurden alt, der Schnaps besser. Außerdem wurde der im Lauf der Zeit mehr wert und man konnte ihn vererben. Alles Dinge, die mit Frauen ganz anders standen.

»Wahrschienlig nuckelt er liaba a ihrasina Zitza, wia a da Schnapsfläschle«, kicherte das kleine Bäuerlein von Bardella.

»So spricht man nicht über eine ehrbare Frau. Die Marielies kommt einmal im Monat zur Beichte zu mir.«

»Und was beichtet sie?«

»Was Fleischliches?«

»Das Beichtgeheimnis ist heilig.«

»Und schweinisch«, murmelte jemand.

»Wer hat das gesagt?«, fragte der Pfarrer. Die Bauern duckten sich über die Biergläser.

»Eure Frauen kommen alle zu mir. Alle. Wer hat das gesagt?«

Niemand meldete sich.

»Du, Thomaselli, deine Frau, weißt du, was die gebeichtet hat letzte Woche?«

»Nein, nein, ich sag's ja schon, wer's war.«

Den Moment nutzte Hubert und fragte laut und energisch: »Was ist jetzt mit dem Schindegger?«

So selten Hubert auch sprach, wenn er was sagte, dann hörten alle zu. Das war auch diesmal nicht anders.

»Na der hat ja die Fliesenfirma.«

»Eigentlich hat die siene Frow«, meinte der Bankdirektor. »Er hat nur die Schulden und die Hypothek für das Haus.«

»Der arme Knecht Gottes«, meinte der Pfarrer. Er bekreuzigte sich. Alle senkten den Kopf, denn sie wussten, was das hieß. Mit der Ehe war es nicht mehr weit her.

»Auf jeden Fall, die Firma seiner Frau läuft super, und jetzt haben sie ja auch noch den Vertrag bekommen für das neue Vereinshaus und für die Wohnanlage.«

»Ich weiß. Deswegen habe ich ihm ja den neuen Kredit für die Autos für die Kinder gegeben.«

»Na ja, da ist er bei mir, ich untersuche seine Prostata, groß wie eine Grapefruit, sage ich euch, das Ding, dabei muss man ja Kommunikation machen. Den Leuten ist das sonst immer so peinlich. Also frage ich ihn, was es Neues gibt, und er, er sagt mir klipp und klar: Das mit dem Fußballplatz wird nichts, weil da unten im Auwald, da gibt es irgendwelche seltenen Tiere.«

»Seltene Tiere? Spinnen und Lurche?«, fragte der Bankdirektor.

»Was du dem geringsten meiner Geschöpfe tust, das tust du mir«, belehrte der Pfarrer. Das Gerede von Prostata-Untersuchungen machte ihn nervös.

»Aber doch nicht wegen einem Projekt in der Größenordnung. Da geht's fürs Dorf um Millionen. Allein dem Gemeinderat bleiben fast 500.000 Euro. Dazu kommen ein Dutzend Betriebe im Dorf, die auf die Aufträge angewiesen sind. Das kann man doch nicht so einfach abblasen. Das war ja über Jahre geplant.«

»Offenbar gibt es aber eine Studie von der Uni Innsbruck oder Basel oder so, die seltene Tierarten feststellt, gelesen habe ich sie auch nicht. Dazu braucht es eine Umweltverträglichkeitsprüfung, und das wird unmöglich oder aber sehr teuer.«

»Und langwierig«, meinte der Bankdirektor. Hinter seiner Stirn sah man förmlich Zahlenkolonnen vorbei rattern.

»Wie kommt man denn auf so was?«

»Das war eine Dissertation oder Diplomarbeit. Ich habe die verschwundene Volksschullehrerin einmal in der Au unten getroffen, als ich spazieren gegangen bin«, erzählte der Pfarrer. Jeder wusste um die Spaziergänge des Pfarrers in der Au. Dort konnte er ungestört seine geliebten Zigarillos rauchen, die ihm die Haushälterin zu Hause untersagte.

»Sie beobachtete irgendetwas mit dem Fernglas. Irgendwelche Tiere, hat sie gesagt. Ich weiß nicht mehr, welche. Aber dann haben wir uns über die Bibel unterhalten. Sie konnte sich nicht mit dem Gedanken anfreunden, dass Gott die Frau aus einer Rippe des Mannes erschaffen hatte. Das erschien ihr frauenfeindlich.«

»Wie weh es dem Mann getan haben muss, das bedenken sie nie.«

»Der Schmerz ist nebensächlich. Was es wirklich heißt, ist, dass Mann und Frau Fleisch von einem Fleisch und Blut von einem Blut sind und die Ebenbilder Gottes.«

»Also der Hubert schaut eher aus wie der Buddha im Chinarestaurant.«

»Darüber scherzt man nicht, was die Heilige Schrift uns sagen will, ist, dass Mann und Frau heilig und gottgleich wertvoll sind. Das ist die Lehre, die Offenbarung Gottes, und wer dagegen verstößt, ist ein Sünder und Verbrecher vor dem Herrn. Egal, welches Geschlecht, Rasse oder Alter jemand hat. Und das junge Mädchen redet von Frauenfeindlichkeit.« Der Pfarrer schüttelte nachsichtig lächelnd seinen Kopf. »Auch sie wäre noch älter geworden.«

»Aber es war doch die Frau, die die Schlange entdeckt hat und von ihr verführt wurde«, rief ein Bauer von dem andern Tisch her.

»Das schon, aber die Frauen sind die, die sich um die Kinder kümmern, diejenigen, die unter der Zukunft leiden, deswegen sind auch sie es, die als Erste vom Baum der Erkenntnis essen müssen. Auf ihnen liegt die Last, nicht auf den Schultern des Mannes. Aber der Mann hat Gott belogen, als er gefragt wurde. Er hat gelogen. Merkt euch das!« Der Pfarrer knallte mit der flachen Hand auf den Tisch.

Die Unterhaltung nahm eine kleine Pause, denn die Wienerle waren fertig. Der Pfarrer biss in seins hinein, nachdem er es in guten Lustenauer Senf getaucht hatte. Die Wurst hatte einen knackigen Biss, war heiß, und seine dritten Zähne machten keine Schwierigkeiten. Ihm ging es gut. Das Brot sparte er sich für später auf.

»Da werden die nächsten Tage sicher noch ein paar andere kommen und jammern«, meinte der Doktor auf die ungünstige wirtschaftliche Situation im Dorf anspielend. »Wenn die Geschäfte gut gehen, kommt niemand, wenn's schwierig wird, dann kommen alle und die Ordination platzt aus allen Nähten.«

»Im Schützengraben gibt es keine Atheisten«, ergänzte der Bankdirektor.

»Der Mensch ist schwach und in schweren Zeiten braucht er Beistand. Das war schon immer so und das wird auch immer so bleiben.« Er unterbrach sich kurz.

»Doch noch mehr. Denn dann erhob sich ein Sturm und man zog Lose, und das Los fiel auf Jona, und er sagte: ›Nehmt mich und werft mich ins Meer, damit das Meer sich beruhigt und euch verschont. Denn ich weiß, dass dieser gewaltige Sturm durch meine Schuld über euch gekommen ist.‹ Amen«, sagte der Pfarrer leise. Niemand sonst sprach ein Wort. Der Wind schlug den Regen hart gegen die dünnen alten Fensterscheiben. Das Wasser lief wie in dicken Schwielen das Glas hinunter. Die Gaststube spiegelte sich in den schwarzen Fenstern. Jeder konnte sich selbst sehen, keinem war das angenehm.

Hubert saß da. Er hielt seine Karten in der Hand. Er musste an seine Jugend denken, an die Bibelstunden. Gott hatte Jona einen Auftrag erteilt. Jona rannte vor dem Auftrag weg. Dann kamen ein Sturm und ein Wal, und Jona war drei Tage im Sturm im Wal. Bis er seine Aufgabe erkannt hatte. Daran musste Hubert denken. Er zog sein grünes Notizbuch hervor und malte ein Kreuz hinein. Mit dicken schwarzen Strichen, die Enden verdickt, er klappte das Notizbuch zu. Morgen früh würde er in der Stadt anrufen, beim Polizeikommando, und die Vermisstenanzeige aufgeben und sofort ein Team anfordern. Auch wenn es schon zu spät war.

Die Wienerle lagen beinahe unberührt auf den Tellern.

»Also, wenn ihr net uufessand, denn …«, drohte der Wirt vom Tresen her, um die Stimmung aufzulockern.

»Apropos«, rief da der Doktor aus. »Ihr werdet nie erfahren, wer gestern Morgen bei mir war.«

»Die Margit vom Edwin«, sagte der Pfarrer.

»Genau, die Margit vom Edwin.«

»Woher weißt du das denn?«, fragte der Bankdirektor.

»Woher wohl?«, fragte der Pfarrer streng.

»Und warum war sie bei euch?«, fragte der Bankdirektor.

»Weil sie …«, sagte der Pfarrer, schnell abbremsend.
»… vom Edwin verhaut worden ist. Stellt euch vor.«
»Die Margit vom Edwin?«
»Das gibt's doch nicht.«
»Die Margit hat vor zwei Jahren allein das Tauziehen gewonnen.«
»Für wen?«
»Die Ribelzunft, glaub ich.«
»Auf jeden Fall für die Bürgermeisterin.«
»Also gut, für die Ribelzunft von der Bürgermeisterin.«
»Der Edwin kann die nie verhauen.«
»Doch«, sagte der Doktor. »Natürlich geht das. Aber er hat gekämpft wie ein Mädchen, sie hat Kratzer an den Armen und an den Beinen, er hat ihr auch tief in den Finger gebissen, so richtig tief. Er muss sich zum ersten Mal g'hörig gewehrt haben.«

Der Pfarrer saß daneben und starrte in sein Bierglas. Er murmelte etwas Lateinisches vor sich hin. Hubert hatte keine Ahnung, was. Aber es klang ernst wie eine Bitte, ein Flehen. Hubert nahm schnell den Blick von ihm, denn er wollte um keinen Preis den Pfarrer unter Druck setzen. Als Amtsträger hatte er eine leise Ahnung davon, was es hieß, Macht und Tradition zu verkörpern, die den Menschen Sicherheit im Leben gibt. Ohne Sicherheit bricht alles zusammen. Doch er war nur ein kleiner Gendarm, eigentlich nicht einmal das, nur Polizist, und der Pfarrer war der Stellvertreter des Stellvertreters Christi. Nicht um alles in der Welt hätte Hubert diese Verantwortung auf seine Schultern laden wollen.

»Das ist seltsam«, meinte der Bankdirektor.

»Was denn?«

»Na die Sache mit dem Edwin. Der war heute Nachmittag bei mir und hat sein ganzes Konto abgehoben, das kleine, mein ich, das für die Ausgaben für die Tischlerei, für die laufenden Kosten und so. Immerhin gut 30.000 Euro. Das große, das in der Schweiz drüben, das nicht, dafür ist er nicht allein zeichnungsberechtigt.«

»Dass er überhaupt allein ein Konto haben darf, Respekt«, sagte der Doktor.

»Ja erst seit letztem Jahr, davor haben sie das Geld immer in der Kassa in der Küche gehabt.«

»Ja, bis wir die Asylflüchtlinge aufgenommen haben.«

»Da war das nicht mehr sicher.«

»Muss man die Margit auch verstehen.«

»Sicher. Mi'm Gald gibt's kan Spaß«, meinte der Pfarrer trocken, entgegen seiner Gewohnheit in tiefsten Dialekt verfallend. Der Dialekt wohnt in der Seele, ganz nah bei der Liebe des Alemannen zum Geld selbst.

Der Pfarrer hatte mittlerweile ein Glas Roten bestellt und aß das Brot dazu.

»Die Mythen der Ceres und des Bacchus«, verkündete der gebildete Mann, aber niemand hörte zu.

»Du könntest ein besseres Brot kaufen, Gemsle-Wirt«, rief der Pfarrer nach hinten.

»Und du kansch ja woandersch umme go!«, gab der Wirt zurück.

»Das Brot vom Oskar ist besser.«

Der Pfarrer kaufte seinen Wein und den für die Messe immer beim Oskar. Dort brachen sie dann das Brot gemeinsam.

»Moll du!«, rief einer der Bauern von hinten. »Der Oskar hätts beschte Brot im Land.«

»So as kasch im Dorf net kaufa.«

»I glob, der fahrt ahe bis auf Koblach!«, sagte einer.

»S'isch ja gspunna.«

»Abr 's Brot isch scho guat, was er hät.«

»Also, was tät dine Frau säga, wenn d' wegat em Brot bisch auf Koblach ins Unterland fahra täscht?«

»Koblach ist nicht im Unterland. Das ist noch Oberland. Die Grenze ist der Kummenberg.«

»Also für mich sind alle draußen im Rheintal Seebrünzla«, beendete der Pfarrer die Diskussion. Darauf anspielend, dass die alle dort draußen so nahe am Bodensee wohnten, dass sie hinein urinieren konnten.

Von da an ging das Gespräch munter weiter, das Spiel plätscherte vor sich hin. Die Gaststube leerte sich zusehends, kurz vor Mitternacht ging auch der Pfarrer heim. An einem Samstagabend in einem Gasthaus sitzen, war schon schlimm genug, aber was tat man nicht alles für seine Schäfchen. Schließlich muss der Berg zum Propheten kommen, wenn der Prophet nicht zum Berg kommt. Der Pfarrer kannte seine Schäfchen nur zu gut. In die Kirche kamen sie höchstens zu Weihnachten und Ostern.

Aber an einem Sonntag im Gasthaus, am Tag des Herrn, das ging nicht. Dem war nicht beizukommen. Also endeten die Jassabende immer um Mitternacht. Das wusste das ganze Dorf. Hubert führte den Pfarrer heim, das Pfarrhaus war dunkel, Thea noch unten beim Funken. Der Pfarrer war nach dem zweiten Bier auf Wein umgestiegen und nicht mehr ganz nüchtern.

»Hubert, los zua, s'isch wichtig. Bisch a braver Bua, Hubert, a braver. Jetsch muasch losa.«

Hubert sperrte die Ohren auf. Was er zu hören bekam, machte für ihn nicht viel Sinn, gleichwohl will ich es anfügen. Der Pfarrer starrte Hubert intensiv in die Augen. Mit dem Ernst, den nur ein Betrunkener aufbringen kann, der voll und ganz von einer Sache beherrscht ist.

»… und soll das Los werfen über die Böcke: ein Los dem Herrn und das andere dem Asasel,

und soll den Bock, auf welchen das Los des Herrn fällt, opfern zum Sündenbock.«

Hubert blickte den Pfarrer verständnislos an.

»Hubert, die Lehrerin. Sie ist der eine Sündenbock, der andere, wer der andere ist, wissen wir noch nicht, aber einer wird es sein, Hubert. Gib acht, dass es nicht du bist.«

»Ich bin der Schendarm.«

»Eben, Hubert, eben. Aber den Bock, auf welchen das Los fällt, der soll sich lebendig vor den Herrn stellen, auf dass er Sühne an ihm vollziehe und ihn zu Asasel in die Wüste schicke.«

Da es im Walgau keine Wüste gab und auch nur sehr wenige Ziegen, war Hubert nicht ganz klar, was der Herr Pfarrer ihm so dringend zu sagen versuchte.

Das bemerkte schließlich auch der Pfarrer selbst, er machte über Hubert das Kreuzzeichen und ging unsicher auf das Pfarrhaus zu. Dabei zitierte er weiter die Bibelstelle von vorhin. Hubert hörte ihn noch sagen: »… und das Räucherwerk aufs Feuer tun für den Herrn, dass die Wolke vom Räucherwerk den Gnadenthron bedecke, damit er nicht sterbe …«, oder so ähnlich. Hubert schüttelte den Kopf, stieg wieder in sein Auto ein und fuhr hinunter zu Edwin.

Das Dorf lag leer und wie ausgestorben im hellen Licht der Scheinwerfer. Hier und da blitzten die Augen einer jagenden Katze am Straßenrand unter Büschen auf. Doch Fußgänger oder andere Autos begegneten Hubert nicht. Als er über die Samina kam, sah er einen Betrunkenen schwankend im hohen Bogen von der Brücke ins beinahe leere Bachbett pinkeln. Er ließ das zu, schließlich war Samstagabend und die Leute hatten die ganze Woche hart gearbeitet.

Als Hubert bei Edwin ankam, atmete er erleichtert aus. Edwins weißer VW Lieferwagen stand vor dem Eingang zur Tischlerei. Drinnen war Licht. Hubert stellte den Wagen ab, ging einmal rund ums Haus, unter dem schlafenden Holunderbusch durch und klopfte an die Hintertür.

Die Dunkelheit wich hellem Licht, Wärme strahlte Hubert entgegen.

»Schnäpsle?«

Hubert nickte. Die beiden Männer gingen in die Werkstatt. Es roch nach gutem, trockenem Holz. Mit den Tischlern ist es wie mit den Köchen. Eine gute Küche und eine gute Tischlerei erkennt man am Geruch. Wenn es nach Reinigungsmitteln und abgestandener Suppe riecht, dann geht man besser woanders hin essen. Aber wenn es nach heißem, gutem Fett riecht, frischen Kräutern und Röstaromen durch die Luft wandern, dann sollte man sich setzen. Auch bei Tischlereien kann man die Qualität riechen. Gute Tischler verwenden gutes Holz, trocken und sauber muss es riechen, ein wenig nach Harz und Leim, aber nicht zu viel. Und vor allem müssen die Sägespäne und das Holzmehl duften. Wenn das alt und schimmlig riecht, dann gehe man weiter.

Bei Edwin duftete es nach Buche und Esche, Kirschholz und Tanne. Bald aber auch nach einem guten Schnaps. Er schenkte sich und Hubert einen Enzian ein. Auf der Werkbank lag die Hexe, schon ziemlich fertig. Edwin hatte ein Laken über sie gebreitet.

»Dr Kracher sind schon drin«, meinte er, auf die Feuerwerkskörper hinweisend.

»Mensch, das war eine Arbeit, die ganzen Böller da reinstopfen, solche Böller wie dieses Jahr haben wir überhaupt noch nicht gehabt.«

Hubert nickte, er stellte sein Stamperl ab. Ging auf die Puppe zu. Die Augen rollten hin und her.

»Warum bewegen sich die Augen so echt?«

»Na, weil ich welche gekauft habe, die mit Flüssigkeit gefüllt sind, eigentlich mit zwei Flüssigkeiten, die unterschiedlich schwer sind, deswegen bewegen sie sich wie echt. Es ist beinahe unheimlich. Wenn ich so allein mit der Puppe bin, denke ich beinahe, dass sie echt ist.«

Hubert zog das Foto von der Volksschullehrerin hervor und hielt es vor das Gesicht der Puppe. Die Ähnlichkeit war täuschend wie nach der Natur. Hubert brummte anerkennend.

»S'isch a Huufa Arbat gsi, kasch ma glooba«, meinte Edwin, sich im Nacken kratzend. »Es war sauschwer, dreimal musste ich das Gesicht schnitzen, die ersten zwei Mal hat es einfach nicht gepasst.«

»Ist das die gleiche Puppe wie gestern, als ich in der Früh bei dir war?«

»Sicher«, meinte Edwin und blickte schnell weg.

Hubert machte noch einen Schritt auf die Puppe zu. Er beobachtete die Augen genau. Als er noch einen Schritt darauf zu machen wollte, hielt ihn Edwin an der Schulter zurück.

»Net, bringt Unglück.«

»Blödsinn«, meinte Hubert und stand vor der Puppe. Er klopfte ihr auf die Stirn, genau zwischen die Augen, das charakteristische Holzgeräusch ertönte.

»Buche?«, fragte Hubert.

»Buche«, sagte Edwin, der angespannt wirkte.

»Brauchst dir keine Sorgen machen, die Puppe wirkt täuschend echt.«

»Sicher?«

»Sicher, da merkt niemand einen Unterschied.«

Edwin schenkte den beiden noch ein Stamperl ein.

»Was machst du noch?«

»Ich bin fertig.«

»Den ganzen Tag gearbeitet?«

»Sicher, bis vorhin.«

»Vorher hab ich vorbeigeschaut, da war dein Auto nicht da.«

»Ich hab noch schnell wohin müssen.«

»Warum denn?«

»Na weil … weil ich halt ein Werkzeug braucht hab, deswegen.«

Am Samstagabend hatten alle Geschäfte geschlossen, außerdem gab es kein Werkzeug, das Edwin brauchen hätte können, von dem er nicht zwei Exemplare in der Werkstatt gehabt hätte. Wahrscheinlich noch zwei in Reserve im Keller. Hubert blickte ihn skeptisch an.

»Na, auch mir geht einmal was kaputt. Ich war drüben, in Düns, beim Lins.« Lins war eine Schindlermeisterei, eine der letzten im Land.

Hubert verstärkte den skeptischen Blick noch ein wenig.

»Soso. Und du glaubst jetzt, das Werkzeug bei der Lisi und dem Eugen drüben hat 30.000 Euro gekostet, weil das hat dir sicher der Ammann erzählt, weil der erzählt ja sowieso alles, und weil ich das schon am Nachmittag gewusst habe und das Geld abgehoben habe und weil ich dann noch halb acht gewartet habe, bis ich's holen gefahren bin … Hubert, das geht dich nichts an. Der Eugen und die Lisi sind erst am Abend von der Baustelle zurückgekommen.«

Es war Winter. Es hatte geregnet. Kein Schindlermeister konnte an einem solchen Tag arbeiten. Das wusste Edwin, das wusste Hubert. Edwin wurde rot. Er setzte ein oder zwei Mal zu einer erneuten Ausrede an, ließ es aber noch vor dem ersten Wort bleiben. Die beiden Freunde standen stumm zusammen. Eine unangenehme Atmosphäre machte sich breit. Edwin kratzte sich wieder verlegen im Nacken. Sie standen an einem Scheideweg. Seitdem sie noch in Knickerbockerhosen über die Zäune geklettert waren und Stachelbeeren und Kirschen geklaut hatten, waren sie Freunde. Sie waren mit den Fahrrädern nach Mailand gefahren und mit dem Moped nach Turin. Sie hatten ihr erstes Bier im Keller vom alten Moosbrugger getrunken. Aus einer Holzkiste, und die Flaschen hatten einen Bügelverschluss gehabt. Hubert hatte Edwin abgeschleppt, als er mit seinem ersten Auto in einem Baum an der Bundesstraße stecken geblieben war, und Edwin hatte Hubert 20.000 Schilling für die Hochzeit geliehen. Nun standen sich die beiden gegenüber. Edwin wollte nicht zugeben, was er wirklich gemacht hatte, und Hubert nicht aufhören nachzufragen. Hubert wusste, dass wenn er seine amtliche Autorität geltend machen würde, dann müsste Edwin antworten. Dann würde Edwin ihm auch die Wahrheit sagen. Doch dann war es vorbei mit der Freundschaft. Ein für alle Mal. Die Volksschullehrerin war verschwunden. Es war Huberts Aufgabe, sie zu finden. Aber Edwin war sein bester Freund. Der einzige Mensch, dem er komplett vertraute. Edwin hatte Hubert gedeckt, als Huberts Mama die Sexheftln unter Huberts Bett entdeckt hatte.

Nun musste sich Hubert entscheiden. Er zog den Gürtel über dem Bauch zurecht und strich sich den Schnäuzer glatt. Er hatte Edwin sein ganzes Leben vertraut. Er würde ihm auch heute Nacht vertrauen. Das war Freundschaft.

Hubert hielt Edwin das Schnapsglas hin. Edwin füllte nach. Dann hielt Edwin Hubert das Glas hin. Beide stießen an. Schauten sich an und tranken.

Als der Schnaps durch ihre Kehlen brannte, ging die Tür in den Wohnbereich auf. Margit stand da.

»Aha. So isch desch. Gschaffat würd nüt, abr gsoffa hon da g'hörig«, meinte sie darauf hinweisend, dass zwar nicht gearbeitet, dafür aber getrunken wurde.

»Wolltest du nicht auf den Funken aufpassen, Margit-Schätzle?«, fragte Edwin überrascht.

»Des kon diese alla genausoguat. I han an v'rsoffna Ma dahem, uuf den muaß i zersch luaga«, gab sie ihrer Einstellung Ausdruck, wonach die anderen auch ohne sie auf den Funken aufpassen konnten, sie aber einen versoffenen Mann zu Hause hatte, dem entmündigende Überwachung nottat.

»Und was soll das überhaupt, dass die Puppe so unbedeckt daliegt, da kann sie der Hubert doch ohne

Weiteres sehen. Das bringt Unglück«, rief Margit überrascht aus und machte zwei große, schnelle Schritte auf die Werkbank zu. Doch Edwin war schneller und zog der Puppe die Plane über, sodass sie gut verborgen war. Margit zwinkerte Edwin irgendetwas zu, das Hubert nicht so genau sehen konnte. Edwin machte eine schnelle kleine Geste mit der rechten Hand. Hubert stand hinter ihm und sah nicht so recht, was es gewesen war, das er Margit gedeutet hatte. Aber da sprach Margit schon wieder weiter.

»Also der Edwin, das muss man ihm lassen, hat die Puppe super gemacht. Die schaut aus wie die Volksschullehrerin und das, obwohl er nur zwei Tage Zeit und auch nur ein Foto gehabt hat. Sonst nichts.«

»Nein, sonst nichts. Gar nichts«, sagte Edwin. Hubert stand da, zog das Notizbuch heraus und schrieb hinein: *Nur nach dem Foto gemacht, sonst nichts, gar nichts*. Das *Nichts* und das *Gar Nichts* schrieb er mit Großbuchstaben und unterstrich es dick. Hubert verwendete zum Schreiben schon seit der Volksschule immer nur Bleistifte. Er kaufte die mit den weichsten Minen, denn nur die schmierten so herrlich fettig über das Papier. Er konnte stundenlang die Striche betrachten, die durch das raue Papier und die dicken grauschwarzen Minen entstanden. Er ließ das schwarze Bändchen um das Buch zuschnappen und steckte es wieder weg.

»Was schreibst du da auf? Sag einmal, geht es dir noch? Wir sind doch Bekannte, der Edwin ist dein Kollege und du verhörst uns, verdächtigst uns, schreibst dir Sachen auf, um sie gegen uns zu verwenden?«

»Margit«, ließ sich Edwin vernehmen.

»Was Margit. Eine Kameradensau ist er, dein Freund, dein verehrter Freund ist eine Kameradensau, das ist er, eine echte. Mach, dass du fortkommst, hau di übr d'Hüüsa. Zu uns brauchst du überhaupt nicht mehr kommen, wegen einer Fremden machst du so was. Verratest deine eigenen Freunde wegen einer Zugereisten, einer Wienerin. Was bist du überhaupt für einer? Um die ist es nicht schade, überhaupt nicht, kein bisschen. Die hat die Kinder gegen die Eltern aufgehetzt, die Frauen gegen die Männer …«

»Margit-Schätzle …«, wollte Edwin den Redefluss eindämmen, doch Margit hörte nicht auf ihn.

»Halt's Muuul, Ma, jetzt red i! Wegat anara, wo da Bürgermeister anzagt, üseren Bürgermeister, wo die Kanalisation baut hät, den Fahrradweg, den Fußballverein in die Landesliga gebracht hat, den hat sie angezeigt. Ich hoffe, dass sie leidet, wo sie auch ist. Um die ist es nicht schade. Kein bisschen, net a kliises bitzle schad, ka kliises bitzle net.«

Hubert hatte sich die Tirade ohne mit der Wimper zu zucken angehört. Jetzt zog er noch einmal das Notizbuch hervor und schrieb noch was hinein. Agnes-Erika-Margit-Doris. Dann klappte er das Notizbuch zu.

»Edwin«, sagte er und tippte sich an die Schirmkappe. Dabei klopfte er mit dem Zeigefingerknöchel an ein schönes, hartes Stück Kirschholz. Währenddessen blinzelte er Edwin zu, sodass es Margit nicht sehen konnte. Edwin hielt sein Pokerface bravourös durch.

»Hubert«, sagte Edwin, und Hubert ging zur Tür hinaus. Von draußen hörte er, wie Margit tobte und Edwin Vorwürfe machte. Dass er Hubert hereingelassen hatte, dass er die Puppe nicht weggeräumt hatte und so weiter.

Hubert stieg ins Auto ein und fuhr nach Hause. Anna war schon im Bett und schlief. Hubert schaute kurz ins Schlafzimmer hinein. Er hörte ihre gleichmäßigen Atemzüge. Das beruhigte ihn, und er ging sich ins Bad waschen. Als er sauber war, presste er den Waschlappen aus. Anschließend ging er noch in die Küche, aß ein Stück Wurst, einen »Landjäger«, um genau zu sein, und ging dann Zähne putzen. Mit geputzten Zähnen, sauber und entspannt legte er sich ins Bett.

Normalerweise träumte Hubert nie. Er hatte einen Schlaf wie ein Holzblock. Er legte sich nieder und stand in der Früh auf. Dazwischen war weiche, schwarze Dunkelheit. Sonst nichts. In dieser Nacht jedoch war es anders. Hubert hatte nur einmal zuvor in seinem Leben geträumt. Das war in der Nacht vor seiner Hochzeit gewesen. Hubert lag allein in seinem Bett damals, und er träumte von einem weißen Rosenstrauch, die langen Stiele der Rosen waren geflochten gewesen wie die Wurzeln eines riesigen Baumes, und die Rosen dufteten weich und verführerisch. Er war in der Früh aufgewacht und glücklich gewesen. Seit damals hatte er immer das unbestimmte Gefühl, den Rosenstrauch zu sehen, wenn Anna ihn ansah.

In dieser Nacht jedoch träumte Hubert von einem Sturm. Von eiskalten Windböen, die den Regen hart wie Nadelspitzen und kalt wie Eiszapfen in Huberts Haut bohrten. Die Welt schwankte und wankte, es war dunkel, nachtschwarz, und nicht einmal Blitze erhellten die Nacht. Die Dunkelheit wurde immer dichter und verschluckte Hubert, der mit den Armen ruderte wie verrückt, aber dagegen nichts machen konnte. Als er glaubte, sterben zu müssen, weil er keine Luft mehr bekam, keinen Atem mehr holen konnte, da wachte er auf. Es war noch dunkel draußen und still. Anna neben ihm hatte nichts bemerkt. Hubert stand auf, zog sich einen Bademantel über und setzte sich im Dunkeln an den Frühstückstisch. Dort blieb er sitzen, bis Anna um zehn vor fünf herunterkam, um Frühstück zu machen. Sie sagte nichts dazu, dass ihr Mann regungslos am Tisch saß. Sie wusste, dass das überhaupt keinen Sinn machte. Wenn sie einen Mann gewollt hätte, der viel redete, dann hätte sie niemals Hubert geheiratet. Aber ein bisschen mehr reden, ein kleines bisschen, hätte er schon können, der Hubert, der.

SONNTAG

IV

Eineinhalb Stunden später saß Hubert in der Amtsstube. Er hatte den Polizeiposten in der Stadt verständigt. Die Kollegen würden zu zweit eintreffen, keine Streifenpolizisten, sondern welche vom kriminellen Fach. Die Leute von der Spurensicherung waren auch schon auf dem Weg. Hubert saß ruhig unter dem Heiland auf dem Kruzifix. Der Landeshauptmann lächelte von seiner Fotografie gnädig herab. Draußen strahlte die Sonne hell über den Walgau. Hubert konnte von seinem Fenster aus die Sonne sehen, die sich über das Arlbergmassiv zu erheben begann.

Draußen vor der Wachstube hörte er ein Auto parken. Es klang nach einer sehr großen Maschine, die, da sehr teuer, auch sehr leise war. Er lächelte. Herein kam die Frau Bürgermeister.

»Schmiedle, ich muss mit Ihnen sprechen.«

Hubert stand auf und reichte ihr die Hand. Sie verweigerte den Handschlag. Er bot ihr einen Stuhl an, sie blieb stehen, Hubert setzte sich gemächlich.

»Ich muss mich doch sehr wundern. Zuerst schaffen Sie es einfach nicht, ein junges Mädchen, das wahrscheinlich die Nacht bei einem Mann verbracht hat oder dergleichen, zu finden, verunsichern das ganze Dorf, belästigen die Bürger mit unausgesetzter Fragerei, drängen sich überall hinein und dann melden Sie das Ganze auch noch dem Polizeikommando? So ganz ohne Scham über das eigene Versagen? Haben Sie denn gar keine Ehre im Leib? Wahrscheinlich ist da nur Fett. Sie bestehen nur aus Fett und Alkohol.« Sie deutete auf Huberts Bauch, der zwischen dem Wachtmeister und dem Schreibtisch seinen Platz gefunden hatte. Der Arme war ohnedies durch die unmenschlichen Anstrengungen der letzten Tage merklich geschrumpft. Das Uniformhemd spannte über der Wölbung beinahe nicht mehr. Die Bürgermeisterin zeigte mit dem Finger auf den Bauch. Hubert zog ihn auch nicht um einen Millimeter ein. So weit käme es noch!

»Am Funkenwochenende, so wenig können Sie im Ort für Ordnung sorgen. Dann holen Sie auch noch die Kriminalpolizei dazu, am Funkensonntag! An dem Tag, an dem unser Dorf feiert und alles gut sein soll, an dem Tag holen Sie die Kriminalpolizei her! Die Leute werden gefragt werden, es wird Verdächtigungen geben, die Leute werden verunsichert. Dass all das auf den Bürgermeister zurückfallen wird, das haben Sie in Ihrer schrankenlosen Begrenztheit nicht bemerkt? Oder?«

Hubert blieb einfach sitzen. Da konnte er jetzt nichts machen, da musste er durch. Ein großes Glück für ihn war, dass er ohnedies immer nur mit einem halben Ohr zuhörte. Die Leute redeten so viel, machten so viele Worte, aber sie sagten sehr wenig. Meistens musste er gar nicht zuhören, die kleinen Falten um die Augen, die Mundwinkel, der Blick der Augen, die Körperhaltung, das verriet ihm im Allgemeinen viel mehr als alle Worte. Also ließ er es auch diesmal über sich ergehen. Der Sermon dauerte an.

»Was das für meinen Mann bedeutet. Das ganze Fußballfeld-Projekt hängt am seidenen Faden, was das für das Dorf bedeutet, schon in wirtschaftlicher Sicht, das verstehen Sie wohl überhaupt nicht, oder? Da hängen Familienleben dran, ganze Familienschicksale, die kleinen Betriebe im Ort sind auf jeden Auftrag angewiesen, und so ein großer Auftrag, der für ein oder zwei Jahre reichen würde … Davon machen Sie sich keine Vorstellung. Sie stochern einfach herum, so mir nichts, dir nichts, ein bisschen hier, ein bisschen da. Anstatt dass Sie zu Ihrem Dorf stehen, zu den Leuten, die Sie kennen, und damit für Gerechtigkeit sorgen, das ist Ihnen egal. Sie haben kein Herz in der Brust, und nun haben wir die Kriminalpolizei im Dorf. Wenn im nächsten Herbst die Wahlen sind und wir haben dann vielleicht die Blauen im Dorf, dann können wir uns bei Ihnen bedanken, Herr Wachtmeister. Die Leute vergessen so etwas nicht so schnell. Es hätte so ein gutes Funkenwochenende werden können, alle Probleme vorbei, und nun kommen Sie daher. Ihre Eltern würden sich im Grab umdrehen, wenn sie das wüssten.« Hubert hörte noch immer ungerührt zu. Der Gedanke an seinen Papa, der sich von einer gewählt sprechenden und elegant gekleideten Münchnerin, die Frau Bürgermeister war, etwas erzählen lassen hätte, amüsierte ihn.

Draußen vor der Amtsstube parkte ein weiteres Auto. Hubert nahm an, dass es sich um die Kriminalpolizei handeln würde. Dem war auch so. Die beiden eintretenden Beamten, eine Frau und ein Mann, begrüßten die Frau Bürgermeister und den Wachtmeister. Den Wachtmeister mit deutlich weniger Achtung als die hochgestellte Dame.

»Wie ich gerade dem Herrn Revierinspektor Schmiedle«, sie benutzte nun den offiziellen Titel, nicht das alte *Wachtmeister*, »gesagt habe, bin ich, sind wir, das Dorf, sehr froh, darüber, dass nun Experten an die Arbeit gehen. Die Frau Volksschullehrerin war ein geachtetes, geschätztes und ich darf sagen, herzlich in unserer Mitte willkommen geheißenes Mitglied, und uns alle erfüllt die Sorge, dass ihr etwas zugestoßen sein könnte. Nicht, dass ich es verschreien möchte! Natürlich nicht. Sicherlich wird sich alles in Wohlgefallen auflösen …«

»Das glaube ich nicht. Zwei Drittel der Vermissten werden nach mehr als zwei Tagen nicht mehr gefunden, und wenn, dann nur als Leichen«, entgegnete der Polizist finster und ließ durchblicken, dass er keinerlei Interesse an Politikergelaber hatte. Ob die Statistik nun der Wahrheit entsprach oder nicht.

Die Bürgermeisterin wahrte die Fassade, verabschiedete sich wortreich und ging zur Tür hinaus.

»So, Sie halten sich jetzt aus dem Fall raus, wir übernehmen, wenn wir etwas brauchen, melden wir uns, halten Sie sich zu unserer Verfügung. Selbst aktiv werden Sie auf keinen Fall. Bewachen Sie Ihren Funken, das ist alles. Haben wir uns verstanden?«, stellte die Polizistin mehr fest, als dass sie fragte. Hubert nickte, und die beiden waren schon bei der Tür draußen, ohne auch nur im Entferntesten daran gedacht zu haben, Hubert ihren Namen oder Dienstgrad zu nennen. Aber das war natürlich. Es waren ja auch nur Polizisten. Er war immerhin Gendarm. Er strich sich den Schnäuzer zurecht und blickte streng vor sich hin. Hinter ihm hing der Heiland am Kruzifix, und der Landeshauptmann lächelte vom Foto herunter. Der Rahmen war blitzblank geputzt.

Der Wachtmeister saß schon eine Weile da. Unbeteiligte hätten ihn für untätig halten können. Aber das war er nicht. Er konzentrierte sein ganzes Wesen darauf, da zu sitzen. Das hielt ihn beschäftigt und von Langeweile keine Spur.

Es war noch nicht einmal halb neun Uhr, da trat eine junge Frau ein. Sie hatte geklopft, starrte auf ihre Füße und war sichtlich verlegen. Hubert stand auf, richtete ihr den Stuhl her, und sie setzte sich, indem sie ihren Rock glatt strich. Erika war sichtlich erregt und unruhig.

»Eigentlich sollte ich in der Bank sein, weil da sind noch ein paar Abrechnungen offen, die ich für den Chef machen muss, aber, weißt du, Hubert, ich wollt vorher noch zu dir kommen. Weil, weißt du Hubert, ach …«, sie seufzte und schaute ihn mit großen Augen an. Einer der Vorteile, die der Wachtmeister unbewusst genoss, war der, gegen weibliche Reize und Eigenheiten komplett unempfänglich zu sein. Hubert war in der Hinsicht wie ein Ochse auf der Wiese.

Hubert holte sein Notizbuch hervor, legte es vor sich auf den Tisch. Leckte den Bleistift an und sah die junge Frau an.

»Also, die Polizei war bei mir. Die haben mir Fragen gestellt, nicht so nett wie du, sondern so …«, sie zögerte und blickte auf die im Schoß gefalteten Hände.

»Die waren so angriffig, so als ob ich was falsch gemacht hätte. Hab ich aber nicht. Sie wollten alles wissen, und ich musste es immerzu wiederholen. Sie haben mich gehabt wie in einer Spannklammer.« Es standen ihr Tränen in den klaren Augen. Hubert blieb ungerührt sitzen. Er hielt den Bleistift in der Hand.

»Sie haben dem Martin« – das war der langhaarige Nichtsnutz, mit dem sie zusammenwohnte – »dem Martin sein Gras gefunden, eh nicht viel, aber Hubert!«

In dem Moment klingelte das alte Postentelefon. Es war schwarz und hatte eine Wählscheibe. Irgendwo im Kasten stand das neue Ding, das hatte Hubert entsorgt. Er mochte diese Halbcomputer nicht. Es hatte ihn 200 Euro gekostet, das schöne, alte Telefon für die neuen Netze tauglich zu machen und einen Anrufbeantworter dranhängen zu können. Aber es hatte sich gelohnt. Hubert nahm ab.

»Hm.«

»Hm.«

»Hmm. Hm.«

Dann legte Hubert auf.

»Wer war's denn? Waren sie das? Die Polizei?«

Hubert nickte.

»Sollst du dem Martin seine Daten aufnehmen? Eine Anzeige aufnehmen, den Verfahrensweg einleiten? Warum machen sie das nicht selber? Hubert!« Erika war total aufgelöst.

Hubert lehnte sich vor und nahm Erikas Hand.

»Scho guat, passiert nüt. Muascht di net sorga.« Hubert war kein großer Freund illegaler Rauschdrogen, aber er war auch kein großer Freund davon, Leute in Konflikt mit dem Gesetz zu bringen, die überhaupt nichts angestellt hatten. Der langhaarige Spinner hörte Musik. Sollte er nur. Solange er's zu Hause tat. Hubert wusste von der Staude oder den zwei Stauden, die er im Wald oben in Arsella hatte, auf der kleinen Lichtung. Er wusste aber auch, dass davon nichts verkauft wurde. Edwin rauchte gern einmal einen und war bei diesen Dingen auf dem Laufenden. Solange der langhaarige Affe sich g'hörig aufführte, war alles in Ordnung.

»Wirst du uns helfen?«

Hubert schloss zustimmend langsam die Augen und nickte kaum wahrnehmbar.

»Hubert.« Sie umarmte ihn und gab ihm ein Bussi auf die Wange. Die Wange war nachher ganz nass. Erika roch sehr gut. Gott sei Dank war Hubert für weibliche Reize total unempfindlich.

Erika setzte sich wieder.

»Weißt, Hubert, er braucht das fürs Gitarre spielen, wenn er was raucht, dann spielt er viel schöner. Er sagt, dann kann er in die einzelnen Noten richtig hineinsteigen, sie voll ausspüren.«

Hubert blieb einfach stumm sitzen. Musik sagte ihm gar nichts. Er konnte die jungen Klostertaler nicht von Kirchenmusik unterscheiden.

»Ich komm aber nicht nur deswegen. Es ist noch was anderes. Weißt du, Hubert, du warst so nett, du hast ja nur die Drimic, die Schl…, ach das sollte ich nicht sagen, also du hast doch nur die Drimic gesucht, die Susi, und das hast ja auch müssen und …« Sie schaute ihn groß an. Sogar ein Mann von der Ausgeglichenheit und Geduld eines Hubert Schmiedle, der den Bergen beim Wachsen zusehen konnte, spürte, wie es langsam in den Fingerspitzen kribbelte.

Erika holte tief Luft und fuhr fort. »I han di agloga«, gestand sie ihre Lüge frei heraus.

»Wie du mich gefragt hast wegen der Agnes und der Susi, da hab ich gesagt, dass der Streit am Nachmittag war. Nachdem ich im Kreuz Mittag essen war. Aber das war nicht so. Überhaupt nicht. Bist du mir jetzt böse?« Sie legte begütigend ihre Hand auf seine. Hubert ließ sie gewähren.

»Weißt du, es war am Vormittag auf dem Weg zum Mittagessen, als mich die Agnes angerufen hat. Dass ich ihr helfen soll. Und das hab ich dann getan.«

Hubert blätterte ein paar Seiten in seinem Notizbuch

zurück und unterstrich etwas doppelt. Dann klappte er es zu. Das hatte er natürlich schon längst gewusst, schließlich hatte ihm der alte Fussenegger erzählt, dass er die Erika beim Mittagessen getroffen und vom Streit erfahren hätte. Aber Erika hatte ihm ihrerseits erzählt, das alles sei am Nachmittag geschehen. Hubert hatte nicht Logik studiert, aber einer Sache war er sich gewiss, so gewiss, wie dass er einen Bauch hatte. Vor dem Mittagessen war niemals Nachmittag. Glaubten denn die Leute, er höre ihnen nie zu? Diese Frage hätte sich Hubert gestellt, wenn er von Natur aus Fragesteller gewesen wäre. Aber wie wir schon wissen, so einer war er nicht. Ihm war das einfach klar und bewusst, nicht nötig Fragen zu stellen. Wenn man Hubert nach seiner Meinung zu dieser Problematik gefragt hätte, wäre wahrscheinlich die Antwort ein einsilbiges »Hm« oder »Hhm« gewesen. Diese Lautäußerung hätte man mit viel Fantasie in eine Antwort der Art: »Wenn ich etwas weiß, dann weiß ich es, dann ist es sinnlos, danach zu fragen, weil ich es ja schon weiß. Wenn ich aber etwas nicht weiß, dann weiß ich es ja gerade nicht, weswegen es nicht nur unnötig und widersinnig ist, sondern schlicht unmöglich, danach zu fragen«, erhalten. Man muss sich aber darüber im Klaren sein, dass diese Antwort von Hubert selbst weder ausgesprochen noch gedacht hätte werden können. Nichtsdestotrotz war das in etwa sein Standpunkt.

»Also«, fuhr Erika fort, »es war so. Die Agnes hat mich in der Bank angerufen, dass ich ihr helfen soll.

Weil sie weiß ja, wann ich heimkomme und welchen Weg ich nehme, dass ich sagen soll, ich hätte gesehen, wie sie sich mit der Susi gestritten hat. Und dass es darum gegangen sei, dass die Susi mit dem Professor Pfanner was gehabt hat. Deswegen hätten sie gestritten.«

Erika blieb sitzen. Strich nochmals ihren Rock glatt.

»Aber das war nicht so, ich hab das nur gesagt, ich habe den Streit gar nicht gesehen, weil … weil ich ja schon am Vormittag angerufen worden bin, um halb elf. Das kann ja gar nicht gewesen sein, weil die Susi hat da ja noch Schule gehabt bis um halb zwölf. Die war zu der Zeit noch in der Klasse. Nicht irgendwo unterwegs auf Ganahl zum Reichfelder. Der wäre um die Zeit sowieso nie zu Hause gewesen.«

Wieder unnötig zu sagen, dass Hubert das schon wusste, schließlich hatten ihm die alten Damen erzählt, dass der Wagen vom Dorfjuristen, der schöne Maserati, erst um halb fünf Uhr nachmittags vor dem Haus geparkt war. Aber das machte Hubert nichts aus. Er saß da und hörte zu. Es war wichtig, dass die Leute sich ausredeten. Er wusste nicht so recht, warum, aber das war es. Sie redeten den ganzen Tag. Er hatte sich daran gewöhnt, wenn es ihnen denn guttat, sollten sie nur.

»Ich hab mir solche Sorgen gemacht, weil zuerst hab ich gedacht, dass es ein Scherz wird, eine Art Funkenscherz oder so, und ich hab mitgemacht, weil die Susi, die hat auch dem Martin einmal, weißt du, er hat ihr zwei Musikalben geliehen, und weißt du, ich hab sie eh nicht so gemocht und dann, dann hat sie immer so getan, wenn sie bei uns vorbeigeschaut hat. So wichtig. Sie war auch so hübsch und so klug, und ich kann gar nicht solche Sachen sagen wie sie, und der Martin hat sie so angeschaut, und da hab ich halt der Agnes geholfen. Ich hab eh gewusst, dass es nicht richtig ist, dass es falsch ist, aber wie ich draufgekommen bin, dass die Susi verschwunden ist, wollt ich eh zu dir kommen und dir alles erzählen, weißt du. Aber ich hab mich nicht getraut, ich hab gedacht, dass du schimpfst. Nur jetzt ist halt die Polizei da und die Fragen so hart und gemein und du warst so nett.« Sie verstummte, holte ein Taschentuch heraus und schnäuzte sich damenhaft leise.

»Als die Susi nicht wieder aufgetaucht ist, hab ich gewusst, dass was Schlimmes passiert ist, dass ich auch schuld bin, und drum habe ich geschwiegen. Ich hab mich nicht getraut, was zu sagen.«

Hubert nickte begütigend.

»Ich weiß nicht, warum die Agnes wollte, dass ich lüge, warum sie wollte, dass es einen Streit gegeben hat, den es wahrscheinlich nie gegeben hat. Ich habe keine Ahnung, wirklich nicht. Aber ich hoffe so, dass der Susi nichts passiert ist, ich hoffe es so. Uje, aber jetzt muss ich düsen. Wirklich, sonst schimpft der Chef wieder, wenn ich zu spät bin.« Wie so viele Frauen konnte auch sie zu ihrem Chef nie nein sagen, und das resultierte in Sonntagsarbeit, die niemals zum beruflichen Aufstieg führen würde.

Sie stand auf und raste zur Tür hinaus. Sie hatte nun überhaupt nicht mehr den Eindruck gemacht, dass irgendeine Last auf ihren Schultern liegen würde. Die Verantwortung, dabei geholfen zu haben, einem menschlichen Wesen etwas angetan zu haben, war wie verflogen. Hubert kümmerte das wenig. Er blieb einfach sitzen. Etwa eine halbe Stunde später klopfte es wieder an der Postentür. Herein kam seine Frau Anna. Sie hatte eine Tupperware-Schüssel mitgebracht. Dazu Servietten und Besteck.

Sie stellte wortlos die Schüssel vor Hubert auf den Schreibtisch.

»Du schaust so schlecht aus die letzten Tage, da habe mich mir gedacht, ich mach dir was Feines.« Sie öffnete die Tupperware, und drinnen lagen zwei Landjäger auf frischem, grauem duftendem Roggenbrot. Anna hatte die Würste im Ofen gegrillt bis zu dem Zeitpunkt, an dem sie sich aufbiegen und die kleinen Fetttröpfchen auf der Oberfläche erscheinen. Sie waren ganz frisch. Hubert blies sich die Fingerkuppen, nachdem er die erste Wurst berührt hatte. Heiß, heiß, heiß.

Anna setzte sich neben Hubert auf die Kante des Arbeitstisches. Ein wenig so, wie es eine hübsche Sekretärin gemacht hätte. Ihr Rock rutschte hoch, und man sah schöne, lange, geschmeidige Beine, was vom Yoga und vom Laufen kam. Anna achtete sehr auf ihren Körper. Sie hatte es immer gemocht, schön zu sein, sich schön zu fühlen.

Hubert war mit der Wurst beschäftigt. Er bemerkte

das Angebot gar nicht. Die Landjäger waren einfach zu gut. Er kaute genussvoll. Das zähweiche Roggenbrot füllte seinen Mund, er war glücklich. Die letzten Tage hatte er sicher viel zu wenig gegessen. Heißhunger erfüllte ihn, und schon bald war er beim vorletzten Bissen angelangt. Anna schaute ihm beim Essen zu. Liebevoll, sie mochte es, wenn es Hubert schmeckte, aber sie war auch ein wenig wehmütig, dass er sie gar nicht bemerkte. Da hielt ihr Hubert unaufgefordert den vorletzten Bissen hin. Anna beugte sich vor, strich sich dabei die Haare aus dem Gesicht und nahm einen kleinen Bissen. Sie mochte Landjäger nicht so, überhaupt aß sie lieber Gemüse und Obst. Aber kleine Gesten mochte sie sehr, und ihre Augen leuchteten, als sie sich vorbeugte. Mit dem Bissen Landjäger im Mund lehnte sie sich noch ein wenig mehr vor und hauchte ihm ein Bussi auf die Wange. Hubert zuckte zusammen wie eine alte Katze, die man auf dem Kachelofen schlafend mit einem Stanniolpapierbällchen anwirft. Er wäre fast aus dem Stuhl gefallen. Gott sei Dank hatte der eine Lehne.

»Hubert«, sagte Anna. Sie hob den Zeigefinger und blickte belustigt drein. Aber auch ein klitzekleines bisschen böse.

»Wer hat dich auf die Wange geküsst? Was für ein Duft ist das?«

Hubert kaute weiter. Kein Grund, das Essen zu unterbrechen. Landjäger gab es nicht oft.

»Linsens Erika«, sagte er einfach.

»Du lässt dich einfach so von jungen schönen Frauen abbusseln?«

»Hm«, machte Hubert. Er hatte aufgegessen und kaute genüsslich den letzten Bissen.

»Mehr hast du dazu nicht zu sagen?«

»Die Polizei hat ihren Martin mit Hasch erwischt. Ich hab gesagt, dass der Ortsposten das nicht verfolgen wird.«

»Hättest du aber sollen. Es tut der Erika sicher besser, wenn sie den Langhaarigen los ist.«

»Hm«, machte Hubert. Er hatte nun doch den weißen Schenkel seiner Frau auf seinem Schreibtisch entdeckt. Er legte die Hand drauf.

Hubert, wie alle Schmiedles, hatte gewaltige Hände. Im Handteller hatten Babys Platz. Die Finger waren kurz und stark, sehr beweglich und hatten etwas erdig Tastendes an sich. Die Innenseiten der Hände waren rau und hornig bis hin zu den Fingerspitzen. Durch die dünne Strumpfhose, die Anna trug, spürte sie die raue Haut ihres Mannes. Sie ahnte die Kraft, die in diesen feinfühligen Stahlfedern steckte. Hubert konnte sie mit einem Arm hochheben, obwohl sie nicht mehr so schlank wie mit 16 war. Ein Schauer lief ihr den Rücken hinunter, in den Bauch hinein, es wurde ihr warm, sehr warm, es wurde ihr heiß. Huberts Hand lief nach oben, ganz langsam. Anna konnte nicht mehr atmen. Es war ein wenig so, wie wenn man in kaltes Wasser springt. Eine Klammer aus Lust und Erregung hatte sich um ihren Oberkörper gelegt. Huberts braune Augen fixierten Annas Nasenspitze. Er mochte die. Die war so spitz und keck. Anna hatte die Augen geschlossen. Hubert nicht. Anna legte ihre Hand auf Huberts Hand, drückte sie fester an sich. Atmete tief ein. Die zweite Hand legte sie sich selbst vor den Mund. Hubert nahm diese Hand weg. Er mochte es, wenn Anna so laut atmete. Anna wollte ihre Hand bewegen, aber Hubert ließ es nicht zu. Mühelos fixierte er die kleine, zarte Hand seiner Frau. Anna sank über den Schreibtisch. Für sie gab es nur mehr Huberts Hände. Sie mochte es, dass er so stark war, dass sie sich niemals gegen ihn wehren hätte können. Sie mochte es aber auch, dass sie wusste, dass er niemals irgendetwas tun würde, das sie nicht wollte. Diese machtlose Mächtigkeit gefiel ihr sehr. Ihr Kopf kam auf dem Schreibtisch zu liegen, gleich neben Huberts Notizbuch. Das Buch hatte über die Jahre seinen Geruch angenommen. Den hatte sie nun in der Nase. Sie mochte es, wie Hubert roch. Er roch gut. In diesem Moment krampfte sich ihr alles zusammen, sie bäumte sich auf, drückte ihre Nägel in Huberts Handrücken. Ganz tief und fest, sie wollte ihn nie mehr gehen lassen, ihn immer bei sich haben. Der Moment dauerte an, dehnte sich, fast schmerzhaft, und zerriss dann, zerplatzte wie eine Seifenblase, und Anna fiel wieder aus dem Sternenhimmel zurück auf die Erde, in die Wirklichkeit auf den alten senffarbenen Schreibtisch in der Amtsstube.

Anna lag noch ein paar Momente still da und genoss. Dann setzte sie sich auf, strich den Rock glatt. Gab

Hubert einen zärtlichen Schmatz und zerzauste ihm die Haare. Er mochte das nicht, weil er nur mehr so wenige hatte. Aber sie mochte es sehr. Dann nahm sie die Tupperware, packte zusammen und ging nach Hause. Den Rückweg über spürte sie ihre Schritte auf dem harten Asphalt nicht. Sie spürte auch nicht die Kälte, die ihr in die Fingerspitzen und die Nase biss. Zu Hause legte sie sich auf die Couch vor dem Kamin, deckte sich mit der weichen Kuscheldecke zu und schlief ein. In ihrer Hand hielt sie das Notizbuch von Hubert, ganz nah vor ihrer Nase. Sie mochte es, Hubert zu riechen.

Der Wachtmeister saß in der Amtsstube und trank eine Tasse Kaffee. Die rechte Hand wies vier tiefe rote Nageleindrücke auf. Mit der Zeit würden sie sich neben den anderen Narben gut machen. Huberts Hände waren überzogen mit einer weißen Kalligrafie, die in feinen Strichen sein Leben geschrieben hatte und das, was er in diesem Leben mit seinen Händen gemacht hatte. Der Handrücken pulste ein wenig. Aber Hubert war einmal ein Baumstamm auf den Oberschenkel gefallen, das hatte wehgetan, seitdem nahm er solche Dinge leicht.

Es war mittlerweile etwas vor zehn. Da ging die Tür auf, und die Direktorin kam herein.

»Hubert, wir müssen reden. Die Polizei war bei mir. Die haben Fragen gestellt. Ich hab nicht viel Zeit, weil ich muss noch die Stunden von der Susi für die nächste Woche supplieren. Dazu muss ich noch überall im Land herumtelefonieren. Das dauert ewig. Also hör mir zu. Denen hab ich nichts gesagt, weil die geht es überhaupt nichts an, was bei uns im Dorf passiert. Die sollen ihre eigenen Dinge regeln oben in der Stadt, da müssen sie nicht zu uns kommen. Ich will mich entschuldigen. Ich habe einen Fehler gemacht. Du musst jetzt dafür büßen. Sie haben dir den Fall weggenommen. Wie die Frau von dir geredet hat. Unvorstellbar. Die hat dich einen unfähigen Idioten genannt. Am Telefon. Das geht nicht. Wenn die beiden gemeinsam nur halb so viel Polizist sind wie du, dann ist es schon gut!«

»Gendarm«, sagte Hubert einsilbig und damit war alles gesagt, was zu sagen war.

»Ich hab das den Polizisten nicht gesagt, aber dir sag ich es. Du hast sicher schon von meinem Streit mit Susanne gehört. Der Streit von mir und der Susi war am Vormittag. Bevor sie vom Anwalt zurückkam. Es ging darum, dass ich böse war, eifersüchtig, weil sie mit dem Gerhard« – sie meinte den Professor Pfanner – »herumgemacht hat. Das war schwer für mich. Es war so, als ob er mich ersetzen wollte, mit einer jüngeren Version von mir selbst, so wie ich war, als ich Mitte 20 war.« Die Volksschuldirektorin schwieg kurz. Sammelte sich und fuhr dann fort.

»Ich wollte, dass jemand dabei war, damit ganz klar war, dass ich mit dem Verschwinden der Susanne nichts zu tun gehabt habe, weil nachher hatte ich ja ein Alibi, weil wir haben gemeinsam den Vorteig für die Funkenküchle gemacht. Du kannst alle beide fragen. Wir waren von vier Uhr weg zusammen.« »Wir« das waren ihre Freundinnen Claudia und Roswitha. Funkenküchle sind eine in heißem Fett, am besten Butterschmalz, herausgebackene Hefeteigspezialität, die warm mit Zimtzucker bestreut wird und traditionell mit Apfel- oder Pflaumenmus serviert wird. Da Hubert kein Süßer war, bedeutete ihm das nicht so viel. Den Rum, mit dem man die lauwarme Milch für das Dampfl verfeinerte, den mochte er allerdings sehr gerne. Aber ohne die Milch. Leider bekam er Rum zu Hause nur, wenn er krank war, dann mit heißer Milch, und das kam ohnedies nur alle 25 Jahre vor.

»Du kannst bei den beiden vorbeischauen, die werden das bestätigen.« Sicher werden sie das, dachte Hubert. Die bestätigen alles. Wenn Hubert nun ein Fragesteller gewesen wäre, dann hätte er eine Frage zu stellen gehabt: Wie um alles in der Welt konnte die Agnes am Vormittag schon gewusst haben, dass die Susanne Drimic am Nachmittag beim Rechtsanwalt sein würde. Außerdem wäre ein findiger Kopf auf die Frage gekommen, dass der Versuch, sich am Vormittag ein Alibi für ein Ereignis, das hypothetisch am Nachmittag stattfinden würde, verdächtig wäre. Das würde nur jemand machen, der von einem Verbrechen ausgehen oder es planen oder doch damit rechnen würde. Was wiederum eine Menge Fragen aufwarf. Doch Hubert war kein Fragesteller. Mit so was hielt er sich nicht auf. Er dachte lieber darüber nach, was es bei ihm heute zu Hause zum Mittagessen geben würde. Es war immerhin Funkensonntag.

Wir haben Hubert schon ein paar Mal mit dem Buddha verglichen. Doch das stimmt nicht ganz. Denn die Lehre des Buddha besagt, nicht untätig zu sein. Das ist das Ziel des Taoismus, am Fluss sitzen, bis der Feind vorübergetrieben wird. Das war ganz nach Huberts Geschmack. Bildlich gesprochen natürlich. Denn er hatte keine Feinde, noch nie gehabt, und am Fluss sitzen tat er auch nicht so gerne. Denn in den Auwäldern ums Dorf herum ist der Boden nass. Ein nasser Boden führt zu nassem Hosenboden. Das wusste Hubert, und das mochte er nicht. Darum saß er an einem allegorischen Fluss. Ohne es allerdings zu wissen. Womit die Seele unseres Wachtmeisters endgültig hinlänglich beschrieben ist.

»Hubert, es tut mir so leid, dass nun die Polizei involviert ist, das wollte ich wirklich nicht. Wenn ich irgendetwas für dich tun kann, musst du es nur sagen.« Hubert nickte stumm, stand auf, reichte der Agnes die Hand, und die attraktive Volksschuldirektorin ging.

Kaum hatte sich der Wachtmeister wieder hingesetzt, um dem kontemplativen Beamtenzustand nachzuhängen, da klopfte es erneut.

»Himmelharrgottzackramentundteifi!«, brach es aus Hubert heraus. Wollten ihn die Leute heute denn überhaupt nicht mehr in Ruhe lassen? Wie sollte er vernünftig arbeiten, wenn alle naselang die Leute bei ihm hereinschauten, um ihn mit Dingen zu belästigen, die er ohnedies schon wusste.

»Mir hon d'r n Käs mitbrocht.«

»Un' a Brot.«

Hubert wickelte den Käse aus, holte sein Sackmesser heraus und schnitt auf. Vom Brot brach er kleine Stücke ab. Er kostete das Brot. Es war gut, aber nicht so gut wie das vom Oskar zum Wein. Dafür hatte er jetzt Käse dazu. Hubert mochte Käse. Er begann, mit gutem Appetit zu essen.

»Weil doch a so garn issesch.«

»Ma, Bräanda is bal scho was Feins!«, sagte Agatha, die kleine Zwischenmahlzeit mit dem Dialektnamen benennend.

Es waren die drei alten Damen des Dorfes. Hubert geriet in einige Verlegenheit, da er nur zwei Stühle hatte. Aber das machte gar nicht so viel, denn seiner war breit. Crescenzia und Agatha teilten sich den Stuhl des Wachtmeisters.

»An warma Hintra hesch!«, sagte Agatha, und Walpurga kicherte ungehörig. Sie saß allein auf einem Stuhl, denn seitdem sie ein wenig angeschlagen war, konnte es passieren, dass sie ein wenig leckte. Sie trug zwar eine Windel, aber man wusste ja nie. Vorsicht war die Mutter der Porzellankiste, wie Agatha so schön sagte.

»Du solltest aber nach dem z'Nüne runter ins ›Kreuz‹ gehen. Dort steht ein Wagen, der gehört nicht ins Dorf.«

»Genau. Der hat eine Bregenzer Nummerntafel.«

»Den Wagen hat die Walpurga schon zweimal unten

im Ried gesehen. Dort wo der Fußballplatz, der neue, hinsoll.«

Walpurga nickte.

»Der Wagen steht vor dem ›Kreuz‹. Der Mann, dem er gehört, der isst gerade. Wenn du dich beeilst, schaffst du es noch.«

Hubert hatte im Stehen den Käse angeschnitten. Es war ein rahmiger Schnüfner, nicht so räß, soll heißen nicht so scharf. So wie er es gerne mochte. Das Brot aß er nicht weiter. Käse war ihm lieber.

»Hm«, machte er mit vollen Hamsterbacken. Was die Leute alles von ihm wollten.

»Die Polizistin war bei uns, gerade vorhin. Sie hat uns befragt. Wir haben ihr nichts gesagt.«

»Gärnüt«, bestätigte Agatha.

»I hän so tua, als ob i gaga wär«, kicherte Walpurga.

»Nein, hast du nicht«, sagte Crescenzia. »Das war davor beim Doktor Wehrle. Bei der Polizistin warst du ganz normal.«

»Also i glob, langsam wirsch alt, Zenzi«, meinte Walpurga ernst. »Dein Gedächtnis lasst nach.«

Dabei bohrte sie sich mit drei Fingern gleichzeitig in der Nase. Man ignorierte das ebenso wie die Äußerung. Kein anderes Lebewesen hätte so zu Crescenzia zu sprechen gewagt, nicht einmal der Herr und Schöpfer von Himmel und Erde. Aber Walpurga durfte es.

»Sicher werd ich alt. Nächsten Juni werde ich 98«, sagte Crescenzia ernst. »Hubert, komm mit deiner Frau vorbei, wir feiern im ›Kreuz‹.« Hubert nickte.

»Na dann, gang ge essa!«, forderten die drei den Wachtmeister auf und standen unter Ächzen und Klagen auf. Der Rollator von Agatha verhakte sich kurz in der Eingangstür, aber das war nicht weiter schlimm, denn Hubert ging ja mit.

Er führte die drei Damen zu Crescenzias Haus in der Bahnhofstraße, half ihnen beim Aussteigen und fuhr dann zum ›Kreuz‹ hinauf. Die alemannische Fantasie in Vorarlberg schlägt sich in den Namen der Gasthöfe nieder.

Es gibt entweder einen »Löwen«, ein »Kreuz« oder einen »Sternen«. Gott sei Dank in jedem Dorf nur je einen, aber dafür auch in jedem Dorf einen. Diese Gasthöfe gehören zu Vorarlberg wie die Käsknöpfle, der Piz Buin und der Fleiß. Unser »Kreuz« im Dorf, wie die meisten anderen Gasthöfe desselben Namens, ist ein hervorragendes Speiselokal mit Fremdenzimmern. Die Fassade ist geschindelt, natürlich von Lins in Düns, die Gastzimmer sind hell, mit Fichtenholz von Edwin verkleidet, der Wein kommt von Oskar, das Bier aus der dorfeigenen Brauerei, und man sitzt direkt gegenüber der Kirche und des Friedhofes.

Hubert hatte im kleinen Gastzimmer Platz genommen. Das große, wo der Mann aus der Landeshauptstadt saß, war voll. Marei bediente ihn. Marei war die Tochter der Wirtin, ein hübsches Mädel, das die Gastronomieschule abgeschlossen hatte und jetzt im elterlichen Betrieb arbeitete, bis sie so viel Geld zusammengespart hatte, um in Wien Wirtschaft oder Jus zu studieren. Sie trug ein Dirndl, mit hübsch viel Ausschnitt, in dem das Goldherz, das sie von der Uroma hatte, beinahe ganz verschwand. Der Rock war kurz, und das war nett anzusehen. Hubert bestellte ein Bier und den Grillteller. Wenn Anna davon erführe, würde sie schimpfen, aber Hubert mochte Grillteller. Mit Pommes frites, viel Kräuterbutter und ohne Salat.

»Mah, i sägs d'r«, begann Marei mit Hubert ein Gespräch, nachdem sie sich auf die Bank zu ihm gesetzt hatte. Sie war sein Patenkind, die Wirtin Huberts Cousine, und da er eben Göthe war, hatte er ein Anrecht auf ein Bussi.

»Drüben, im Herrenzimmer« – damit war die große Gaststube gemeint – »da sitzt einer. Der trinkt schon das vierte Bier und den zweiten Schnaps, und er hat schon den alten Fussenegger eingeladen. Der kommt aus Bregenz. Vom Landesumweltamt. Der soll irgendwelche Tiere unten in den Riedwiesen zur Ill hin suchen. Alles geht bei ihm auf die Rechnung. Er ist schon den zweiten Tag da. Morgen kommt er noch einmal. Gott sei Dank hab ich morgen frei.«

Hubert schnitt sich ein großes Stück vom Schweinsmedaillon ab und biss genüsslich zu. Die Kräuterbutter lief ihm in den Mundwinkeln zusammen, und der Schnäuzer sog sie auf.

»Die Mama sagt, ich soll ihm schöntun, weil er ist ein Freund vom Bürgermeister, aber ich mag die Betrunkenen nicht. Vor den Betrunkenen graust's mir so. Magst noch ein Bierle, Hubert?«

Ohne eine Antwort abzuwarten, eilte sie davon. Inzwischen trat ein junger Mann in die Gaststube. Er war Architekt, arbeitete im Büro gegenüber und kam an Huberts Tisch vorbei. Frank und frei bekannte er, als er den Grillteller sah: »Ah, bist du auch beim Verein: Rettet den Grillteller. Ich bin Kassier.«

»Ich Controller«, meinte Hubert. Die beiden lachten, und der junge Mann setzte sich hinten zu den Fenstern und begann, in seinem iPhone zu lesen.

»Do hosch di Bierle, Göthe«, meinte Marei.

»Grillteller?«, fragte sie hinüber.

»Sicher«, lautete die Antwort.

»Und an gsprütza Apfelsaft?«

»Sicher.«

»Ma, Hubert, lang warscht scho nimmer da«, strahlte ihn Marei an.

Hubert kaute weiter.

»Wenn der da draußen noch einmal erzählt, dass es bei uns in der Wiese die Kleinohrfledermäuse gar nicht gibt, die von den Innsbrucker Biologen gefunden worden sind, dann servier ich ihm sicher kein Bier mehr.«

In dem Moment rief der Gast aus dem Herrenzimmer ungeduldig nach der Bedienung. Marei sprang auf und lief hinüber, doch das war dem Herrn vom Amt zu langsam. Er begann, sich zu beschweren und einen Aufstand zu machen. Die Szene, die Hubert mithören konnte, endete damit, dass der Herr einen Schnaps aufs Haus bekam. Als das Ergebnis feststand, legte Hubert 30 Euro auf den Tisch und ging leise hinaus.

Ein paar Minuten später kam der Mann vom Landesumweltamt, setzte sich in den silberfarbenen Audi und drehte den Zündschlüssel herum. In eben jenem Moment trat Hubert aus dem Schatten eines Kleinbusses. Er klopfte an die Scheibe. Der Mann ließ sie herunter. Alkoholatem schlug Hubert entgegen.

»Aussteigen. Sie haben genug gehabt.«

»Woher wilsch o du des wissa?«, fragte der Mann angriffslustig aus dem Auto heraus.

»Das kann ich riechen.«

»Dafür brauchst du aber einen Alkomaten.«

»Wir können auch in die Stadt fahren zum Bluttest. Dann bist du den Schein los. Mit psychologischer Nachbetreuung. Kostet rund 5.000.«

Der Mann wurde blass. Er zückte seinen letzten Trumpf.

»Ich bin ein Freund vom Bürgermeister.«

»Und ich bin Schandarm«, sagte Hubert. Der Mann gab klein bei und stieg aus. Hubert stellte den Strafzettel aus. Er notierte 1,07 Promille, 1.000 Euro Strafe und schickte den Mann mit dem Zug heim. Dann ging er wieder hinein, trank sein Bier aus und bestellte noch eins. Marei brachte ihm das Bier, ein Schnäpsle dazu und meinte: »Na, hüt zahlsch nüt«, und gab Hubert die 30 Euro zurück. Der Wachtmeister trank aus, bestellte noch ein Bier, putzte die letzten Reste Kräuterbutter mit den Pommes auf, stieg ins Auto und fuhr zurück auf die Wachstube. Aus dem Schrank holte er den bis dahin unbenutzten Alkomaten hervor und erledigte ordnungsgemäß den Papierkram, setzte den Alkomaten an, blies hinein, und es kamen 1,07 heraus. Das speicherte Hubert vorschriftsmäßig und wiederholte die Messung. Dann legte er den Alkomaten weg, lehnte sich im Sessel zurück und döste unter dem Kruzifix mit dem Heiland und dem Bild des Landeshauptmanns.

Es dauerte nicht lange, und die Tür zur Amtsstube ging auf. Hubert erwachte, vor ihm standen zwei neugierige Kinder. Eines hielt einen Umschlag in der Hand.
»Wem ghörn o ihr?«, fragte Hubert.
»Öschterles, d' Mama Judith schickt mi, sie ka net ko, wal der Teig für d' Funkaküchle goht.«
»Gib her«, sagte Hubert.
»Magsch o Funkaküchle?«, fragte der kleinere Bub.
»I mog dia ganz gern.«
»Am liabschta mit Pflumamuas.«
»Und mir dürfat hüt ufbliaba, fürn ganza Funka, hat Mama gset.«
Hubert betrachtete derweilen die Fotos, die sich im Umschlag befanden. Es waren darauf zwei Sachen zu sehen. Die Volksschullehrerin betrat auf einem die Tischlerei von Edwin. Auf dem Foto war eine Zeitangabe. 17:05. Das war der späteste Zeitpunkt, an dem sie gesehen worden war. Auf dem zweiten Foto sah man in die offene Tür. Margit hielt die Tür auf. Nicht Edwin. Hubert nahm die Fotos und ließ sie zurück in den Umschlag gleiten.

»Sägn da Mama danke.«

»Moll ja, un mir sön sega, supr, dass du Bolizischt bisch, wal dia andara sin Arschlöcher.«

»Du sölsch net Arschloch säga.«

»Abr Mama hats gset.«

»Aber du sölsch net«, beharrte der kleinere der beiden Buben, dem älteren Bruder mutig die Stirn bietend.

»So, dann geht schön wieder heim«, sagte Hubert.

»Kumsch o zum Funka? Den kasch üsere Funkaküchle essa.«

»Aber i ka net so viele essa, wal denn kriag i ganz schlimms Bauchweh«, sagte der kleinere traurig, und die beiden Buben rauschten aus dem Wachzimmer. Die Tür ließen sie sperrangelweit offen. Hubert nahm den Umschlag mit dem Bild von der Lehrerin und überlegte, was er damit anstellen sollte. Er steckte den Umschlag in die Uniformjacke, alles Weitere würde sich zeigen. Kaum hatte er das Bild eingesteckt, da kam durch die offene Tür Edwin herein.

»Hubert, du globsch net, was passiert is!«

»Man hat die Lehrerin gefunden?«, antwortete Hubert geistesgegenwärtig.

Edwin starrte ihn entgeistert an. Seine Augenbrauen wanderten in die Höhe, immer höher, bis sie den Haaransatz berührten. Dann sanken sie so schnell hinab, wie sie gestiegen waren. Ein freier Fall bis zum Kinn, wenn nicht Edwins Schnapszinken im Weg gewesen wäre.

»Hubert, weisch eh, was soll ich säga, s'isch net so afach ...«, stotterte Huberts bester Freund. Hubert nickte nur und bot ihm einen Platz an.

»Hubert, ehrlich, es tuat mir so leid, ich hätt dir alles sagen sollen, von Anfang an, aber du weißt ja, die Margit und das Dorf und alles.«

Hubert nickte nur.

»Du weißt eh alles? Du hast alles herausgefunden? Wie denn?«

Hubert lächelte bloß. Er stellte zwei kleine Oktagon-Wassergläser auf den Tisch, und Edwin füllte sie mit einer klaren Flüssigkeit aus einer grünen unetikettierten Flasche. Es roch nach Treberschnaps. Die beiden Freunde stießen an.

»Nichts für ungut?«, fragte Edwin. Hubert schüttelte den Kopf. Der Schnaps war unten, es wurde nachgeschenkt.

»Ma, Hubert, danke, danke, du weißt, was das für mich bedeutet. Wenn die Margit das herausgefunden hätte, wenn irgendwer im Dorf das herausfindet, bevor die Hexe explodiert, dann ist es aus mit mir, das werden sie mir nie verzeihen. Wann sollen wir es ihnen denn sagen? Nach dem Funken, am Montag oder meinst du, sie finden es ohnedies von allein heraus?«

»Dia sin net uf Kopf gfalla«, meinte Hubert.

»Hm. Aber dann werden sie dir mehr Vorwürfe machen als mir. Das wird hart für dich werden. Aber andererseits, schlimmer als jetzt kann es kaum mehr werden, od'r?«

Wiederum nickte Hubert nur. Was sollte ihm denn schon passieren. Hinter ihm hing der Heiland am Kreuz und der Landeshauptmann lächelte.

»Ab'r wegat der andera Sach«, fuhr Edwin fort. »Die haben doch glatt den Buben vom Alois, den Johannes, verhaftet, das ist der an der Uni in Innsbruck. Der als Bub früher im Wald immer die Blindschleichen und Molche gesucht hat. Kannst du dich erinnern?« Unnötig zu fragen, sicher konnte Hubert.

»Das ganze Dorf hat den Polizisten nichts gesagt, die sind von einer verschlossenen Türe zur nächsten, haben gar nichts rausgefunden, bis jetzt überhaupt nichts. Dann waren sie beim Johannes, weil dessen Studentin ja eine Freundin von der Susi war …«

Hubert zog eine Augenbraue hoch.

»Ja, Susi, weil, weißt, sie war halt ein paar Mal nach der Schule bei mir in der Werkstatt, wenn die Margit bei der Zunft war oder einkaufen oder so, und sie hat sich sehr für die Holzarbeit interessiert, und ich hab sie ein paar Sachen machen lassen, was gezeigt und solche Sachen.« Edwin wurde rot wie ein Schulbub. Hubert blickte ernst auf seinen Freund.

»Aber passiert ist nichts, rein gar nichts, weil, ich bin ja verheiratet, weißt eh, und da geht ja nix. Aber ein süßes Meiki war sie schon, die Susi. Eine Figur hat die ghabt, nicht so wie bei der Margit …«, er blickte sich über die Schulter, um sich zu vergewissern, dass die Tür geschlossen war. Das mag nun als übertrieben erscheinen, aber sogar unser Wachtmeister, bar jeder

Fantasie, konnte die durchdringende Stimme Margits in seinen Ohren hören, die keifte: »Was? Tuan da blöd reda über mi, hint'r miim Rucka?« Ihm lief sogar ein wenig Gänsehaut den Rücken hinunter, und in seinen Ohren kribbelte es verdächtig.

»Na also, die Polizisten waren beim Johannes oben und haben ihn befragt, und der Lölle, der gutmütige, hat ihnen alles erzählt, und dass er einen Stand gehabt hat auf die Susi und alles andere auch, und da haben die ihn natürlich sofort verdächtigt. Dann haben sie noch ein paar andere gefragt, die haben auch nichts gesagt, und dann sind sie hinaufgefahren, zuerst hatten sie dem Johannes verboten, das Dorf zu verlassen oder in die Schweiz rüber zu fahren, und schließlich haben sie ihn mitgenommen.«

Hubert runzelte die Stirn und rückte im Sitzen den Gürtel mit der Dienstwaffe zurecht. In seinem Dorf wurden Leute nicht einfach so verhaftet, die er kannte, seitdem sie in kurzen Hosen in der Samina gebadet und Frösche gefangen hatten. Wenn er daran dachte, wie der Emma und dem Alois zumute sein musste, das ging nicht an.

»Stell dir vor, wie die Emma reagiert hat! Der Alois hat nicht gewusst, was er machen soll. Da haben sie die Schwester vom Johannes angerufen, die hat den Reinbacher, den Christian, angerufen, das ist der mit der Firma in der Schweiz …« Hubert nickte, er hatte den Mann beim Weinhändler Oskar kennengelernt. Er war derjenige gewesen, der die Untersuchung der Uni Innsbruck finanziert hatte. Aus Rache, weil man ihn beim Verkauf des Fußballplatzes übergangen hatte.

»Na stell dir vor, der hat den Reichfelder aus der Stadt oben angerufen und herbestellt. Der hat alles liegen und stehen gelassen, kannst dir vorstellen, was das gekostet hat!«

Im Dorf wusste jeder, dass der Anwalt Reichfelder nicht zum Spaß so hieß.

»Na, der Reichfelder hat dann sofort alles Nötige veranlasst, und der Johannes ist mittlerweile schon wieder oben in der Stadt auf freiem Fuß.«

Hubert stand auf. Rückte den Waffengurt zurecht.

»Was hesch?«

Hubert nahm die Dienstmütze vom Tisch und ging hinaus zum Auto. Edwin folgte, die beiden Freunde stiegen ein, und Hubert fuhr los. Ein herrlicher Vorfrühlingstag, kalt und klar stand die Sonne im Zenit, in den schattigen Teilen des Dorfes schmolzen auch die letzten Eiszapfen, und über den graugrünen Winterwiesen hing ein Hauch Frühlingsduft.

Hubert stieg oben vor dem Haus von Alois und Emma aus. Er öffnete die Gartentür und stieg die steilen Treppen hinauf. An der Terrasse angekommen zog er die Schuhe ab, Edwin wartete unten im Wagen, und Hubert klopfte an die Fensterscheibe. Ihm wurde geöffnet.

»Heile«, sagte Hubert.

»Ich bin gekommen, um mich für das Verhalten meiner Kollegen zu entschuldigen. Wenn ich da gewesen wäre, hätte es nie zu einer solchen Situation kommen können«, begann Hubert die längste Rede seines Lebens.

»Ah, Hubertle, brauchst dich nicht zu entschuldigen«, sagte Emma. »Wir wissen ja, dass der Johannes unschuldig ist.«

»Außerdem sind des net dine Kollega«, ergänzte Alois.

»Genau, das sind Polizisten«, stellte Emma fest.

»Und keine Schendarmen!«, bestätigte Alois und fuhr fort.

»Wir wissen eh, dass sie dir den Fall abgenommen haben, so eine Sauerei, dass sie sich das trauen, dir! Was wollen die denn herausfinden, was du nicht schon immer weißt! Die haben doch keine Ahnung vom Dorf bei uns.« Emma nickte.

»Du, und i glob, die ane, die Polizistin, di wo all gred hätt, gö Emma, die war vo Inneröschtrich!«, äußerte Alois den Verdacht, dass es sich bei der Polizistin um eine Innerösterreicherin gehandelt haben konnte, was Emma sofort dadurch bestätigte, dass die Polizisten sich nicht die Schuhe ausgezogen hatten, bevor sie eingetreten waren.

»Und sie han net amol d'Schua abtoa, wias inako sin!«, bestätigte Emma. Hubert versank vor Scham beinahe im Erdboden. Er drehte die Mütze in der Hand wie ein Schulbub und starrte auf seine Zehenspitzen, die in hellgrauen Socken steckten.

»Ah guats hats auch, dass die Polizei den Johannes mitgenommen hat«, meinte Alois.

»Genau«, sagte Emma. »Der Johannes ist jetzt zum Funken da, weil er den Zug versäumt hat, und er fährt erst über die Nacht.«

»So oder so«, entgegnete Hubert ernst. »Ich muss im Dorf nach dem Rechten sehen, und das habe ich nicht gemacht, und darum ist das jetzt passiert. Es wird nicht wieder vorkommen.« Damit schüttelte er Emma und Alois die Hand und ging hinaus zum Wagen.

»Und?«, fragte Edwin.

»Hm«, sagte Hubert.

»Schnäpsle?«

Hubert schüttelte den Kopf. Sie fuhren los. Hubert ließ Edwin bei der Tischlerei hinaus. Der linste zuerst vorsichtig. Dann trat er zur Tür, öffnete leise und rief ins Haus hinein: »Margit-Schätzle? Bisch da?« Keine Antwort.

»Magsch ihako?«

Hubert schüttelte den Kopf.

»Du musst auf den Posten, ich verstehe.« Hubert nickte, Edwin nickte, Hubert fuhr los, Edwin ging hinein. Oben beim Posten angekommen stieg Hubert aus dem Auto, sperrte den Posten auf und ging hinein. Der Kaffee war kalt, aber das machte Hubert nichts. Alles, was ihn störte, war warmes Bier, sonst hatte er keine Vorlieben.

Kaum hatte er sich gesetzt, der Stuhl aufgehört zu ächzen, da klopfte es schon wieder. Hubert rief: »Herein«, und hereinspaziert kam Margit. Die resolute Frau mit dem enormen Vorbau im grau-rosa geblümten

Hauskleid und den frisch gemachten Locken wirkte ganz anders als sonst. Die resolute Aura, die sonst an einen Kampfpanzer gemahnte, fehlte vollständig.

»Darf ich hereinkommen?«, fragte sie. Hubert stand auf und bot ihr einen Sitzplatz an.

Margit setzte sich.

»Ich habe drüben bei der Thea gewartet, weil ich war vorher schon da, und du warst weg. Von der Thea sieht man gut bis zu dir herüber. Wir müssen reden.«

Hubert nickte.

»Ich weiß nicht, ob du schon davon gehört hast, aber sie haben den Johannes verhaftet, den Buben von der Emma! Stell dir vor, der soll ein Mörder sein! Das kann man ja gar nicht glauben, es gibt keinen ehrlicheren Menschen als den. Wie er noch klein war, musste man ihn nur fragen, wenn er gelogen hat, konnte man ihm das sofort an der Nasenspitze ansehen. Ich habe ihn immer durchschaut, und bis heute hat sich das nicht geändert. Kein kleines bisschen. Die Polizisten, deren Beruf das ist, die konnten das nicht. Kann man fast nicht glauben. Als die bei mir waren, da habe ich gar nichts gesagt, weil die haben so dumme Fragen gestellt, wirklich, das kann man sich gar nicht ausdenken. Ob ich meinen Mann liebe, wollte die Frau wissen. Was ist denn das für eine Frage? Wer fragt denn so was? Und wie will sie die Volksschullehrerin finden, wenn sie solche Fragen stellt. Na ja, warum ich eigentlich da bin. Du weißt, Hubert, wir sind nie gut miteinander ausgekommen. Ich mag dich nicht und du magst mich nicht.« Da konnte Hubert nicht zustimmen. Er mochte jeden. Es gab keinen Menschen im Dorf, den er nicht mochte. Die von außen, die kannte er nicht. Aber wen er kannte, den mochte er. Jeder Mensch war ein Mensch. Aber Margit sah das offensichtlich anders, und wer war Hubert, ihr zu widersprechen. Die Leute hörten ohnedies nie zu.

»Aber du bist der beste Freund von meinem Mann und darum bin ich da. Das musst du ihm nicht gleich erzählen, dass ich zu dir gelaufen bin, aber wahrscheinlich wirst du's ihm sofort beichten. Du bist einer von denen, die nie den Mund halten können, keine Sekunde lang, und wenn's ums eigene Leben oder das von deinen Kindern gehen würde.«

»Mhm«, sagte Hubert.

»Lass mich ausreden«, sagte Margit. »Ich muss dir was sagen. Weil wenn ich dir das von Anfang an gesagt hätte, dann hätten sie den Buben von der Emma nicht mitgenommen. Weil die sind ja nur deswegen im Dorf, weil dir keiner was erzählt hat, wenn du alles gewusst hättest, dann hätten wir die nie im Dorf gehabt, also sind wir schuld, selber schuld an allem, weißt du. Wenn dir alle mehr gesagt hätten, dann hätten sie dir niemals den Fall weggenommen und der Bub von der Emma wäre jetzt zu Hause. Ich mache mir selbst genauso große Vorwürfe wie jede andere auch, das kannst du mir glauben! Aber davon wird jetzt auch nichts mehr besser. Alle hätten ehrlicher sein müssen. Sie sind halt so feig im Dorf. Auf jeden Fall, es war so, dass am

Donnerstagnachmittag, als die Susanne verschwunden ist, da war ich allein zu Hause. Weil der Edwin ist sein Holz holen gefahren, er hat einen guten Lagerschuppen drinnen im Ebnit, wo er das Holz lagert. Früher haben wir es im Haus gehabt, im Keller unter der Werkstatt, aber das ganze Haus hat dann immer so nach Holz gerochen und nach Rinde und Harz. Mit der Zeit konnte das keiner mehr aushalten, deswegen musste es der Edwin dann umlagern. Den Edwin, den haben sie damals, als er den Schuppen gekauft hat, so übers Ohr gehauen! Kannst du dir gar nicht vorstellen! Die haben ihm damals 40.000 Schilling abgeknöpft. Und er musste dann noch alles sanieren, damit es trocken genug war, und isolieren, damit die Temperatur stabil bleibt ... was das gekostet hat. Der Edwin, der wird uns noch in den Ruin treiben!« Sie sagte das mit einer Gewissheit, die erstaunen machte.

»Naja, sei dem, wie es sei. Die Volksschullehrerin, die ist am Donnerstagnachmittag noch bei uns gewesen. Das war so gegen fünf Uhr. Ich hab da nicht so auf die Zeit geschaut, weil ich gerade gekocht habe. Auf jeden Fall, sie war da, hat geklingelt in der Werkstatt, und ich bin nachschauen gegangen. Mir war vorher schon so, als ob sie öfters mal ums Haus herumgeschlichen ist, vor allem wenn der Edwin da war. Ich habe keine Ahnung, was sie in dem versoffenen Rotzkrüppel gesehen hat, weil ich selbst nicht weiß, warum ich noch mit ihm verheiratet bin. Aber mit den jungen Mädchen ist das wie mit den Kindern. Was sie sehen, das wer anderer hat, das wollen sie dann unbedingt gleich selber haben. Ob sie es wirklich wollen oder brauchen oder nicht, spielt da keine Rolle, gar keine Rolle.«

Hubert zog sich den Hosengürtel ein wenig hoch. Der war hinuntergerutscht. Er hatte die letzten Tage zu wenig gegessen, stellte er fest.

»Die Lehrerin war da, stand vor der Tür, ich hab sie hereingebeten. Sie ist dann etwas geblieben, aber nach fünf Minuten etwa wieder gegangen. Ich habe das letzte Mal nichts gesagt, weil ich Angst hatte, dass du mich verdächtigst, wie hätte das denn ausgesehen, aber nachdem sie jetzt den Johannes verhaftet haben, dachte ich mir, dass ich unbedingt zu dir kommen muss, weil ich denke ja nur an den Johannes, und niemand soll glauben, dass ich was damit zu tun habe, also will ich sagen, was ich weiß.« Sie holte tief Luft.

»Danach habe ich die Lehrerin kein einziges Mal mehr gesehen, überhaupt nicht mehr, sie ist die Straße hinunter gegangen zu ihrem Haus, das weiß ich noch, aber sonst war nichts.«

Margit rieb sich den rechten Unterarm, als sie das sagte. Hubert wusste, was er unter dem geblümten rosa-grauen Hauskleid von Margit am Arm finden würde. Deswegen musste er nicht nachsehen. Er strich sich über den Schnäuzer. Er mochte das Gefühl, das borstige, widerständige und doch glatte Gefühl seines Schnauzbartes. Während seine schwarzen Haare auf dem Kopf längst hauptsächlich grau, dünn und wenige geworden waren, so war sein Schnäuzer immer noch, was er vor 20 Jahren gewesen war. Hart, buschig und dicht. Hubert mochte es, über seinen Schnäuzer zu streichen.

»Alles wäre ganz anders gekommen, wenn ich dir das gleich beim letzten Mal erzählt hätte, aber ich hab mich nicht getraut. Den Polizisten wollte ich es auch nicht sagen, weil was wissen die schon vom Dorf. Die waren noch nie hier, die kennen keinen von uns, ich wette, die haben das elektronische Navigationsinstrument gebraucht, um herzufinden. Ma, wir haben ja jetzt auch so eines. Der Edwin, der kann nicht einmal damit umgehen! Wir waren in Spanien und haben uns ein Leihauto genommen mit Navi und haben uns dreimal verfahren. Ich hab dem Edwin immer gesagt, wo wir hin müssen, aber er wollte es immer besser wissen, also haben wir uns verfahren. Drei Mal, also wenn das nicht zu viel ist. Dabei hatten wir ein Gerät im Auto, und der Edwin, der hat einfach nicht auf mich gehört.« Margit sah auf die Uhr.

»Ma, jetzt muss ich aber, mir pressierts total, weil der Teig für die Funkenküchle, der geht mir sonst zu viel, das wäre eine Katastrophe heute, wo das ganze Dorf es sehen kann! Ich hoff nur, der Edwin hat das Pflaumenmus von meiner Tante geholt, sonst weh ihm!«

Als Margit draußen war, saß Hubert auf seinem Sessel. Der arme Edwin, er musste zu Margits Tante. Die lebte in Fraxern, im Rheintal draußen, und wenn sie schimpfte, hörte man ihr Organ bis auf die Spitze von der Schesaplana hinauf. Die Frau hatte drei Männer beerdigt. Sie hatte einmal, da war sie schon 80, einen Radfahrer mit dem Auto gestreift, und das Gericht hatte den armen Mann zur Bezahlung der Reparatur des Lackschadens verdonnert, weil der Richter sich nicht getraute, Margits Tante zu verurteilen. Dorthin musste Edwin. Hubert schüttelte sich. Mit den Frauen aus Margits Familie war nicht zu spaßen.

Anschließend dachte Hubert ein wenig darüber nach, was es bedeutete, dass Margit zu ihm gekommen war. Er wurde nicht schlau daraus, darum ließ er es schnell wieder sein. Dem Leser aber sei gesagt, dass Margit, die die beste Freundin der Bürgermeisterin war, am Freitagmorgen schon Angst davor hatte, was am Donnerstagabend passiert sein konnte, dann hätte man einiges schließen können. Dass sie eine Ahnung hatte, zumindestens, was da vor sich ging oder vor sich gehen würde. Ein gewiefter Beamter hätte hier Fragen zu stellen gehabt. Aber wir alle wissen, was Hubert vom Fragen hielt. Außerdem kann man unserem Wachtmeister vieles bescheinigen, aber nicht, dass er gewieft ist.

Jemand, der wesentlich mehr vom Fragen hielt als unser Wachtmeister, schaute aber noch auf einen Sprung in der Amtsstube vorbei. Es handelte sich hierbei um den Professor Pfanner. Er war von der Bazora heruntergekommen, da er sich den Funken anschauen wollte. Die Sonne war dabei, im Westen hinter den Schweizer Bergen unterzugehen, und es würde nicht mehr lange dauern, bis die transformierenden Feuer überall in Vorarlberg lodern würden.

Dynamisch und agil trat er ein, setzte sich zu Hubert an den Tisch. Er klopfte kurz mit den Fingerknöcheln an den Schreibtisch.

»Der Schreibtisch stammt mit Sicherheit noch aus dem Dritten Reich. Du solltest einen neuen anschaffen. Aber das ist wahrscheinlich zu teuer. Ihr Alemannen mit eurer Sparsamkeit.« Pfanner als gebürtiger Tiroler war der bajuwarischen Kulturgemeinschaft zugehörig. Wie der Rest Österreichs ebenfalls, wenn man vom Burgenland, der Süd-und Oststeiermark und Regionen Kärntens absieht. Zwischen Tirol und Vorarlberg befindet sich nur ein nicht einmal allzu hoher Berg, der Arlberg. Aber auch das Everest-Zentralmassiv selbst könnte keine gewaltigere Trennung hervorrufen. Liechtenstein und die Schweiz, obwohl andere Staaten, liegen der Vorarlberger Seele unendlich näher als die fremden Tiroler Täler.

Der Professor beugte sich in seinem Sitz vor, ächzend, und linste unter die Schreibtischplatte. Hubert blieb ruhig sitzen. Dann hörte Hubert den Professor in seiner schwarzen Lederjacke kramen. Was durch die gebückte Haltung erschwert wurde. Anschließend ein Klacken, wie von einer Stifttaschenlampe. Hubert hatte im Laufe der Jahre genug dieser Dinger einkassiert, um sich damit auszukennen.

»Aha!«, tönte es dumpf triumphierend von unter der Tischplatte herauf. »Da haben wir's. Hakenkreuz Brandzeichen auf der Unterseite. Die haben den Tisch einfach nur umgedreht, als es mit dem Tausendjährigen Reich zu Ende war.« Der glänzende Glatzkopf des Professors erschien wieder im Licht. Das Gesicht war rot vor Anstrengung. Er lächelte befriedigt.

»Unter jedem Bett, unter jedem Teppich, in jedem Buch. Ein Hakenkreuz. Man muss nur wissen, wo man nachschaut.« Pfanner klopfte wieder auf den Tisch. »Ich war in den letzten 35 Jahren in etwa 2.000 verschiedenen Wohnungen, Amtsstuben, Anlagen oder Büros. Ich habe noch immer irgendwo ein Hakenkreuz gefunden. Es ist nahezu unheimlich.«

Hubert wusste nicht, was daran unheimlich sein sollte. Die Leute waren eben sparsam, und man warf nicht alles weg, nur weil irgendwo ein Zeichen drauf war. Sein Vater hatte einen alten Hammer gehabt, dem ein Eck am Kopf fehlte. Er hatte ihn deswegen günstig erworben und ein Leben lang benutzt. Heute befand sich dieser Hammer in Huberts Werkstatt. So war das nun einmal. Traurig machte Hubert einzig und allein die Tatsache, dass sein Sohn keinen Hammer besaß. Auch keinen wollte. Hubert würde den Hammer nicht an seinen Sohn weitergeben können.

»Aber warum ich eigentlich gekommen bin. Wir haben ja jetzt die Polizei im Dorf. Vor einer guten halben Stunde waren die bei mir. Ich muss schon sagen, ohne dir zu nahe treten zu wollen, die Dame und der Herr waren weit professioneller, als du es bist. Allerdings scheint es, dass sie nahezu nichts erfahren haben. Dazu haben sie auch noch den Buben vom Alois, einen ehemaligen Schüler von mir, verhaftet. Ausgerechnet den Johannes. Selbst schuld, jetzt haben sie den Reichfelder am Hals. Mit dem, besser gesagt mit seiner Mutter, hatte ich einmal wegen eines Lackschadens zu tun. Ich habe in allen Punkten nachgegeben, das wird die Polizei auch machen müssen.«

Hubert saß da und blieb regungslos. Bloß die Uniformbluse spannte sich im Rhythmus der Atemzüge über dem eingefallenen Bauch des Wachtmeisters.

»Ich habe die beiden ein wenig ausgehorcht, und da ist mir etwas aufgefallen, das ich dich unbedingt wissen lassen wollte. Nenn es Eitelkeit, aber vielleicht nutzt es dir etwas. Mir ist aufgefallen, dass die Leute, wenn sie mit der Polizei gesprochen haben, nur gesagt haben, dass sie nichts wissen. Normalerweise, beim kleinsten Vorfall hat doch jeder im Dorf sofort und immer unweigerlich einen Schuldigen bei der Hand. Egal, wie wenig die Leute von einem Vorfall wissen, einen Schuldigen können sie unfehlbar und mit apodiktischer Sicherheit nennen. Wenn du dich erinnerst, als der junge Maier den alten mit der Axt erschlagen hat. Die beiden Männer haben sich ein Leben lang gehasst und malträtiert. Für die einen war es die Nachbarin, für andere ein Türke oder ein Einbrecher, manche meinten, dass der Vater schuld war, andere der Sohn. Aber niemand wäre auf die Idee gekommen, dass sich die Axt von der Wandbefestigung gelöst hatte, mit dem Stiel auf die Ablage fiel, dadurch so viel Rotationsgeschwindigkeit aufgenommen hatte, dass sie glatt durch den Hinterschädel des alten Maier gedrungen war.«

Der Herr Professor bezog sich mit der im Dorf üblichen Bezeichnung auf den Unfall. Man sprach davon, dass der junge Maier den alten mit der Axt erschlagen hatte, obwohl mittlerweile alle wussten, dass es sich um einen Unfall gehandelt hatte. Sogar der junge Maier selbst sprach manchmal von dem Tag, an dem er seinen Vater erschlagen hatte, obwohl zweifelsfrei festgestellt worden war, dass er es nicht getan hatte. So viel zur sozialen Konstruktion der Wirklichkeit im alemannischen Dorfleben.

Professor Pfanner fuhr fort. »Aber auch sonst, wenn es sich um alltägliche Dinge handelt. Der Mensch ist immer sofort mit einem Schuldigen dabei. Kann immer angeben, wer Schuld hat. Was mir nun in meinem Leben aufgefallen ist, besteht in der Beobachtung, dass je weniger jemand weiß, desto sicherer der Verdacht und die Beschuldigung. Das gilt nicht nur für echte, alltägliche Schuldfragen. Sondern auch für alles andere. In jedem Krieg ist es so. Das Publikum weiß immer, wer Schuld hat, welches Land, welcher Politiker, welche Religion. Je näher man sich aber mit dem wahren Sachverhalt auseinandersetzt, diesen kennenlernt, umso schwerer wird diese Frage eindeutig beantwortbar.«

Der Professor hielt hier kurz inne. Aber Hubert sagte kein Wort, wieso auch.

»Derselbe Sachverhalt zeigt sich bei jeder Krankheit, je weniger die Leute wissen, desto sicherer sind sie sich in ihrem Urteil. Der Ahnungsloseste wird dir sagen, dass der Husten vom Rauchen, die Knieschmerzen vom Radfahren, die Herzprobleme vom Salz kommen. Schau dir nur unseren Doktor an, der diagnostiziert nach zwei Sekunden zweifelsfrei eine Krankheit. Das Rückenweh kommt von der gebückten Haltung am Computer etwa. Dass der Patient weder Rückenweh noch Computer hat, stört ihn dabei nicht im Geringsten.«

Wieder machte der Professor eine rhetorische Pause. Wieder gab er Hubert Gelegenheit, zuzustimmen oder zu widersprechen. Doch der tat nichts dergleichen.

»Nun, bei diesem Fall ist es anders. Völlig anders. Ich habe so etwas noch nie erlebt. Niemand beschuldigt irgendwen. Ich war jetzt noch etwa eine Stunde im Dorf unterwegs, hab mich umgehört, niemand verdächtigt irgendwen. Normalerweise müsste die Gerüchteküche vor Asylantenbanden, Türkengangs, marodierenden Schlinsern, böswilligen Machos, eifersüchtigen Emanzen, abgewiesenen Liebhabern oder schwer gestörten Serienmördern nur so überkochen. Aber nichts dergleichen. Man spricht zwar davon, dass der Entführer immer noch nicht gefunden ist, aber mehr auch nicht. Nicht einmal die persönlichen Feinde werden diffamiert. Man stellt sich nur die Frage, wer das wohl gewesen sein mag.«

Zum dritten Mal unterbrach der Professor seinen Vortrag. Hubert betrachtete interessiert den leisen Anflug von Schmutz unter seinem linken Zeigefindernagel.

»Sag, Hubert, hörst du überhaupt zu?«

»Sicher«, sagte Hubert, automatisch das wiedergebend, was er in den langen Jahren seiner Ehe gelernt hatte.

»Das lässt für mich nur einen Schluss zu. Unwiderlegbar, einen Schluss. Darum bin ich gekommen. Der Schluss ist der: Das ganze Dorf weiß felsenfest, wer es getan hat. Das führt mich zu einer weiteren Überlegung. Wenn jemand schuld ist an egal was, dann stürzen sich alle auf den. Wenn eine Mutter vergisst, ihr Kind im Winter mit einer Mütze vor der Kälte zu schützen, dann ist sie auch schuld daran, dass vor ihrem Haus die Müllkübel umfallen, ihre Ehe zerbricht und das Auto einen Kolbenreiber hat. Das ist ein Naturgesetz wie das von vorhin. Das ist immer so. Wenn der Mann seinen Job verliert und keinen neuen findet, dann ist das Grund dafür, warum beim Nachbarn die Kirschen nicht reif werden. Diese soziale Dynamik kennen wir von den Hexenprozessen. Die ganze Thematik des Sündenbocks bezieht sich auf diesen Sachverhalt. Einer wird als Schuldiger auserkoren, und die ganze Gemeinschaft stürzt sich in einem kathartischen Akt der Gewalt auf den Übeltäter, der zumeist nichts anderes verbrochen hat, als eben das, Außenseiter zu sein, und zerreißt ihn brutal. Das ist bei Schimpansen und bei Wolfsrudeln so. Der Mensch ist ein böses, gemeines Tier, die Tünche der Zivilisation dünn, und von ihr sollte man sich nicht täuschen lassen. Auf jeden Fall: Wenn einer schuldig wäre, dann würde das ganze Dorf über ihn herfallen.«

Hubert schwieg.

»Wenn aber alle niemanden verdächtigen, weil sie wissen, wer es war, dann müssten sie sich auf einen stürzen. Das ist aber nicht passiert. Niemand hat sich auf jemanden gestürzt. Das verwirrt mich. Warum nicht? Dafür habe ich nur eine Erklärung.«

Professor Pfanner blickte Hubert an, um herauszufinden, ob der noch zuhörte. Hubert saß da, und niemand hätte an seinem Gesichtsausdruck, seiner Körperhaltung oder seinem Blick herausfinden können, ob er zugehört hatte, meditierte oder gehirntot war. Pfanner zuckte mit den Achseln und fuhr fort.

»Das lässt nur einen Schluss zu. Alle waren es. Alle. Das ganze Dorf, deswegen äußert niemand Beschuldigungen, deswegen stürzen sich nicht alle auf einen Übeltäter. Weil es alle waren. Agnes und ihre Freundinnen würden sich mit gezückten Fingernägeln auf die Bürgermeisterin und ihre Sykophanten stürzen, wenn sie wüssten, dass nur diese schuld hätten. Umgekehrt wär es genau gleich. Die Feuerwehr würde dem Fußballverein an die Gurgel gehen, die Oberdörfler denen unten im Sonnenheim, du verstehst, was ich meine. Der einzige Grund, dass das nicht stattfindet, ist der, dass es alle wissen, weil es alle getan haben. Alle gemeinsam. Nun, was sagst du?«

Die Sicherheit des Professors, die er immer trug wie einen Panzer, war nun wie weggewischt, die Frage brachte ihn in eine ungewohnte Position. Von der gewöhnlichen des allmächtigen Fragestellers und Prüfers zu der eines um Anerkennung Heischenden. Er blickte Hubert fragend an. Hubert saß da, stumm wie ein Götzenbild. Nach wenigen Augenblicken hielt es der Professor nicht mehr aus. Bis hierhin hatte der Professor wohlklingend und gut gesprochen. Nun aber legte er eine Hast an den Tag, die ungewöhnlich war und sein geschwundenes Selbstvertrauen dokumentierte. Er sprach schnell und gehetzt.

»Es kann natürlich sein, dass niemand schuld ist, und dass das alle wissen. Das würde natürlich alle meine Theorien über den Haufen werfen, es sei denn, man berücksichtigt, dass ja die von mir beschriebenen Mechanismen dieselben wären, was bedeuten würde, dass ich recht im Unrecht gehabt hätte. Das könnte natürlich auch sein ...« Seine Stimme, die laut und schnell begonnen hatte, war im Lauf der Wortmeldung immer leiser geworden und langsamer. Schlussendlich verstummte er vollends und ließ den Satz einfach ausklingen, ohne ihn zu beenden.

Hubert saß nach wie vor unbewegt da.

Pfanner schwieg.

Es war still im Raum. Draußen hörte man ein Auto vorbeifahren. Vor dem Fenster, ein paar Meter den Hang hinunter, hörte man den Kater von Crescenzia miauen. Die beiden Männer sagten kein Wort. Schließlich raffte sich Hubert auf.

»Es kann so oder so sein. Man weiß es nicht.«

Von der Euphorie, die der Professor ausgestrahlt hatte, war nun nichts mehr übrig. Er ließ sogar den stolzen Kopf ein wenig hängen.

»Nichts für ungut, Hubert, ich dachte, ich muss es dir sagen. Ich fahr jetzt zum Funken hinunter.« Hubert nickte.

»Ich blieb noch a kläle, abr denn kumm i o ahe«, sagte er. Der Professor verließ die Amtsstube. Draußen hörte man den Motor starten und das Auto losfahren.

Den Rest des Nachmittages bis zum Funken verbrachte Hubert allein in seiner Amtsstube. Zweimal klingelte das Telefon, und beide Male war es der Amtskollege des Wachtmeisters aus dem Nachbardorf, der seinen Funken immer noch nicht gefunden hatte. Zu dieser Stunde, knapp davor, dass in ganz Vorarlberg die Funken entzündet werden würden, alle Dörfer das Funktionieren ihrer Dorfgemeinschaften durch ritualisierte Winterbeendigung demonstrierten.

Der Wachtmeister des Nachbardorfes war hysterisch. Mit aller Macht, gegen jede Hoffnung klammerte er sich an die Überzeugung, dass sein Funken doch wieder auftauchen würde. Das Ausmaß der Illusion, in die er sich geflüchtet hatte, war daran zu bemerken, dass sogar, wenn das Holz aufgetaucht war, niemand mehr den Funken rechtzeitig aufbauen hätte können.

Es verhielt sich mit dem Mann etwa so wie mit den Krokodilen in der Sahara. Von ihnen gibt es noch fünf in einem Wasserloch. Doch sie sind zu alt und können sich nicht mehr fortpflanzen. Ihre Gattung ist also schon ausgestorben, aber die Tiere merken das nicht.

Genauso ging es dem Amtskollegen von Hubert. Der

Mann raste reibungslos rotierend durch sein Dorf, die Nachbardörfer, und war nicht zur Einsicht fähig, dass bereits alles verloren war. Ein Teil seines Selbstbetruges bestand darin, dass er durch hektische Tätigkeit sich selbst vorgaukelte, ein Ziel zu verfolgen, das erreichbar war und dem er sich näherte.

Den Moment, in dem er mit der Realität kollidieren würde, zögerte er so nur hinaus. Nichts, aber auch schon gar nichts mehr konnte ihn retten. Die objektive Auswirkung seines Versagens, die soziale Ächtung, würde ihn so oder so treffen. Doch die subjektive Erschütterung würde so viel schlimmer sein.

Hubert legte den Hörer auf. Ihm hätte niemand den Vorwurf machen können, in einer Traumwelt der eigenen Realität zu leben. Für Hubert gab es seinen Tisch, an dem er saß, den Heiland hinter ihm am Kruzifix und den Landeshauptmann, der aus dem Rahmen lächelte. Mehr war da nicht.

V

Die Wiese war groß. Ein dunkler, wolkenverhangener Abendhimmel spannte sich schwarzblau wie ein gewaltiger Vogel über den Walgau. Am Rande der Wiese parkten Autos. Die nächsten Wohnhäuser standen weit entfernt. Ganz klein waren helle Lichtpunkte zu sehen. Die Berge hoben sich schwarz vom dunklen Himmel ab. Ganz oben auf der Gurtisspitze, wo noch Schnee lag, färbten die allerletzten Sonnenstrahlen den Schnee rosenrot.

Der Funken war angezündet worden, sachgemäß und mit allergründlichster alemannischer Ordentlichkeit. Die freiwillige Feuerwehr parkte in unmittelbarer Nähe, Wasser, Löschschaum und Feuerwehrmänner waren bereit, aber unsichtbar.

Es gab Glühmost, Glühwein, Funkenküchle und eine riesige Pfanne mit Käsknöpfle. Daneben standen in zwei 50-Kilo-Eimern Röstzwiebeln bereit. Das klar und gut brennende Holz, der leichte Windzug, der Käse, der Glühmost und das Butterschmalz bestimmten eine Atmosphäre bürgerlicher Wohlanständigkeit, die durch eine Ahnung ritual-sakraler Transformationsmystik geadelt wurde. Man unterhielt sich angeregt, aber noch leise. Die Gesichter waren dem Feuer zugewandt. Das unregelmäßige Lichtspiel der Flammen ließ alle Mängel am Aussehen verschwinden. Übrig blieben die schönen Gesichter von Frauen, alterslos und wissend. Daneben die gefurchten Züge von Männern mit kantigen Kiefern und steinernen Augen. Jugendliche wirkten wie Greise und Greise wie Knaben. Die Hüften wirkten im Tanz des Lichts weiblicher, die Schultern breiter, sogar die Stimmen schienen durch das Knacken und Prasseln an Süße und Tiefe zu gewinnen. Rau und hart klangen die Konsonanten der Männer gegen den leichten Wind. Im selben Wind tanzten die weichen, langen Vokale des versammelten Weibervolks, rufend und neckend.

Die Gesichter waren heiß, dem Feuer zugewandt, die Rücken froren in der kalten Winternacht. Hubert stand abseits, blieb unsichtbar im Dunkeln und bewegte sich wie von unsichtbarer Hand geleitet durch das versammelte Dorfvolk.

»Agnes«, flüsterte ein Schatten neben Hubert. »Ich wollt doch immer nur dich.«

»Ach geh, das sagst doch nur, weil sie jetzt weg ist.«

»Aber nein, Agnes. Wirklich nicht. Es tut mir so leid. Wegen mir haben wir ein halbes Jahr verloren.«

Zwei Köpfe neigten sich zueinander, berührten sich kurz im Feuerschein, verschwanden wieder im Dunklen.

»Du musst es schon sagen«, lockte die Frau.

»Agnes, willst du mich heiraten?«

»Aber mein Brautkleid trägt doch sie!«, meinte die Frau und wies hinauf auf die Spitze des Funkens, wo im weißen Brautkleid die Hexe angebracht war. In der Thermik der Flammen flatterte das weiße Kleid gespenstisch, so als ob die Figur um Hilfe winken würde.

»Dann kauf ich dir ein Neues. Wir fahren nach Mailand. Und im Frühling wird geheiratet.«

»Ja, Gerhard, ich will.«

Diesmal trafen sich die Köpfe nicht nur kurz, runde Arme schlagen sich um eckige Schultern, eine Lederjacke knackte. Dann verstummte das Paar. Hubert ging weiter.

Hubert kam am Frisör vorbei, der mit der Mutter im Arm dastand. Ein weißer gesteppter Daunenmantel ließ ihn aussehen wie das Michelin-Männchen. Er hob seinen Becher dem Wachtmeister zu. Dieser erwiderte den Gruß. Neben dem Hans standen vier langhaarige Jugendliche. Hubert schnappte einzelne Wortfetzen auf, es ging um Kurpackungen und Fönaufsatzteile.

Hubert kam an den Stand mit den Funkenküchle. Er sog schnuppernd den Geruch von Butterschmalz ein. Zimtzuckerduft hing in der Luft. Die Schlange war lang. Ein paar Meter weiter, am Stand mit den Käsknöpfle, wurde ihm ungefragt ein voller Teller hingehalten.

»Und tua eam g'hörig Zwiebla uffe, vo da schö bruuna, moll so isch guad, des mog s'Hubertle garn«, vernahm er die Stimme von Crescenzia. Dass Walpurga den Kartoffelsalat vergessen hatte, war Hubert nicht so wichtig. Er mochte ohnedies keinen Salat. Der war auch ungesund, wie ihm der Arzt gesagt hatte. Mayonnaisesalat war für die Cholesterinwerte noch schlechter als Lumpensalat. Der bestand aus Schübling, Käse und Zwiebeln, sauer mariniert, und anderen Salat hatte Hubert im Leben noch nicht gegessen.

Hubert aß seinen Teller mit gesundem Appetit leer. Neben ihm standen Edwin und Margit. Sie aßen vom selben Teller, Edwin tauchte die Funkenküchle in Apfelmus, Margit hielt den Teller. Sie kuschelte sich an ihn, denn im Dunkeln sah das niemand.

»Moll, schö isch wora, die Hex«, sagte Hubert mit glänzenden Wangen.

»Ka ma nöt schimpfa«, meinte Edwin.

»Ka kan bessr uffibringa wia mi Ma«, sagte Margit. Wohl wissend, dass niemand je den Mut aufbringen würde, sie mit der Aussage in Zukunft zu konfrontieren. Als die Teller leer und ordnungsgemäß in einen der Müllsäcke gewandert waren, zog Edwin eine kleine Flasche aus der Tasche seiner Lodenjacke.

»Suubiira«, verkündete er und bot Margit den ersten Schluck, die reichte weiter an Hubert, und das Aroma nach reifen, schweren, weichen Birnen, getragen von reinstem Alkohol, erfüllte seinen Rachenraum. Dann trank Edwin.

»Ahhhh«, sagten alle drei.

»Danke, Hubert«, sagte Margit.

»Ja Hubert …«, wollte Edwin ansetzten, doch Hubert winkte ab. Die drei schauten auf den Funken. Oben thronte die Hexe in ihrem weißen Kleid. Worte waren überflüssig. Hubert ging wieder seines Weges, vorsichtig durch die Menschen, die gar nicht merkten, dass er da war, er hörte sie reden, sah ihre Gesichter.

Er kam an Johnny vorbei, der mit Christian und Stefan am Funken stand. Christians Frau Chie stand ebenfalls da mit einer weißen Wollmütze bekleidet, und an Stefans Arm seine Freundin. Deren Sohn tobte mit den Freunden irgendwo im Dunkeln herum.

»Wir heiraten Ende September, du und die Anna sind herzlich eingeladen«, sagte Stefan zu Hubert. Der bedankte sich.

»Also das ist eine Schweinerei, das mit dem Gegengutachten«, sagte Christian. »Jetzt geht's ums Prinzip.«

»Ach, lass das doch gut sein, die Kleinohrfledermäuse werden schon andere Nistplätze finden. Wichtig ist, dass meine Studentin ihre Diss hat.«

»Mir geht's doch nicht um die Fledermäuse! Ich lass ihn nicht das Geschäft machen, darum geht's«, eiferte sich Christian.

»Wir könnten den Boden vergiften«, meinte Johannes. »Wenn die Schwermetallkonzentration zu hoch ist, kann man dort nicht Fußball spielen.«

»Das ist eine gute Idee. Quecksilber kann ich überall kaufen«, sagte Christian begeistert.

»He, halt, ihr könnt doch nicht einfach den Boden mit toxischen Schwermetallen vergiften«, meinte Stefan.

»Wieso nicht?«, fragte Christian. »So viel braucht es dafür nicht.«

»Wir brauchen ja nur ein paar Zentimeter verunreinigen, dort nehmen wir dann die Probe«, sagte Johannes.

»Aber da konnd diese doch druf!«, meinte Stefan. Das Streitgespräch ging weiter, und Hubert entfernte sich langsam. Er war noch keine zehn Meter weit gekommen, da sprach ihn eine Gestalt von hinten an. Es war der Pfarrer. Im Funkenfeuer wirkte er wie Anfang 20. Er hielt zwei Glühweine in der Hand. Hubert mochte lieber Most, aber der Pfarrer trank natürlich Wein. Der Pfarrer sah ernst auf den Funken, oben auf die Hexe. Sein Gesicht, bartlos und glatt wie das eines Jungen, wirkte dennoch besorgt und ernst. Seine Stimme, durch lange Jahre der Predigt in leeren, kalten Kirchenschiffen abgeschliffen, klang im Moment wieder kraftvoll und mahnend in Huberts Ohr.

»Der Sündenbock«, sagte er, auf die Hexe im weißen Kleid weisend. »Eigentlich sind diese heidnischen Feuer keine Sache, die von der heiligen Mutter Kirche leichtfertig gebilligt werden. Aber in diesen Zeiten, in denen alles verloren geht, die Traditionen erlöschen ...« Er sprach nicht aus, was er dachte, das war nicht nötig. Hubert verstand ihn auch so. Der ungesagt gebliebene Satz lautete: »In der Not frisst der Teufel Fliegen.«

»In alten Zeiten, da töteten die Menschen ihre Nächsten, die Schuld auf sich geladen hatten, und oft, allzu oft waren es die schwächsten, die es traf. So war es ein großer Segen, den wir bis heute in der Bibel

lesen können, als die Schuld und die Sünde der Einzelnen auf ein Tier fielen, ein Symbol, ein Zeichen. Auf dass die Gemeinschaft durch diese Buße wieder gereinigt in ein neues Jahr gehen konnte. Dann sandte uns Gott unseren Herrn Jesus Christus, der dieses Kreuz auf sich nahm, wissend und willentlich, das Leid der Welt auf sich nahm, um die Sünden hinfortzunehmen. Aber wir haben das vergessen, niemand glaubt heute mehr. Und deswegen brennt sie da oben, brennt für uns alle, für unsere Sünden, weil wir vergessen haben.«
Der Pfarrer schwieg.

»Und zu allererst ist es unsere Schuld, deine und meine. Die weltliche Macht und die geistige. Wir beide und das, was wir repräsentieren, war zu schwach.«

Hubert blickte den Pfarrer fragend an.

»Nein, Hubert, ich muss mich korrigieren. Dich trifft keine tiefe Schuld. Denn unser Herr hat auch gesagt: Das Gesetz ist für den Menschen und nicht der Mensch für das Gesetz. So hast du recht gehandelt. Denn die Sünde ist eine Wirklichkeit, und die Befreiung von ihr muss sein. Dagegen kann der Mensch nichts machen, das ist so, seitdem wir den Apfel gegessen haben vom Baum und zwischen Gut und Böse zu unterscheiden wissen.«

Hubert schwieg, der Pfarrer ebenfalls. Beide tranken aus den dünnen Pappbechern einen kleinen Schluck vom heißen, süßen Wein.

»Und sogar hier bei uns, schau dich um. Heute sind weniger Leute hier als letztes Jahr, und da waren es schon weniger als im Jahr zuvor.« Der Pfarrer verstummte. Hubert musste an seinen Sohn denken. Der war in Wien. Hubert hatte gehört, dass es auch in Wien, auf einem der Hügel dort, einen Vorarlberger Funken gab. Er glaubte das nicht. Auch wenn es ihn wohl gäbe, sein Sohn wäre sicher nicht dort.

»Die Schuld trifft uns. Wir haben Altäre gebaut aus Gold und Kathedralen als Stein, himmelhoch, wir haben Dogmen festgelegt und Glaubenssätze in Latein, wir haben gestraft und gelehrt. Aber geliebt und gehört haben wir nicht. Deswegen ist es so. Weißt du, Hubert, ich bin froh, dass ich so alt bin und nicht so ein Jungspund wie du.« Bei diesen Worten lächelte der Pfarrer, »wir stehen vor einer Zeit, die schlimmer wird als das, was war. Viel schlimmer.« Der Pfarrer trank seinen Wein aus und verschwand im Dunkeln. Hubert blieb stehen und schaute in die Flammen. Kleine Funken stiegen hell in den Nachthimmel auf. Der Wachtmeister wanderte langsam weiter durch die Menge, er bemerkte ein paar Satteinser unter den Leuten, die gekommen waren, weil sie keinen eigenen Funken hatten.

»Dia Hex, dia luagat uuß wia an echte Frow!«, sagte ein Mädchen zu seiner Mama. Hubert holte sich noch einen Teller Käsknöpfle. Diesmal mit Erdäpfelsalat, auch den aß er auf, allerdings ganz zuletzt. Die letzten Tage hatten ihn so ausgehungert, dass er sogar Salat aß. Hubert war beim vorletzten Bissen Erdäpfelmayonnaisesalat, als zwei Menschen aus der Dunkelheit auf ihn zukamen.

»Herr Revierinspektor Schmiedle.«

Hubert nickte.

»Wir haben mit Ihnen zu sprechen.«

Hubert aß schnell den Teller leer, machte ein paar Schritte zum nächsten Müllsack und ließ den Pappteller und die Plastikgabel hineinfallen. Anschließend putzte er sich genüsslich mit seinem Taschentuch den Mund ab. Den Schnäuzer vergaß er ebenfalls nicht.

»So«, sagte er.

»Wir waren oben auf dem Posten, und da haben wir Sie nicht angetroffen. Entgegen unserer Anordnung waren Sie auch nicht beim Funken anzutreffen. Das wird vermerkt. Deswegen sind wir dann zu Ihrer Privatadresse gefahren, und Ihre Frau hat uns da mitgeteilt, dass wir Sie hier finden würden.«

Anna blieb dem Funken immer fern. Sie mochte Feuer klein und beherrschbar im Ofen, aber nicht auf offener Wiese unter freiem Himmel. Außerdem verletzte es ihre Gefühle, dass man jedes Jahr oben eine Frau anbrachte, die man verbrannte. Bei so etwas mochte sie nicht zugegen sein.

»Also wir haben uns schon sehr gewundert, dass Sie als Polizist einer solchen Veranstaltung beiwohnen. Dafür gibt es die Feuerwehr. Noch dazu in Uniform!«

»Haben Sie getrunken?«

Hubert nickte. Er war nicht dafür zu lügen.

»Ihre Frau hat uns das für Sie mitgegeben.«

Die Polizistin hielt ihm sein eigenes grünes Notizbuch hin. Hubert nahm es an sich, steckte es in seine

Uniformjacke. Dabei spürte er das Bild von Margit und Susi vom Donnerstagnachmittag. Er ließ es stecken.

»Wir haben einen Verdächtigen und sind zuversichtlich, dass wir sein Verbrechen beweisen können, und wir werden die Leiche sicher noch finden. Was wir aber sonst noch gefunden haben, ist, was Sie in Ihrem Notizbuch geschrieben haben.«

Es gab eine Pause, die auf Hubert wirken sollte. Die beiden Polizisten kannten unseren Wachtmeister schlecht. Solche nebulösen Drohungen wirkten auf ihn nicht. Was wirkte, war Suurkäs, davon musste er furzen, und Alkohol. Davon wurde er betrunken, andere Wirkungen waren Hubert Schmiedle wesensfremd.

»In Ihrem Notizbuch stehen Hinweise, Fakten und Projektionen, die eindeutig darauf hinweisen, dass Sie wissen und wussten, die ganze Zeit, was hier gespielt wird. Sie sind nicht nur unfähig, sondern auch noch gewissenlos, Sie haben aktiv zur Vermeidung der Aufklärung eines Verbrechens beigetragen. Wir haben die betreffenden Seiten fotokopiert und werden sie am Montagvormittag dem Landeskommandanten vorlegen. Wir wollen den Beschlüssen nicht vorgreifen, aber das wird Konsequenzen für Sie haben. Wenn Sie schon selbst zu unfähig und zu feig gewesen sind, um handelnd einzuschreiten, dann hätten Sie wenigstens uns tatkräftig unterstützen müssen. Lassen Sie sich das gesagt sein.« Die beiden wandten sich zum Gehen. Da drehte sich der Mann um.

»Den Uniformrock würde ich ausziehen, an Ihrer Stelle.« Damit wandten sie sich endgültig zum Gehen.

»Wollen Sie nicht mitschauen? Die Hexe explodiert gleich?«, fragte die Stimme des Sprengmeisters und Bankdirektors aus der Dunkelheit.

»Nein, sicher nicht«, lautete die Antwort. Während also das ganze Dorf mit großen Augen auf den Funken starrte, um zu sehen, wie die Hexe explodierte, wandte die Exekutive dem Geschehen den Rücken zu.

»Kummscho, Hubert, glei gohts los!«

Hubert und der Sprengmeister eilten zum Raum zwischen Glühmost- und Funkenküchlestand. Dort war der beste Platz.

Der Pfarrer, seine Köchin, die drei alten Damen, Edwin und Margit, Agnes und der Professor sowie die Frau des Bürgermeisters und Erika waren schon alle versammelt.

»Na, jetzt brennt sie glei, dia Hex.«

»Moll du, gottseisglitta, so ghört sich des.«

»Es war ja oh a Unmögige«, verkündete Walpurga ihre Abneigung in ihrer Umnachtung ungehemmt. Agatha stupfte sie an.

»Was denn? Dia hät doch kan möga!«, beteuerte Walpurga naiv.

Diese zweite noch offenkundig unmöglichere Äußerung wurde von allen Seiten tatkräftig ignoriert. Niemand wollte Walpurga dazu bringen, noch einen dritten Satz zu sagen, den man dann unmöglich unter den Teppich hätte kehren können.

Zum Glück vergaß die alte Frau ob der numinosen Kraft des Feuers ihre eigenen Gedanken und rettete so den Abend.

In dem Moment erreichten die Flammen die Hexe, und es kam zu einer Explosion ungeahnten Ausmaßes. Der Sprengmeister hatte nicht übertrieben. Das Gesichtsfeld der Dorfbewohner in dem Licht mit Schatten, Feuer mit Dunkelheit gerungen hatte, wurde weiß, reinweiß überstrahlt. Niemand konnte für ein paar Augenblicke mehr die eigene Nasenspitze sehen.

Ein Raunen ging durch die Menge. Man hörte den Pfarrer etwas vom Agnus Dei murmeln.

»Ha! Chinesischer Sprengkörper, 22.000 Grad heiß, heißer als die Sonne, da verdampft Wasser nicht mehr, sondern wird chemisch in seine Bestandteile zerlegt. Da bleibt nichts, aber auch schon gar nichts mehr übrig«, sagte der Bankdirektor, zu niemandem im Besonderen, da alles weiß war.

»Ein schöner Funken. So habe ich mir das vorgestellt«, sagte die Frau Bürgermeister. Mit der rechten Hand herumtastend.

»Herr Wachtmeister, sind Sie das?«

»Moll ja«, meinte Hubert, der ebenso wie alle anderen komplett geblendet war, wenn auch langsam im Rauschen des Sichtfeldes wieder Konturen wahrnehmbar wurden.

»In der Aufregung der letzten Stunden bin ich gar nicht mehr dazugekommen, mich bei Ihnen zu entschuldigen. Dass Sie es sind, der darunter leiden muss, das tut mir am meisten weh von allen. Ich habe gerade vorhin von den ermittelnden Beamten gehört, dass Sie für das Verschwinden der Volksschullehrerin verantwortlich gemacht werden.«

»Abr Gate«, wandte sich Walpurga an ihre beste Freundin Agatha, »s'Hubertle ka jo nüt dafür! Warum strafen die denn dann ihn. Es waren ja …«

»Walpurga, kumm, mir gond amal noch hinta, dine Windel schmeckt scho wieda …«

»Abr Gate, wieso denn, es verstand i doch net …«

»Keine Sorge, Walpurga«, sagte da Crescenzia, »geh einmal aufs Klo, und dann wird alles gut.«

Inzwischen hatte die Frau Bürgermeister weiter gesprochen.

»Ich hätte von Anfang an klarstellen müssen, dass die Erika zu mir gekommen ist, als sie davon erfahren hatte, dass die Volksschullehrerin Drimic zum Rechtsanwalt Reichfelder unterwegs war. Denn sehen Sie, die junge, also Dame kann ich sie ja nicht nennen, hatte ein Verhältnis mit meinem Mann, der in seiner Naivität nicht gemerkt hat, dass er ausspioniert wurde. Das werden Sie doch nicht weitererzählen.«

Hubert hätte nicht gewusst, was er wem erzählen hätte sollen. Dass der Bürgermeister ein Schürzenjäger war und hinter den Zöpfen herjagte wie der Teufel hinter der armen Seele, das wusste ohnedies jeder, immer schon. Wenn Hubert ein Frager gewesen wäre, dann hätte er gefragt: »Und wem soll ich das erzählen?«, aber wie schon mehrfach gesagt, so war er nicht gestrickt, also schwieg er.

»Und da hat sie meinem Mann von dem Resultat der zoologischen Untersuchung erzählt, und er ist ein wenig grob geworden und hat ihr gedroht, und da ist sie am nächsten Tag zum Anwalt. Das hat die Agnes am Vormittag gehört, wie sie telefoniert hat wegen dem Termin. Die Agnes hat natürlich gemeint, dass die Drimic ein Verhältnis mit dem Reichfelder hat, nachdem sie ihr den Professor ausgespannt hat. Aber dem war nicht so. Ich wollte nur sagen, dass, wenn ich Ihnen das alles früher erzählt hätte, dann wäre das nicht so weit gekommen mit der Kriminalpolizei.«

Hubert nickte. Die Frau Bürgermeister hatte so gesprochen, dass niemand etwas hören konnte, der nicht zum Kreis der Eingeweihten zählte. Etwas lauter fuhr sie fort.

»Wollen Sie das nicht notieren? Sie haben doch ein Notizbuch, ein grünes? Sonst schreiben Sie doch auch immer alles auf.«

»D'r Hubert schriebt nur uuf, was er si merken muaß«, sagte Edwin bestimmt.

»Und das soll er sich nicht merken?«

»Aber das weiß er doch längst«, grinste der Edwin schalkhaft bis über beide Ohren. Die anderen Umstehenden blickten sich fragend an. Keiner verstand, was Edwin gemeint hatte. Aber dem war es egal. Die Bürgermeisterin zog die Augenbrauen indigniert hoch, und damit wandte sie sich von Hubert ab an das versammelte Dorf.

»Alle herhören. Ohne dem amtlichen Bescheid in irgendeiner Weise vorgreifen zu wollen: Wir haben soeben erfahren, dass das umweltkundliche Gegengutachten zweifelsfrei zum Schluss kommen wird, dass die Kleinohrfledermaus weder auf den Riedwiesen jagt noch dort in der Umgebung nistet. Der Fußballverein wird umziehen, und es wird gebaut!«

Eine laute Freudenbekundung hob an. Daraufhin wurde noch dem Funken beim Abbrennen zugesehen, die Restbestände an Glühwein und Most ausgetrunken, und schließlich machten sich alle auf den Heimweg. Als einer der Letzten stand Hubert vor dem glühenden Funkenrest. Er hatte den Umschlag mit den Fotos in die heiße Glut wandern lassen, wo sie spurlos verbrannt waren. Sobald die Fotos vernichtet waren, trat der Bankdirektor Ammann an Hubert heran. Er hatte diskret im Hintergrund gewartet.

»So für hür isch vorbei. Mir wörn jetzt löscha. Hubert, wenn ich irgendwas für dich machen kann, dann lasst du mich das wissen. Es kann ja nicht sein, dass du die ganze Strafe allein ausfasst.«

»Überwach die Karten und Abhebungen von der Drimic. Wenn sie wo abhebt, dann fordere die Überwachungsvideos an und lass es mich so schnell wie möglich wissen.«

»Du hast ja kein Handy?«

»Ruf bei der Anna an.«

»Gut, Hubert, aber Hubert, die Drimic.« Er deutete mit dem Kopf auf den abgebrannten Funken.

»Nüt froga, macha«, meinte Hubert mit fester Stimme. Ammann nickte ungläubig.

EPILOG

Am nächsten Morgen stand er vor dem Spiegel im Badezimmer. Die linke Seite des Alibert gehörte Anna, die rechte ihm. Bei ihr war eine Unzahl von Salben, Sälbchen, Wässerchen und Tinkturen vorhanden. Bei Hubert waren es eine Zahnbürste, vier Stück Einwegrasierer, Rasierschaum, Nivea-Aftershave und seine Bluthochdruckmedikamente. Die Zahnseide stibitzte er immer von Anna. Er kam sich sehr verwegen und abenteuerlich vor, wenn er das machte. Sie aber wusste davon und schmunzelte insgeheim. Sie kaufte immer die Sorte mit dem Pfefferminzgeschmack, weil Hubert die so gern mochte. Was er naturgemäß niemals zugegeben hätte.

Hubert stand also vor dem Alibert. Er war frisch gewaschen. Duschen war was für Frauen, und eine Badewanne hatte er sein Lebtag nicht von innen gesehen. Hubert wusch sich mit einem Waschlappen. Der war bretthart und rau. So mochte er das.

Seine Haare waren nass nach hinten frisiert. Dass die Stirn schon sehr hoch war und der Hinterkopf beinahe kahl, das störte ihn nicht. Hubert hatte in seinem Leben einmal über sein eigenes Aussehen nachgedacht und war zum Schluss gekommen, dass das verschwendete Zeit war. Seitdem kümmerte er sich nur mehr um den Schnäuzer.

Der war ebenfalls sauber und frisch gebürstet und gestutzt. Hubert war gerade dabei, Annas Rasierschaum – sie rasierte sich die Beine – auf die Wangen zu schmieren. Anna wusste das und kaufte Männerrasierschaum.

Hubert schabte sich die harten grauen Stoppeln von den Wangen. Normalerweise achtete er nicht darauf, sich ordentlich glatt zu rasieren. Heute schon. Er war konzentriert und beinahe fertig. Anna kam herein, sie trug ihr neues graues Kleid und eine Perlenkette.

»Hubert, ich hab dir das Hemd hergerichtet, das gute, wie du willst. Einen Krawatt auch?«

Hubert nickte. Anna trat von hinten an ihn heran und küsste ihn auf die Wange.

»Magst dir nicht für mich das Aftershave rauftun? Du riechst so gut.«

Vor ein paar Jahren hatte Anna Hubert zu Weihnachten Aftershave gekauft. Der Name war lang, und Hubert konnte ihn nicht recht lesen. Er hatte das Ding erst gar nicht ausgepackt. Anna war traurig gewesen, sie hatte Heiligabend geweint. Davor hatte Hubert Aftershave nicht gemocht, nun war es ihm so zuwider, wie seiner ausgeglichenen Natur nur irgendwas zuwider sein konnte.

»Komm schon. Mir zuliebe. Wenn wir schon einmal in die Stadt fahren.«

Hubert grunzte. Er spülte noch einmal die Klinge mit heißem Wasser ab und strich sich ganz dünn Rasierschaum auf die Wangen und auf den Hals. Dann schabte er noch einmal. Er war nun glatt wie ein Babypopo. Zumindest für eine Stunde. Dann würden die grauen Stoppeln seine Wangen wieder färben.

Hubert klatschte sich das Aftershave ins Gesicht. Er atmete tief ein und ging hinüber ins Schlafzimmer. Dort lagen die gute Uniform, der Krawatt und sein teures Hemd. Die Schuhe waren geputzt. Hubert war schon um halb fünf Uhr aufgestanden, um Schuhe zu putzen. Die mussten so richtig glänzen. Er hatte eine kleine hölzerne Box mit Bürsten, Tüchern, Salben, Cremen und Sprays. Alles fein ordentlich hergerichtet. Hubert putzte gerne Schuhe. Seine und die von Anna. Sein Sohn besaß kein einziges Paar Schuhe, das man putzen hätte können.

An so manchem Samstagnachmittag, wenn es nichts zu tun gab, putzte er seine Schuhe. Er besaß vier Paar. Eines für den Winter, eines für den Sommer, eines für die Berge und eines für besondere Anlässe. Das für die besonderen Anlässe hatte er heute in der Früh geputzt. Diese Schuhe hatte er zu seiner Hochzeit, zur Taufe seines Sohnes, zu dessen Maturaball und Annas 50er angehabt. Hubert hielt viel von Schuhen. Mit ihnen berührte man die Erde. Nichts wichtiger als das. Noch einmal begutachtete er die glänzende Oberfläche. Das schwarze Leder zeigte Tausende kleine Haarrisse, was im Laufe der Jahre nicht verwunderlich war. Das war für Hubert aber kein Grund, neue Schuhe zu kaufen. Er wechselte sein Gesicht ja auch nicht, bloß weil es Falten hatte. Anna hatte ihm einmal von Leuten erzählt, die sich Nervengift ins Gesicht spritzten, um Falten zu vermeiden. Was es nicht alles gab, was er nicht brauchte.

Die Schuhe glänzten. So war's richtig. Einen Mann erkennt man an seinen Schuhen, hatte sein Opa immer gesagt. Daran hielt sich Hubert wie an Tempo 50 im Dorf und 80 über Land.

Hubert zog sich an. Anna war schon fertig. Aufgeregt redete sie auf Hubert ein. Er ließ das über sich ergehen. Als er fertig war, hakte sie sich unter. Sie hatte sich richtig fein gemacht.

»Dass du mit mir in die Stadt fährst, zum Mittagessen einlädst. Hubert, das freut mich so.« Sie gab ihm ein Bussi. Gott sei Dank waren sie noch nicht bei der Tür draußen. Er mochte es nicht, wenn andere Leute das sahen. Anna war quietschvergnügt.

»Und dass du mir den Frisör zahlst, das freut mich richtig. Das wird richtig romantisch heute.« Normalerweise musste Anna den Frisör von ihrem Wirtschaftsgeld bezahlen und vermied es, Hubert wissen zu lassen, was das kostete. Streng genommen zahlte sie seine Rechnung auch, denn es war besser, der Wachtmeister wusste nicht, was das heute so kostete. Mehr als zehn Euro wären ihm als Wucher erschienen. Dass man um zehn Euro im ganzen Land keinen Haarschnitt mehr bekam, das wusste er nicht. Was sehr gut war, denn ansonsten hätte er sich beklagt und einen Haartrimmer gekauft, und das wollte Anna nicht. Kein Bürstenschnitt für Hubert. Auch wenn sie das von ihrem Geld zahlen musste.

Hinunter in die Landeshauptstadt, an einem schönen Vorfrühlingstag mit Hubert, zum Frisör, dann Mittagessen, flanieren, einen Kaffee trinken. Vielleicht auch ein Eis, aber das Wetter war nicht schön, die Sonne war nicht zu sehen. Anna freute sich trotzdem auf den Tag.

Hubert fuhr gewissenhaft durchs Dorf, auf die Walgau-Autobahn, und nachdem sie den Walgau durch den Ambergtunnel verlassen hatten und aus der Dunkelheit ans Licht kamen, schien die Sonne im Rheintal. Die schöne Gegend zog an ihnen vorüber, und Anna wurde bewusst, wie lange sie schon nicht mehr im Unterland gewesen war.

Hubert fuhr brav 120 auf der rechten Spur und überholte nur dann Lkws, wenn es unbedingt nötig war. Eine gute halbe Stunde später waren sie in Bregenz. Weitere 20 Minuten darauf saß Anna beim Frisör, und Hubert stand im Vorzimmer des Landeskommandanten. Die Sekretärin wollte ihn zuerst nicht vorlassen, fragte aber dann doch bei ihrem Chef nach und schickte Hubert dann ins Büro.

Vom Büro aus sah man hinaus auf den Hafen und den Bodensee. Der Kommandant in Uniform mit auf dem Rücken verschränkten Händen stand am Fenster.

»Setzen, Schmiedle.«

Hubert nahm auf dem Sessel, der vor dem Schreibtisch stand, Platz.

»Ah so an Verlitt. Zuerst lasst sich der Knapp in Satteins den Funken klauen und dann auch noch das mit dir. Wir werden euch beide versetzen müssen.«

Hubert schwieg, der Landeskommandant drehte sich zu Hubert um. Hubert sah ihn aufmerksam an.

»Der eine geht in die Oststeiermark, der andere ins Marchfeld. Das wird euch eine Lehre sein.« Hubert, obwohl gefasst, musste nun doch schlucken.

»Was für dich spricht, Schmiedle, ist, dass du vorbeigekommen bist, ohne auf ein Schreiben oder sonstige Benachrichtigung zu warten. Deswegen kannst du dir den Posten aussuchen.« Der Kommandant breitete einen Atlas vor Hubert aus und zeigte ihm zwei kleine schwarze Punkte. Namen, die Hubert noch nie gehört hatte. Außerdem wusste er sowieso nicht, welches der beiden Dörfer in welchem Bundesland lag.

»Das sind die Möglichkeiten, Schmiedle. Bis jetzt war ich mit dir und deiner Leistung in den Jahren zufrieden. Du hast dein Dorf ruhig und sauber gehalten. Aber nach den letzten Ereignissen geht das nicht mehr. Wir Gendarmen sind keine Polizisten.« Der Kommandant war vor der Zusammenlegung auch bei der Truppe gewesen. In Vorarlberg waren es bis zu dem Zeitpunkt auch in den Städten die Gendarmen gewesen, welche für die öffentliche Sicherheit gesorgt hatten.

»Du hast es soweit gebracht, dass wir zwei Kriminalpolizisten ins Dorf schicken mussten, weil du nicht mehr Herr der Lage warst. Hubert.« Er richtete nun das Wort ganz persönlich an unseren Wachtmeister. »Du hast mich tief enttäuscht.«

Hubert stand auf und salutierte. Der Kommandant gab den Gruß zurück.

»Wenn du willst, und das kann ich verstehen, kann ich dich auch in den Ruhestand entlassen, die Dienstjahre hast du, mit dem Abzug in der Pension wirst du mit deiner Frau dann halt auskommen müssen.«

Er beugte sich vor. Auf dem Tisch lagen die Kopien aus Huberts Notizbuch. Der Kommandant sah die Blätter durch. Hubert stand regungslos vor dem Tisch. Die Prozedur dauerte Minuten.

»Wenn ich mir die Unterlagen so ansehe, dann hättest du den Braten doch schon am Freitag riechen müssen und einschreiten. Da ist doch was furchtbar faul bei euch im Dorf. Die Lehrerin verschwindet nicht einfach so. Stell dir mal das junge Mädchen vor, was ihr passiert sein könnte, und du, du bleibst untätig. Das kann ich nicht verstehen und billigen schon gar nicht. Die Konsequenzen musst du tragen, da gibt es nichts. Da kann es nichts geben.«

Hubert stand noch immer stramm. In diesem Moment läutete das Handy von Anna in seiner Tasche. Er hatte es ihr geklaut. Hubert war ein Schwerenöter.

»Du hättest dein Telefon ausschalten sollen, was kann in diesem Moment denn sonst noch wichtig sein?

Außerdem halte ich nicht viel von dem neumodischen Hokuspokus. Das weißt du genau. Nase und Füße, das ist ein Gendarm und nicht ein Handy.« Er runzelte die Stirn, das Handy piepte weiter.

»Na, dann heb halt ab, in Gottes Namen.«

Hubert zog das Handy seiner Frau aus der Rocktasche und nahm ab. Er hatte bei Anna gesehen, wie das ging, er war erstaunt, wie einfach das war.

»Hm«, sagte Hubert. Dann Pause. Anschließend noch einmal »Hm.« Wieder Pause. Dann steckte er das Handy weg. Kaum hatte er es weggesteckt, da piepste es wieder, diesmal mit einem anderen Signalton.

»Was ist denn jetzt schon wieder, gibt das Ding denn gar keinen Frieden.«

»Das ist wichtig«, sagte Hubert. »Für den Fall. Wir müssen den Computer einschalten.«

»Den Computer? Na gut, komm her und schalte ihn ein.«

Hubert trat verlegen von einem Bein aufs andere. Der Kommandant, der bis jetzt grimmig dreingeschaut hatte, musste lächeln. Er betätigte das Interkom.

»Frau Wachter, können Sie schnell kommen.«

20 Sekunden später stand die junge Frau im Raum, trat zum Computer und schaltete ihn ein. Hubert fragte immer den Lehrling aus der Bäckerei nebenan, wenn er seinen einschalten musste. Das hier war praktischer. Andererseits kaufte sich Hubert dann immer ein Käseweckerl. Das hatte auch was.

»So, jetzsch loft a«, sagte die junge Frau.

»Können Sie mir das Handy aufmachen, da steht eine Heimpetsch mit einem Ling oder so. Das brauchen wir auf dem Computer«, sagte Hubert hölzern. Die junge Dame lächelte, hätte ums Haar sogar losgelacht. Sie wischte über die Anzeige des Smartphones, ließ ihre schlanken Finger über das glänzende Display huschen, dann brummte das Handy kurz, und sie gab es zurück.

»Ich hab den Link an meine Mailadresse geschickt, jetzt können wir es auf dem großen Bildschirm ansehen.«

Die beiden Männer standen steif daneben und gaben sich alle Mühe zu vertuschen, dass sie keine Ahnung hatten, wovon die junge Frau sprach. Sie trat an den Computer, spielte eine Minute mit der Maus herum, und dann erschien auf dem Bildschirm ein Bankcode mit Namen, Abhebungszeiten und Ort. Vor einer halben Stunde hatte jemand mit der Bankomatkarte von Susanne Drimic in Wien, Mariahilferstraße 88a, auf der dortigen Raiffeisenbank 45 Euro abgehoben.

Der Kommandant blickte verwundert auf Hubert.

»Das ist illegal, wir haben keinen richterlichen Beschluss für so etwas«, stieß der Kommandant hervor. Hubert lächelte.

»Die Gesetze sind für den Menschen gemacht und nicht der Mensch für die Gesetze«, gab Hubert zurück.

»Außerdem kann das jeder sein. Die Karte beweist nichts.«

Hubert schaute die junge Frau an, und Frau Wachter klickte auf den Link. Sofort öffnete sich ein weiteres

Fenster, und man sah das charakteristische Bild einer Überwachungskamera. Im Bild war Susanne Drimic zu sehen.

»Woher wissen wir, dass sie das wirklich ist?«, fragte der Kommandant.

Hubert zog das Bild, das er von Anna erhalten hatte, aus seinem Notizbuch. Der Kommandant besah es sich. Dann zeigte er es der jungen Frau.

»Frau Wachter, Sie haben bessere Augen als ich. Was sagen Sie?«

»I säg, das ist die Frau, Chef.«

Damit reichte sie Hubert das Bild zurück. Der steckte es wieder sorgfältig in den Umschlag seines Notizbuches. Das packte er dann weg.

»Da verstehe ich einiges nicht, aber was ich weiß, ist, dass ich jetzt illegale Aufzeichnungen und Bilddokumente auf meinem Rechner habe. Das ist deine Schuld, Hubert. Was meinst du, was passiert, wenn jemand das herausfindet. Die Polizei sucht nur einen Anlass, um mich aus dem Amt zu werfen. Das ist ein gefundenes Fressen für die Falotten.«

»Aber Chef!«, rief da die junge Frau, »ich hab das doch in einer sicheren Umgebung geöffnet, wir löschen das gleich wieder, und dann wird niemand je davon erfahren.«

»Das geht?«

»Das geht natürlich, das ist das Gleiche, was wir mit Ihren, Sie wissen schon, den privaten Tabs machen.«

Der Postenkommandant lief rot an.

»Ah so, na dann ist ja alles gut«, stammelte er. »Frau Wachter, ich glaube, Sie können jetzt gehen.«

»Alles klar, Chef«, gab sie zurück und machte sich daran hinauszugehen.

»Entschuldigung«, sagte Hubert. »Können Sie mir den Anruf und den Link löschen? Meine Frau soll das nicht erfahren.« Hubert hielt ihr ungelenk das Mobiltelefon hin. Sie nahm es.

»Natürlich.« Ein paar schnelle Fingerbewegungen später gab sie es zurück.

»So, gut isch.« Sie lächelte.

»Wenns mi nümma bruchan, Chef?«

»Sie können gehen.« Damit verließ die junge Frau das Büro.

»Wie um alles in der Welt kommst du zu den Aufnahmen?«, fragte der Kommandant, kaum dass Frau Wachter die Tür hinter sich geschlossen hatte.

»Der Bankdirektor Ammann schuldete mir einen Gefallen.«

»So? Warum?«

»Na, weil er den Funken von Satteins geklaut hat, deswegen.«

»Das hast du schlau eingefädelt. Aber deinem Kollegen gegenüber war das nicht so ritterlich.«

»Ach, der hätte halt seinen Onkel, den Bankdirektor, nicht wegen Falschparken am Satteinser Fußballplatz aufschreiben sollen. Dann hätte sich der Onkel nicht gerächt. Außerdem war er die ganze Nacht über in Schlins.«

»Er war ohnedies ein schlechter Gendarm.«

Hubert nickte.

»Aber du hast doch nicht nur auf gut Glück die Daten angefordert?«

»Natürlich nicht. Die Leute im Dorf waren sauer auf die Lehrerin, eine Fremde, das hab ich schon gewusst. Da hab ich gesehen, dass sie der Edwin auf seiner Werkbank hat.«

»Der Tischler?«

»Genau. Sie wollten sie als Funkenhexe verwenden.«

»Aber warum hast du nicht gleich …«

Hubert atmete angestrengt aus.

»Ich verstehe. Das ganze Dorf ist da mit dringehangen. So einfach ist das nicht. Jetzt hast du den Edwin wissen lassen, dass du es weißt, oder? Und dann?«

»Hat er sie weggeschafft, am Samstagabend, ohne dass es wer mitbekommen hat, weil seine Frau, die Margit, war auf Funkenwacht. Und er hat heimlich schon die ganze Zeit an einer anderen Puppe geschnitzt, die ihr täuschend ähnlich gesehen hat.«

Der Kommandant nickte. Er sortierte die Blätter von Huberts Notizbuch.

»Gut gemacht. Aber ich darf davon nichts wissen.« Er gab Hubert die Blätter. »Bis das Dorf was davon erfährt, und das werden sie irgendwann, ist das eh kein Problem. Aber wahrscheinlich ist die Sache in einem halben Jahr ohnedies vergessen.« Hubert nickte.

»Na in ehm Fall ka sich der Wachtmeister Knapp

zwischen zwei Dörfern selbst allein entscheiden.« Er zerriss ein Blatt Papier, auf dem sich ein Vordruck und eine Unterschrift befanden.

Er reichte Hubert die Hand, der nahm sie. Ein herzhafter Händedruck folgte.

»Apropos. Ich habe einen Brief erhalten, gezeichnet von einem gewissen Hans Rauch, der sich selbst des Mordes an einem gewissen Kilian Arrich bezichtigt und seinen Schnapskeller dem Staat hinterlassen, also dem Land Vorarlberg vermachen will. Er hat eine handgeschriebene Inventarliste mit Jahreszahlen beigelegt. Der Schnapskeller ist beachtlich, es muss sich um einen der größeren bei euch im Dorf handeln.«

Hubert nickte. »Der alte Rauch ist hinüber. Schuldgefühle. Das war kein Mord. Der alte Arrich ist im 69er-Jahr nach einer sechsstündigen Vogelbeerverkostung gestorben. Der Mann war damals schon über 90. Da war kein Mord.«

»Ah, hab ich's mir eh gedacht. Aber der Schnapskeller ist beeindruckend.« Er händigte Hubert die Inventarliste aus. Hubert blätterte interessiert herum.

»Nimm die Liste mit. Ich kann sie nicht brauchen«, meinte der Kommandant. Hubert steckte sie ein. Gut zu wissen.

Dann verabschiedete sich Hubert und ging aus dem Kommandogebäude als Gendarm und unbeschwert hinaus.

Er holte Anna, die gerade fertig geworden war, vom Frisör ab.

»Ach Hubert, gehen wir noch schnell zum Auto vor dem Mittagessen, ich glaub, ich hab mein Handy drin vergessen.«

»Sicher«, sagte Hubert, und Anna staunte darüber, wie gut ihr Mann gelaunt war, und wie gesprächig ihn das schöne Wetter am See machte.

Das Neueste aus der Gmeiner-Bibliothek

Unser Lesermagazin

Bestellen Sie das kostenlose Krimi-Journal in Ihrer Buchhandlung oder unter www.gmeiner-verlag.de

Informieren Sie sich ...

www ... auf unserer Homepage:
www.gmeiner-verlag.de

@ ... über unseren Newsletter:
Melden Sie sich für unseren Newsletter an unter www.gmeiner-verlag.de/newsletter

f ... werden Sie Fan auf Facebook:
www.facebook.com/gmeiner.verlag

Mitmachen und gewinnen!

Schicken Sie uns Ihre Meinung zu unseren Büchern per Mail an gewinnspiel@gmeiner-verlag.de und nehmen Sie automatisch an unserem Jahresgewinnspiel mit »mörderisch guten« Preisen teil!

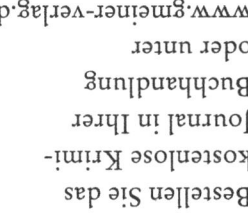

GMEINER SPANNUNG

WWW.GMEINER-VERLAG.DE
Wir machen's spannend